人間信

麥家
MAI JAI
著

目錄

推薦序

「記憶」的鄉愁，生命之輕與重

駱以軍

這個故事一開始便是「死者之謎」：隔了一代，小姑（是說故事這個「我」，的父親，孿生的妹妹）在十六歲那年上吊自殺。

「小姑像只沙袋一樣懸著，吊在西屋二樓空空的擱柵上，輕悠悠晃蕩著，黑狗在她腳下嗚嗚呻吟著……晃著，說明沒有斷氣，小姑給了爺爺也許幾秒鐘，卻因此活受了幾個月生不如死的罪苦。」

寫到這「我」無緣在人世遇見的小姑，那駭人的求死意志，即使被救下，爺爺狂搧那半死之女兒耳光，仍撞頭昏暈，然後是各種傳統農村「攔阻死亡的排場」：親人親眷、和尚道士、郎中巫婆、叫魂、收靈、降魔的、鎮妖的，悉數登場，動之以情，曉之以理，施之法術，只為了「攔住那不可思議，超出人們想像的求死」。

這個開場真的非常精采，立刻存在一個謎之箱子，薛丁格的貓，這個聽故事的「我」，作為小孩，既駭怕，但又攔不住喝了酒的父親，那種影影幢幢，敘事本身即是一種蒙克那幅〈吶喊〉的，那一代人為何既在死亡中，又彷彿不死但在一種說不出的恥辱、耳語、無能以現代性描出邊界的瘋狂？在於將死未死過渡線的小姑，舌頭像「彈簧拉胯了」，掉出來。一開始叫人恐怖，後來村里孩子把這當作捉弄的遊戲。一個美少女，變成一個怪異的，一百年前魯迅、沈從文筆下，那殘酷的無同情群體、憂鬱的田園，在這最前的故事棋之先手，就布下了讓人心中充滿「想知道那劇烈求死，美少女的內在，箱中之謎，以及這麼激烈、悲慘，其父之後亦死，這個盤桓、藤蔓根鬚藏匿於人間世之下的，是什麼人性不同演劇的歪斜？危脆？不可修復的暴力？」

相反的，那個作為孿生子另一個，活下來的，「我」的父親，作為小姑這個「死去的時光」（奶奶說這個死去的小姑，她生她時，就像是上一個生出的那嬰孩的，「一個屁」，多恐怖！而這是被求死而遺棄人世的母親，對女兒自殺的「羞恥」，麥家這幾手起手落子，真是厲害），這苟延的活人，其實是個從小哮喘病人，書念不來，後來被奶奶送去學漆匠手藝。但油漆加重了哮喘，工作中發作，渾身滿臉顏料，村裡又給了一綽號「活鬼」。

我的初始（小筆記）感悟有二：

一、年輕時讀昆德拉的《笑忘書》，一個民族的顛沛流離心靈，在經歷了某一個像海嘯沖過全部人的，集體難以搜羅關鍵證據（我們是從哪一刻的卡榫崩開，然後才多米諾骨牌變成如今這麼不幸的狀態？）時代，最關鍵的集體心靈機制，正是遺忘與笑，笑當然更幽微複雜：訕笑、黑暗裡的桀桀笑聲、無聲的對荒謬無言以對的苦笑、把自我丑劇化否則過不去那恐怖經歷的滑稽、不再相信那些一代人被重複動員之高尚情感的，你當我傻子嗎的笑……。但其實遺忘的機制全面啟動，但卻在某種文學藝術的碎片，可能一瞬喚起，「記憶」的鄉愁，那在這位間諜小說大師的敏感性，我覺得是像大鍵琴的鱗片般，夾藏交織，關於，轉好幾手，被多次移換過的，某個被記下的瞬刻，這樣的翻牌洗牌之技藝。

二、「我」的父親，這種人物，從魯迅的阿Q，到老舍的駱駝祥子、韓少功的女女、爸爸爸，莫言那小說暴力曠野上，《檀香刑》或《蛙》，那些失去感性、同情他人苦痛，偷拐奸滑，鸚鵡學舌的，這種民族誌心靈史，讓人痛惡，但又說不出的滑稽倒楣，似乎有千分之一我們也暈散那墨水素描，我們內在就有那種羞辱、僥倖、歪斜之臉。

但其實這部小說，隱藏著偶一出現的「富春江」的流河描寫，那似乎讓我們想到元唐公望的《富春山居圖》，蜿蜒在浙杭特有山丘地勢的南方，故事中的人物難免都有種「南方的憂鬱」，一種空氣中說不出的梅干醱酵味。於是，原本應是《百年孤寂》那樣糾纏不清的幾代家族故事，它硬是多了些地方奸滑豪強人物，因不同侵入這前現代田園的不同軍隊、政治動員；又夾雜著道士、虔敬的老奶奶、確實小孩像中邪或差點病死，一種更惶然、幾代人貼這土地（又非李銳、賈平凹他們那樣的黃土地），他們似乎帶有一種「潦蕩」、「廢」、宿怨、宿命中鬼鬼神神的病或橫死。那使得那鳥瞰富春江同時鳥瞰這些經過日本人清鄉、國民黨部隊、然後中共不同時期運動的，原本你覺得他們是偷、拐、搶、騙的戲油子，但後來才慢慢讀出那個搞不過新世界的是怎樣的悲劇墜落。

阿根大炮這個因長子（殉職的國民黨軍官）而橫發的鄉裡富人，又因另一個小兒子（也是戰爭受創者）返家，成為賭鬼，形成一種地方上，公安、與賭鬼老油條，共生成交情的，對「我」的奶奶言，就是那個「蕩」的兒子，「我」的父親，終會鑽進那賭窟。

子尋父而父失魂於賭桌上不認子，這段描寫都寫得鬼氣寒人。

但這些讓「我」奶奶憂忡、害怕的，兒子的沒心沒肝，「潦蕩」，終比不上組織上終於派人來查這父親當年當「小鬼子」的歷史錯誤了。這段上面派來的老吳，對父親當年被日本軍拘去，當了小鬼子的偵訊問答，奇妙的是回答詢問時，父親一點也不「潦蕩」了，句句謹慎，這裡的鄉野荒謬劇的「罪之原初」，在於許多年前，那時還是小孩的父親，被日本軍隊劫去充當苦力（這原是像《好兵帥克歷險記》那樣的，流浪漢傳奇，癡兒、騙子、畸形人，在戰爭邊緣以歪斜者倖存的方式，記下戰爭中那些人類的愚行暴行），但在這本小說中，卻以那年輕時的父親，救了一位跌江差點溺斃的日本少年（卻沒救當時一起溺水的另兩個中國孩子），很多年後，這位心懷感恩的日本人（事業有成）來到中國，拿了許多錢，想找到當年救命恩人。不想這反而在當時這小村莊，在運動、揪出敵人的年代，成了坐實這個其實以人類尺度言是善行的，這個潦蕩廢材最確鑿的「小日本」，漢奸的罪證。

小說中「我」的奶奶，有心者或可與馬奎斯《百年孤寂》中那原始第一代的「大嬤嬤」相比；或莫言《紅高粱家族》中那個年輕時逃婚，和「我爺爺」在高粱地裡野合；或是魯西廸《摩爾人的最後嘆息》中強大、強悍的奶奶。總之，這種長卷軸畫家族史，不，或一整民族的創傷史，那啼笑滑稽、悲慘和自家遺傳中，就帶有一種造成後代歪斜命運的「怪物性」，而這些第一代母親（是的，我們也想到布雷希特的〈勇氣母親〉），卻是這前現代、愚昧、勇蠻、自己作死的一整串家族人，贈與原諒、正直、寬厚、教養，總總美好品德的，那根牽絆。

但麥家這部小說，若有民族誌、心靈史的獨特處，正在於那個輕飄飄的「蕩父親」，那個在富春江這南方梅黃暈醚，特有的，細細索索的「皴法」（蟹腳皴？），一種從所有身邊人的埋怨、嘮叨、被負欠的時光碎語，那樣細筆但如整團糾纏在一起，極細極細的廢棄鐵絲，像烏煙瘴氣，慢慢纍堆成，讀者對這個「蕩」的體會。這是中國版，不，富春江畔版的「生命中不能承受之輕」啊。這個二十世紀後半版本的《富春山居圖》，讓我們感受的不是當年讀莫言，那「英雄好漢王八蛋」、或李銳、賈平凹、韓少功、余華，這些大小說家的「憂鬱的田原」、「瘋魔的土地」、「暴力的癡傻畸兒」，他反而有種細眉細眼、叨念陳年帳，沒那麼大好、沒那麼大惡、沒有真的殺天之仇（所以也沒有那種生死疲勞）。所有人被裹脅在那纏成一坨坨，但往事如煙的，彼此的辜負、屈辱、心不在焉、或閑雜人等說兩句，形成這種水墨暈散的集體記憶。

譬如這一段文字：

奶奶不失威嚴鐵面的一面，該上家法時絕不姑息，去年還給父親上過一次，跪在祖宗牌位前數鐵釘——像和尚捻珠一樣，一支支數，來來回回數，數得十指滴血為止。據說這是爺爺的爺爺立下的家規，凡成年男子（十六歲上）犯了父威，行了類似不忠不孝、奸淫偷盜、失德犯法之事，父親即可行使家法，令其指頭釘釘，心頭釘釘，十指連心痛，痛定思痛，痛改前非。我打小知道，在堂屋前廳的長條閣几櫃裡，有一隻報廢的馬桶（漏水），裡面盛滿寸長的鐵釘（密密麻麻），總共十斤。這是老輩子傳下來的洋貨，俗稱洋釘，上百歲了，仍舊鋥亮簇新，不愧為老傢伙，貨真價實，經得起時光熬（幸虧是真傢伙，不生銹，否則要鬧破傷風的）。因為鐵釘只有寸長，杆子細，表面滑，一支支數，數個十斤下來，手指頭便開始麻木，數第二遍時，像我這樣的嫩手保準出血。像父親這種厚皮手，與許可以熬到第三、四遍，但絕對熬不到第五遍。我不止一次見過，父親的手指頭在一支支滴血的鐵釘的搓挲下，痛得嗷嗷叫，嗚嗚哭。

但「我」的父親的罪，其實順著這支流潺潺的細數，其實也就是個「蕩」：賭博輸光、喝醉公然在祠堂撒尿、弄丟兒子——當然，他不只一次，弄丟了自己在人間的，不論是為人父、為人子、為人夫的身分——但更多時候，我們的同情不忍初萌，就又迷失於奶奶哭泣與老道士爭吵，最初的信仰、供奉的老債。

阿山道士多次對我感嘆說：「每次聽你奶奶哭啊，好似我們整個雙家村都在哭。」不是我咒他，你爹就是隻猴子，你奶奶是唐僧和尚，用她的哭當緊箍咒，一回回把你爹從猴子變回人。

此的荒謬不倫，解消在彼的讓人煩焦的，張愛玲那「一階一階走上沒有光的所在」。一種前現代人情與人情的跌仆扭打、小股小股絞纏在一塊的，「難怪後來我們變成這怪物」。包括長毛（太平軍）、清軍、日軍、國民黨軍隊及幹部、後來的紅中國，各種戰爭，或彈壓，其實都在這以「我」的一家人及村裡人們，不同流年給予傷痕，但小說著墨不在此，那也都是老人們回憶的煙雲。也許這整幅富春江的蟲蝕霉斑長卷，所有人在故事的配置，也都是不同濃淡墨色的「潦」。

這類例子很多，舉不完，有時我覺得自己都被傳染了（常對奶奶也這樣講），更不用說全海隊長，天天一起吃飯、睡覺，只有聾子才不會受傳染。

我這本書的下半，如果上半本寫那父親的「蕩」，是奇妙的華文小說中，細眉細紋鉤出的「生命中不能承受之輕」；那麼，整個下半本，完全讓讀者詫異的，「生命中不能承受之重」。前半本你會有種「小說」的輕盈與飛翔，如煙縷縷在村裡不同人的回憶，遠近不確定的浮出。但下半本，我一再重翻，強烈感覺，難道這是作者的自傳？這太劇烈陡昇或像「斧劈皺」了！這個「撩蕩廢柴」，他的倒楣、胡鬧、嘻嘩、脫離圖紙、輕飄飄，到了書的下半部，那命運如招魂入魄，讓我們看見了那具軀體，在文革的時光，在一種集體對其（與撩、蕩、敗家無關）曾為「小鬼子」的，無法揭去的，像水滸洪太尉那千斤鑄鐵的封印之板，在那個《富春山居圖》的另一截斷稿，是特寫的、痛苦的、狂嚎的人臉。主要是「我」進入了自己扛受這命運的恐怖與痛苦。在轉寰的情節中腰，我們似乎還保持著小說上半部的疏離，一種「駱駝祥子」的荒謬和訕笑。從「我」因繼承了父親那（在上半部小說我們覺得像惡童日記，像好兵帥克歷險記，那樣好笑，但到了下半部，那一切不好笑了，嚴酷、頂真、暴力，沒有脫逃餘地了），黑五類中，其實非常不典型的（小鬼子），但這確實成為「我」，從學校，與青少年同輩，從一位原來開明的知青老師安排的演劇，劇中角色與真實身分的落差，「我」作為黑五類的兒子，卻演了戲中解放軍。包括這少年和女同學（自然在戲中演女主角）在那貧乏、苦悶年代，小小的情愫。而後這一切被掀翻，扯破，「我」掉進一種如福克納《聲音與憤怒》那樣高密度的，痛苦書寫之調度。甚至到「我」被命運逼至絕望孤狼、天地無親，持匕首要去刺殺那（濃縮隱喻了那時代，或那土地，被單一炭筆重重畫下的，你是好人，你是敵人的恐怖田園的那個少年）羞辱他、群毆他、剝奪他存在最底限的仇家，這裡，作者竟似乎悲不能抑，掩面在敘事聲音上，從「我」滑成了「他」，那似乎更可疑這已是自我的創痛書寫。所有的尖銳光線，周圍人們的表情、語言，身體的碰觸，所有的感官全被放大、清晰，羞恥感、被棄感、罪與罰的內心演劇、卡繆《異鄉人》那般的，遭到群體審問，或孤立，這樣的特寫，竟和上半部，如同完全不同的兩個作家所寫。這或許是這個民族，無法是《百年孤寂》的創傷病例，一個撐破了小說（如《癡兒西木傳》、《好兵帥克歷險記》那樣的小說）篇幅的精神病案例。因為所有人的經歷太乖訛了，一代人經歷的演劇，太投入又快轉、場景兜變，連敘事的唱片聲紋都出現融焦扭曲、破烈出格。這種「精神病案例」，或比多年前我讀到的〈女女女〉、〈爸爸爸〉，《檀香刑》，王小波的《黃金時代》，或更難以言喻的體現，這一整代人心靈的劇烈、無法招魂、瘋狂嘶吼，無法繪入《富春山居圖》。小說後半段，「我」的瘋狂暴走，哈姆雷特似的，被父所棄、母所棄、親人所棄，而他其實也只是捲進，後來那篇〈傷痕〉，那一代人，欲說無言，因為愛（愛新時代，愛大義，愛無法計數的大詞〈人民〉），出賣了他們，摒棄了他們，但那麼短促的歷史，突然又大迴車。也許這本書，可以試把它作為中國版的《剝洋蔥》，這太難以捋順不同遠近時光投射來的，第一代人、第二代人、第三代人，各自在他們無法以上一代道德來描繪自己路徑，時代隔個十來年、二十來年，就像俄羅斯輪盤手槍，沒有延續性邏輯的亂轉，這在不同語境的說故事中，全成了父不父、母不母、子不子，大義荒誕，說兒戲其實又殘酷到駭人的，魔幻屋嗎？

回到最前面，那所有「攔阻死亡」的古老技倆，那就像魯迅父親的病、死亡無法收攝回單一個人的尊嚴與自由意志，但麥家這本書，似乎那麼疲憊、像所有能用來攔阻「我」對父親的無法以一父親模樣，給予最底線，像個人活在那樣的人世。那個暴力如湍溪奔瀉，把所有古老的攔阻（那些家族關係、人情義理、嘮叨、哭鬧、羞恥、流言蜚語、和尚道士的符籙）全沖垮。這也是這個民族，或說這山川隱綽的，似乎與世隔絕的土地與心靈，一百年來探索究竟是怎麼一回事，似乎那一百年時間都還嫌不夠長，不足以繪出一二，墨色太嗆烈濃鬱、或太輕描如煙，該怎麼去感慨、哀感、包含收納這卷幅裡的，人啊人。

祝福這本難以言喻的書。

卷上

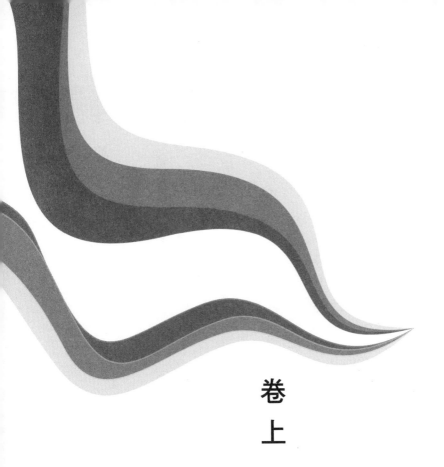

甲　繩子

可能是去世時過於年少（十六歲），所謂少女無醜，也可能是真長得漂亮，凡跟我提及她的人（不多），沒一人不說她是個美人胚子。鄉下人說話籠統，誇一個女孩漂亮、美，一般總說「像一朵花」，具體什麼花不明確的。這樣也好，沒約束，你可以任意想，盡你所願地想，隨便境遇地想。我最初（十來歲）想到的是百合花，不常見，也不難見，季節對了（六七月分），進山或是在什麼野地，冷不丁就撞見了，大花瓣，粉白色（也有桃紅、紫紅，但粉白居多），冒尖在雜草野花叢中，大張旗鼓，喧譁得很，頗有鶴立雞群的拔萃。後來（二十來歲）長點見識後（在連隊當文書），知道百合花和豆蔻少女是不般配的，百合花幾乎有一種霸氣，一個十六歲少女世事不諳，青澀害羞，見人低頭，說話臉紅，怎能攀比熱烈而囂張的百合花？它們甚至是對家，一個朝東一個向西，背道而馳，誓不兩立。那時我想到的是崖蘭，深長在高山崖壁間，幽靜在草木叢中，斂容屏氣，低眉順眼，要你靈著鼻子去尋，壯著膽子去挖，到手帶回家供在案几，有清香之至，也有清高之意。現在（不惑之歲），我什麼花都不去想了。其實什麼花都比不得一個少女，少女才是世間獨一無二的花，所謂花季少女，豆蔻年華，心裡裝著朦朧的愛情和嚮往——尚未開始，就以為會天長地久——像一個蓓蕾一樣，隨時準備轟轟烈烈去爭奇鬥豔。

然而，有一朵「蓓蕾」卻轟轟烈烈地去死了，她是我小姑，我父親的孿生胞妹（晚生半個小時）。因為死得早（才十六虛歲），我連小姑照片都沒見過（沒有）。我甚至都不知道她名字，不知道她祭日，不知道她墳墓（不一定有），不知道她為什麼死。但我知道她是怎麼死的，上吊！

沒人知道我小姑為什麼尋死。或者，知道她為什麼尋死的人歷來閉口不開。是羞於說吧，如我爺爺和奶奶。爺爺想說也沒機會，他在小姑死後不久就去會了小姑；不是跟去的（悲痛至死），是帶去的（禍不單行）。據說死人怕孤獨，也愛報復，喜歡捎人一起赴死。為孤獨和報復完全是兩回事，一個帶點兒愛的意思，一個絕對是恨，痛恨。我也不知小姑是為什麼捎走爺爺，也許奶奶知道。奶奶可能什麼都知道，包括小姑為什麼死，但她閉的口比爺爺（死人）都要緊。死人是開不了口，什麼都說不了，奶奶可以挑著說，瞞著說，用損人利己的蓋子把真實捂得更緊，叫它徹底埋葬。奶奶甚至不承認小姑是上吊死的，她一般會說小姑是病死的，有時也說是被村裡那些缺德之徒害死的。父親提供的說法一定意義上支持了奶奶說的，但根本上是否定的，支持不過是粉飾，假象。

按理父親該和奶奶口徑一致，攻守同盟，別自說一套。但父親有個毛病——何止一個！愛喝酒，雖然酒量是好的，但也好不到回回不醉——有這樣的酒鬼嗎？我確實不曾向父親探聽，但父親確實不止一次在酒醉糊塗中向我慷慨兜售小姑的慘劇。事發時他已十六歲，曉事了，因為恐懼而深刻的記憶像刀子一樣刻在心頭——他兜售是為了賣掉嗎？抹掉嗎？父親說，當時家裡有隻黑狗，比人聰明，爺爺去山上斫柴牠會遞砍刀（用嘴叼），奶奶去廟裡燒香，翻山越嶺，牠衝前斷後，一路保駕，知心貼肺。平時夜裡黑狗少有聲響，有聲響必有事，要麼來客，要麼有賊——如果貓鼠偷嘴也算賊的話。但那年冬天，一個大半夜，黑狗上竄下跳，狂叫不止，怎麼呵斥都不聽不停，又哭又鬧，發癲的樣子，像來了暴徒，要殺人放火。爺爺只好起床，撥旺油燈下樓察看。

一看嚇一跳！

小姑像只沙袋一樣懸著，吊在西屋二樓空空的擱柵上，輕悠悠晃蕩著，黑狗在她腳下嗚呻吟著……晃著，說明沒有斷氣，小姑給了爺爺也許幾秒鐘，卻因此活受了幾個月生不如死的罪苦。

父親說，那天月光出奇的白亮，日光一樣，可以看見黑狗踩在石板上的濕足印，可以看見人臉上流淌的淚。他趕下樓時小姑已被從西屋抬出來，弄到天井裡（光線好），躺在石板上；月光下，只見爺爺正發瘋地在搧小姑耳光，左一下，右一下，來回搧，眼看著小姑的臉孔脹開來，紅了，腫了，淚淌出來。先期而到的奶奶看小姑流淚了，知道女兒得救了，對天長嘆一聲，重重磕了一個響頭。可哪想到，女兒決心要死，發覺死路被截斷，那個恨啊，癲啊，躁啊，像一隻被琼住的野豬，拚死從爺爺手上掙脫出去，在石板上拚命摔啊！撞啊！跌啊！只想把自己命拚掉，送死。也不知她哪兒來的勁，爺爺、奶奶、大姑、二姑四個人都制不服她；她身上有種死亡的力量，活人擋不住，對付不了。最後還是她自己，用頭撞牆，暈過去才收場。

這是暫時的，醒來怎麼辦？

只有一個辦法，捆住手腳，綁在床上等她醒。醒來容易，回心轉意難，接下來幾天，親人親眷、和尚道士、郎中巫婆、叫魂的、收靈的、降魔的、鎮妖的，悉數登場，動之以情，曉之以理，施之法術，只望她放下執念，重啟活門。不知是何方神仙起的力，許是合力吧，第五天她一通號啕後，開始噍下死裡逃生後的第一口飯。連日來監護重擔主要壓在兩個姐姐身上，父親只是補個缺，擦個邊，打個圓場。儘管如此，只是偶爾監護，父親還是不止一次發現，小姑在熟睡時、出神時、激動時，總之是某些情不自主時刻，嘴巴會不由稀開來，隨之呼吸急促，繼之舌頭像狗舌頭一樣伸出來，耷下來，猩紅的，冒著白沫，滴著口水，像煞鬼的舌頭……

我害怕！不要聽！

父親卻不聽我。父親聽酒精的，他正說得來勁，怎麼會停下？他會一遍遍說，顛三倒四反覆說，你不聽他要生氣的。父親有時說，小姑的舌頭像螺絲被擰過頭後，滑絲了，擰不緊了。有時，父親會把螺絲的比喻換成彈簧，道理一樣，用力過度後，彈簧拉胯了，失去了彈力。這是上吊的後遺症，小姑的命被救回來了，但滑絲、拉胯的舌頭無力回天，她得時時用心刻意咬緊牙關，閉緊嘴，收著它，關著它，降服它。可誰能時時刻刻、時時處處用心用力不鬆懈？總有疏忽時。一次被人瞧見，叫人恐怖，二次，成了稀奇，三次，成了好玩。後來村裡孩子（不乏仇家惡人）經常捉弄小姑，逗她，騙她，氣她，鬧她，把她激怒，目的是要她「忘乎所以」，亮出吊死鬼的長舌頭。一個美少女——人人說她美若一朵花——怎能如此不堪苟活？不到三個月就肝氣鬱結，不思茶飯，臥病在床；又一個月，就死了，像旱死的一棵樹，或病死的一隻狗。

我真的不知——不想知，避而不談——小姑有沒有被抬愛，擇吉日用棺木入土為安。這是一個長者、尊者的待遇，小姑年少輕狂，丟人現眼，會不會被棄之如敝屣？可能吧，反正我在家鄉那麼多年，給那麼多亡靈上墳祭祀，是沒有小姑的。小姑會在長輩教訓子女（尤其女孩）時作為反面教材被提及，偶爾也會被我們仇家作為家醜謾罵。除此，小姑還以一種最不體面、幾乎是一種惡劣的方式被傳下來，就是：她上吊的繩子，自始至終一直置於我家西屋二樓擱柵上，老地方、老樣子吊著她的恥和辱。我家西屋是間廢屋，日本佬首回進我們村燒殺搶掠時被燒得只剩個毛殼子，爺爺在世時修復了屋頂和斷牆，一樓暫時可當柴屋用，二樓樓板、樓梯均未架設，空的，什麼用場派不上，只殘留九根被燒焦的爛擱柵。小姑上吊的繩子就掛在中間那根擱柵上，它也是九根擱柵中燒傷程度最小，似乎只被火焰燎過，沒實質傷破。繩子是後來掛上去的，自然沒有被火燒過，它也經不起火燒，畢竟不是鋼繩，只是麻繩——最尋常的麻繩，村裡差不多家家有，農具一樣。

我們雙家村是山村，山分陰面陽面，陽面日照充足，合適樹木生長，陰面陽光少，土層酸濕，成了竹子的樂土。竹子喜陰好濕，蘭草、蕨植一樣。竹子是統稱，細分好多種，分不清，說不完。我們村至少有十幾種，早竹、箬竹、苦竹、紫竹、鳳尾竹、孝順竹，等等。這些都是配角，邊角料，派不了大用場，用場大的是毛竹，從小到大、從裡到外都有用，能變賣。要變賣得先運到禮鎮，船埠頭，那裡有集市，專業收購毛竹，然後通過富春江販運到杭嘉湖——杭州、嘉興、湖州——平原上，到那邊毛竹就可以換糧變錢。從我們村到禮鎮船埠頭有陸路、水道兩路，陸路六七里，水道不到五里。陸路遠且不說，關鍵一半是山路，崎嶇峭逼，沒軲轆能轉可馱，只憑腳走肩扛，累死人。所以一般都走水道，就是大源溪。大源溪冬天看水頭軟塌塌的，一截樹枝都漂不遠，隨時可能擱淺。但翻過四月，雨季來臨，即貓變老虎，洪水滔天，經常把岸邊大樹連根拔起，不到一刻鐘就沖在壯闊的富春江上漂了。這是山上毛竹夢寐以求的時光，也是村裡精壯男人最受器重的日子，他們將把成材的老毛竹伐下山，堆在岸邊，紮成竹排，放入洪流，順流而下。

這是洪水之流，猶如猛獸，一個接一個巨浪隨時可能把小小竹排掀翻，把人拋入湍流險灘，送進鬼門關。

生死攸關，猛獸面前無人敢逞強，祖輩傳下來一套防身術：用一根麻繩將人和竹排結為一體，確保人排不分身。這樣萬一人落水，竹排就成了救生圈，即使出險挽救不了生（很少見），至少可以救死，撈屍體回家。總之這是一條安全繩，安魂繩，我們村裡（所有山裡人家）基本上家家都備著。即使個別人家沒精壯男人，要雇人放竹排，繩子也得東家備好。這是規矩，門道，意思是我給你家出工，你得保我性命安全。每年安全繩總要保下幾條命，世世代代不知保下了多少條命。但不幸的是，它也會奪走一些人命，如我小姑。村裡不時（幾乎年年）有尋短見的人（女性居多），方式無非是上吊、吃農藥兩路，小姑走的是前路，用的是爺爺撐竹排起保命作用的安全繩。繩子在多少年後依然在小姑上吊的老地方、老樣子套著、掛著，在我屁事不懂的孩童時代，我拿它當吊環玩（引體向上），當秋千耍（危險而刺激）。在我曉事後，知道它用途後——曾經和當下的雙重用途——我必須承認，我怕它得很，好像它依然吊著一個死鬼，又好像它是長在我身上的一根尾巴，叫我羞得很，恨得很。

當然最怕它的，篤定是我父親，如果說它是我的尾巴，那麼對父親來說就是生死，就是性命，是天塌下來的事。

乙 父親·綽號

壹

父親身高一米七五，直長腿，身板筆挺，五官標緻，目光柔曖、貼心。父親的雙眼皮像開在眼簾子上的兩隻小眼睛，酒窩一樣，會巴眨巴眨笑。所以，父親沒有不笑的時候，開心時，眉開眼笑的時候，他的眼睛在笑；不開心時，鎖眉皺眼的時候，他的眼簾在笑。我經常聽人誇父親的眼睛，說像木雕師傅雕出來的。村裡有說法，說父親睡著了，眼睛還在給人暗送秋波。父親的頭髮也是人見人誇的，黑底子，帶點棕色，髮質細軟，柔順，自然捲。在農村，男人大多不留長髮，因為短髮好收拾，剃洗都方便。父親格外，一向留長髮，長髮飄飄，風度翩翩。父親的頭髮天生合適留長，短了軟趴在頭皮上，像頂瓜皮帽，土裡土氣，老相得很；長了曲捲起來，變得蓬鬆，飄逸，顯得英俊灑脫。村裡人覺得英俊瀟灑是個屁，只有父親，把它看得比生產隊工分要緊，每次出工前總是花足時間梳理頭髮，修剪鬍子，把好看的生相還要添枝加葉。奶奶催促他快一點，別遲到，遲到要扣工分的。你催歸催，他照樣遲到，一年遲到次數比準點多，工分掙得比婦女少。生產隊規定，婦女日工分八分，男人十分，遲到一小時扣一分。

奶奶經常對我說：「你爹一年下來，掙的工分還沒有個婦女多，這個潦坯啊！」潦坯是對年輕男子的蔑稱，專指那種好吃懶做、不務正業、不走正道、遊手好閒的小夥子。奶奶說，父親沒出生就是個潦坯、懶漢，雷打了幾次就是不下雨，把接生婆都氣惱火，走了。村裡有句俗語，道的是女人家生產的易難：「頭胎嫌頭大，二胎將剛好，三胎老母雞下蛋，四胎、五胎掉下來。」按理之前奶奶已生過兩胎（大姑、二姑），父親是老三，該是「老母雞下蛋」的便當，可實際差點把奶奶生死。

奶奶說：「胎位是正的，我身體也是好的，他就是懶，不肯用力，甚至用反力，跟我唱對台戲。他好似早曉得，做人辛苦，不想出來吃苦。可吃苦的是我們，他的苦頭到頭都是我們吃了，真是吃夠了！」

奶奶說「我們」，是指她和小姑。奶奶一般不提小姑，好似暗病一樣，羞怯提，繞不過便含糊其辭，敷衍過去。只有一次，奶奶說到小姑：「她都快被憋死了，他一出來她就跟出來，像個屁，我都不曉得生了她。」那天奶奶不知怎麼的，狠狠地說了一通小姑：「我覺得她一生世就是個屁，什麼用場都派不上，十幾年活了個羞恥，她羞，我們跟著恥，活脫脫一個討厭鬼。」停頓一會，又補一句：「若講這鬼是來汙髒我的，你爹則是來折磨我的，折磨了我一生世。」

父親從小體弱多病，一會傷風感冒，一會急性腸套疊，一會敗血症，一會帶狀皰疹，一會手足口病，一會頭痛腦熱，一會牙周炎，一會哮喘病，一會軟骨病。像哮喘病、軟骨病，一上身就是幾年、十幾年。軟骨病是缺鈣，那時鄉下哪有鈣片魚油什麼的，為了補鈣，父親吃奶吃到七歲，直到要上學才強行斷奶。所以，父親第一個出名的綽號叫「大奶嘴」。

父親第二個綽號是「老童生」，年齡在七歲到十四歲間，指明的是他不愛讀書，讀不好書。我們雙家村是個大村莊，民國時就有四五千人，比隔壁禮鎮還要人多勢壯。禮鎮沒有公學堂（只有私塾），我們雙家村有，設在祠堂，五年制，只收男生。父親七歲起讀，五年功課讀了七年，還不會乘除法，識的字還沒有小姑多，以致解放後仍要讀掃盲班。小姑沒有上學，她用父親的課本偷空學，都比父親學得好。我大姑公公阿山道士是村裡獨一無二的道士，早年念過私塾，識得字，後來又長期看經書，記帳目，過年寫春聯，知識越發好，一度當過學堂代課先生，上過父親的語文課，多年後他對我說：「別人家用眼睛讀書，你爹是用頭髮讀書的，讀的書本上全是口水。」意思是我父親總在課堂上睡大覺。據說，父親在學堂裡不調皮，不打架，對老師嘴甜禮足，對同學熱情大方（有零嘴常勻給大家吃），老師同學都喜歡他，就是功課不喜歡他，上課鈴一響，他要麼往茅舍跑，一天屙五六次屎，要麼當瘟神，睡不醒，口水流滿課桌，整一個老童生的資格相。

父親的第三個綽號叫「活鬼」，年齡在十四到十五歲，關乎的是他哮喘病。奶奶說，父親的哮喘病從小有，也不知怎麼犯上的，犯的時候喘不過氣來，喉嚨發出呼啦啦聲，拉風箱一樣。開始蠻嚇人的，不知深淺，後來發現好對付，只要往嘴鼻處蓋一塊熱毛巾，然後用手掌使些力推揉胸腔，要不了十分鐘就可以緩解、好轉、消失，像龍捲風，來得快，逞得凶，但去得也快，也好避躲，一般傷不著人。而且有季節性，主要在春季，頻次也不高，一年三五次。總的說，它沒給奶奶和父親留下痛苦的記憶和恐懼，所以後來——十四歲，從學堂鳴金收兵——為了生計，奶奶託娘家關係，把他送去街上——禮鎮——拜一個漆匠師傅學手藝。禮鎮就一條街，街上成了代名，叫得比本名響。

奶奶是街上人，比村裡人總歸多些見識和門路，她覺得父親這樣子體弱多病，日後做農活篤定吃不了香，因而首先想拚個功課，圖碗知識飯吃。功課一敗塗地後，只好退而求次，圖手藝，吃個快活飯。父親讀七年書，大字不識一斗筐，門門功課稀拉，真資格的老童生，卻也不是一無是處。

阿山道士對我說：「怪的很，你爹圖畫課出奇好，畫什麼像什麼，像漆匠投胎的。」

村裡人沒有美術、畫家這些概念、名號，說到圖畫唯一想到的是漆匠。漆匠師傅都是圖畫師，新人成婚，大到婚床，小到梳妝檯、針線盒、木梳，都要描圖繪畫，花鳥蟲草、藍天白雲、才子佳人、八仙過海等，歡天喜地，紅紅綠綠的。漆匠師傅，漆工是匠活，美工才是師傅活，叫圖畫師。父親在圖畫上有專才，促使奶奶橫下心，把他送去街上學漆匠，一個月才回家一天，叫奶奶好掛念，不捨得。好在父親喜歡，學得有門有路，前途明亮。如果不是哮喘病和日本佬作祟，父親想必是可以吃這門香飯的。哮喘病是過敏症，油漆活加重了父親的病，頻繁發作，症狀加倍嚴重，發作時犯癲癇病似的抽搐，昏厥，滾地，手舞足蹈。每次發作，往往在勞作中，手上有顏料畫筆，一番癲狂後人就成了活鬼，渾身滿臉都是顏料，便有了「活鬼」的綽號。在父親一生眾多綽號中，這綽號普及度最低，畢竟經時短（不滿周年），且事發時均在街上，不在村子裡，見證者少，輻射面小。

不知是油漆工導致物極必反的緣故，還是身體發育起的運力作用，父親的哮喘病自告別漆工後便絕塵而去，像那身滿是顏料汙染的工裝一樣，被永遠棄在禮鎮街上。但同時另一個綽號已在趕來途中，即將登場；這綽號極其難聽，卻要跟他一輩子，一生世，至死都脫不了身——它叫「日本佬」！

貳

村裡的老人都記得清，日本鬼子總共四次到過我們村子，前三次都集中在一九三八年一年中：第一次是春季，祠堂門前那棵銀杏樹冒芽抽葉的時候；然後是盛夏之時，早稻穀收割入倉之際；然後是隆冬臘月，過年前幾天，家家戶戶打年糕、殺年豬之時。第一次是為打仗來的，一支抗日軍從富春江北邊撤退下來，逃過江，躲進了我們雙家村一帶山嶺中，鬼子開來坦克、大炮，駐紮在我們村裡數日，把我們村子糟蹋不成樣。我家那間西屋就是在那數日裡坍廢的，據說是鬼子放火燒的。為什麼放火？沒人知道，因為那數日裡，村裡沒一個人影，都逃進山裡躲了。

村裡只有一個人沒逃走，就是阿山道士，我大姑公公。作為村裡獨一無二的道士，誰家死人了都由他來做法事，布道場，超度靈魂，通陰陽。凡人怎麼能幹這營生？為了證明自己並非凡人，有法力，能通天，他鋌而走險，視死如歸。結果有驚無險，毫髮無損，確實給他大大增添了有法術在身的威望，叫人敬畏。他的隔壁鄰居、也是仇人阿根大炮在村裡是個霸王，天不怕地不怕，曾經十分奚落過他，之後多少有些怕他，包括一干後代，都一直不敢奈何他，無疑跟他這次英勇的證明是分不開的。

我少時很好奇道士是怎麼躲過鬼子利爪，毫髮不損的，多次問過他。他每次答得一模一樣，說明不是編造的，是事實。道士告訴我，他躲在穀倉裡，穀倉在他家退堂樓上，又在樓上的樓下。什麼意思呢？其實我很熟悉這個穀倉，多次見過，還爬進去玩過。總而言之，穀倉利用了退堂和堂前有板壁隔斷的優勢，在樓上和樓下間做了一個夾層，暗櫃一樣的，給人造成視覺錯誤，一般情況下注意不到，除非特意檢查。穀倉蓋子（出口）在樓上，即二樓樓板，在蓋子上架一張床，神不知，鬼不覺。但你躲在穀倉裡，四周動靜都聽得到，有些地方還能看，如堂前和退堂及灶堂的部分區域，可以透過板壁或樓板縫孔看個端倪，有些角度幾乎可以看個一清二楚。

阿山道士多次對我說：「鬼子屬狼的，愛成群團夥出行，加上穿的是皮鞋，老遠聽得到他們腳步聲、說話聲，嗚哩嘩啦的，極像一群餓狼在四處覓食。村裡的雞啊鴨啊，豬啊狗啊，包括貓啊兔啊，但凡活物都給他們抓了，殺了，吃了。但我家的一頭豬，在豬圈裡餓死了，他們也不敢吃。」

我發問：「為什麼？」

道士說：「因為我家裡有神仙啊，張天師掛帥啊，我身上有法力啊。」

我打小見過道士家供的張天師像，是一尊柏木雕的全身彩繪坐像，八十一公分高，十二公分寬，七公分厚（道士當我面量過）。我剛上學時，一天道士像老師上課一樣對我說，九是長數，九九八十一，八十一便是世間最大數，代表無邊的空間。我自然要問，那十二是什麼數？他說，一年有十二個月，一天一夜各有十二個時辰，各人有十二生肖，總之十二代表時間，也是無始無終的意思。我又問，那麼七呢？他道，人身上有七竅，活時要七日一周地過，死了要做七七（頭七至七七，七個七），世界有七大洲，大自然有赤橙黃綠青藍紫七個色，等等。就是說，七是個基數，是有始才有終的意思。聽道士論理講事，有時覺得他真像個先生，天圓地方，海闊天空，都說得來，擺得開，合得攏。難怪道士和先生兩個詞總是並肩用，道士連著先生，道士就是先生呢。

據說幾日裡，先後有三撥鬼子闖進道士家，前兩撥從正門闖進來，正常地、警覺又放肆地直入堂屋前廳——俗稱堂前。看到張天師的道場後，兩個頭目雙雙領頭對著張天師像作揖禮拜，然後一一閉聲，默默退下，退出堂前、大門，灰溜溜離去。用道士的話說，像見了鬼，都嚇壞了。

「其實是神仙，」阿山道士說，「小鬼子沒見識，把神仙當鬼，說到底是他們心裡有鬼，心裡怕鬼，自己嚇自己。」

第三撥是從後門進來的，沒走堂前，而是經灶屋，徑直上了樓，大概是覺得寶貝都在樓上吧。這下道士看不見人，只聽到樓梯上一陣雜亂的腳步聲，分不清有多少人，更分不清其中一個「噠噠」聲——分明不是腳步聲，又不知是什麼聲，好像有人拄著拐杖在上樓，是拐杖聲，細聽又不太像。道士說，後來他才搞懂，這是鬼子頭目（小隊長）腰間別的大洋刀上樓時磕碰樓梯的聲音，上一級樓梯，碰一下，響兩下，噠噠，有節奏的。人多，腳步聲亂了，分不清，唯獨這個噠噠聲，一枝獨秀，在混亂中亮出來，可借此分辨鬼子正在一級級走完樓梯。樓上沒什麼珍寶，值錢的首飾、細軟，兒女們都帶走了，但終歸有些床上用品，棉被褥子什麼的。道士怕鬼子正是來尋這些玩藝，畢竟才早春三月，乍暖還寒，有時晚上甚至鑾冷的。

耳聽著噠噠聲一級級上樓，快要盡頭時，突然樓下堂前傳來一聲異響，驚動了鬼子，像扔了炸彈，把他們從樓梯上胡亂趕下來，荷槍實彈，四面八方向堂前包抄過來。道士說，剛才的異響把穀倉裡的他也嚇一跳，但透過板壁縫，他馬上發現，是原本置於張天師像前的一盞燭台，不知怎麼的從案几上落地了。那是一個鐵傢伙，擲地有聲。我在學校向老師討教後，知道這是這群鬼子上樓引發的某些共振效應。

道士聽我說這個，破口大罵：「放屁！」

作為先生，道士一般不說髒話，但急了也說不一定，他氣急敗壞地罵我：「什麼效應報應，那分明是神仙下凡，張天師顯靈好吧。」其實是罵我們老師：「放什麼洋屁，別以為站在黑板前就是先生，就高人一頭，放屁都是香的，在神仙面前其實都只是螞蟻螞蚱。他看沒看見當時那些鬼子的樣子，個個端著槍、咬著牙、扣著扳機圍上來，好像隨時要開槍殺人。可到堂前看到張天師後，人人都收起槍，在領頭鬼子的示意下，躡手躡腳撤退了。」

正因此，有神仙佑護，鬼子反而成了阿山道士樹立威望的權柄，所以每次來他都只躲不逃，待在穀倉裡睜大眼，提著心，吊著膽，等著看鬼子的洋相。但後來兩次——第二次、第三次——鬼子只是來搶糧食的，強盜一樣，也是龍捲風一樣，呼啦一下就撤了，都沒有進他家。在他仇家阿根大炮氣派的紅房子面前，他家顯得矮小老舊，強盜看不上眼，懶得理。氣派的紅房子像個披金戴銀的大婊子一樣招搖，把強盜都吸過去，蹂躪了又蹂躪。在阿山道士看來這也是神仙顯靈，替他懲治仇家，保護自家。之後多年，鬼子沒有再來村裡搶糧食，因為先是日軍維持會，後是汪偽政府相繼組建起來，一撮漢奸替他們幹活，鬼子只要在縣城裡待著，坐享其成。

村裡人再次見到鬼子——第四次——那是多年後，鬼子投降那年，八月底的一天，一個炎炎盛夏的日子，有兩輛軍車駛入村口，停在洋橋頭：一輛美軍敞篷吉普車，車斗裡架著一挺重機槍，司機邊上坐著一位腰間別手槍、頭上戴厚鋼盔的長官，後座立著兩名紮武裝帶的士兵；另一輛卡車，押著全是雙手被反剪的日軍俘虜，有二三十人，人人衣冠不整，精神萎靡。據說，這些鬼子曾是我們縣城駐軍，現在是戰俘，要押到杭州去統一管理、處理。正是午間時分，太陽直射，地上升騰著絲絲縷縷熱氣，霧濛濛的。長官大概擔心熱死人，一聲令下，放俘虜下車去橋下喝水。村裡人聞訊，紛紛趕來，聚在橋頭，看熱鬧。那些鬼子走了一路，都渴死了，但手被反剪著，用不來，只能跪下來，趴下身，像畜生一樣喝水，蹬著腿，伸著脖子，樣相狼狽，讓橋上的看客看個開心、解氣。

阿根大炮來遲了一步，卻是第一個起鬨，並付出行動，抓起石塊往鬼子身上砸。這是符合他人性的，他的人性就是狼性，自私，貪婪，霸王，鬼子蹂躪過他家，搶走東西，他早懷恨在心，這不正好報仇雪恨——趁人之危，落井下石，這也是他的人性。有人帶頭，馬上一堆人跟上（惡從膽邊生），路邊的石子紛紛被眾人拾起，往一群像鱷魚一樣趴在溪邊飲水的鬼子身上投擲，頓時引發騷亂，叫聲、喊聲、逃避亂作一團。有兩個鬼子當場頭破血流，若不及時阻止，隨時可能出命案。阻止也不難，軍官拔出手槍，朝天開兩槍，村民都嚇壞了，驚弓之鳥一樣逃散。

自然，像這種趕熱鬧的事情，父親總是不會缺席的；這是他的人性，他的人性就是沒心沒肺，遊手好閒，喜歡瞎湊熱鬧。但我尋思，父親那天一定沒擲石塊，因為他心情不好，可以說糟透了。為什麼？因為那時他已經有過「日本佬」的綽號，被人叫了好些年。一個假的日本佬，在一群真的日本佬面前，聽村民一口口叫日本佬、罵日本佬，他心裡能好受得了嗎？恐怕每一聲叫和罵都叫他心驚肉跳吧，像被人踩了尾巴一樣。不是有人說，人的綽號是剪不斷的尾巴，貼上身消不掉的，像傷疤。

其實，這事給父親是有後遺症的。據阿山道士說，之前幾年村裡叫父親日本佬綽號的勢頭已經削弱，因為後來他又有一個新綽號，把它蓋了，掩了。但這之後，它又被揭開來，像被雪藏的狗屎，在春日暖陽的照耀下，又回到了人視線中。

參

父親的大名叫德貴，顧名思義，是照家法起的名，宗旨是要做個有道德的人，高貴的人——年輕時德才兼備，年老了德高望重，富貴榮華。日本佬離這些太遠了，日本佬是一群畜生，惡魔，罪行累累，豬狗不如，哪怕綽號都叫人不寒而慄，心生痛惡。我恨父親有日本佬綽號，無數無數次為它羞愧過，被它汙辱過。儘管父親有太多缺點，很多毛病，導致有眾多不雅綽號，但我還是無法理解——不能接受！他怎麼會跟鬼子沾上邊，戴上這綽號，簡直可惡！簡直該死！

阿山道士告訴我，怪不得天，怪不得地，只怪我父親好吃懶做，連大白天都經常睡懶覺。據說是鬼子第一次來我們村裡搶糧那一回，大熱天，一隊人馬揚著滾滾塵灰，駕著一輛馬車，拉響著瘆人的汽笛：嗚——！嗚——！嗚——！警報一路響，鎮上村裡，街頭巷尾，田間地頭，一路路人畜都往山裡跑，跑不了的就躲在自家地洞或暗櫃裡。總之，人作鳥散，躲起來。當時父親在街上學手藝，做漆工，師傅派他活，給一個大衣櫥刮膩子，不是重活，也不髒，不會引發哮喘。只是大熱天，在樓上，更悶熱，人容易睏，他幹著幹著，睡意上頭，索性把大衣櫥放倒在地，關上門，在櫥子裡睡大覺，人不知，鬼不覺。

道士說：「這便是你爹，偷奸耍滑的事有天才，不用人教。」

父親睡得那個死啊香啊，瘆人的警笛嚇不醒，街上人聲鼎沸吵不醒，直到鬼子突突響的摩托開到樓下，才把他驚醒。他稀奇這是什麼聲音，從櫥子裡爬出來，循著聲走到窗前，探出頭找聲音，恰巧被坐在車斗裡的鬼子瞅個正著。鬼子一路搶掠，贓物多得車馬裝不下，正四下尋人找不著，父親瞎了眼，自投羅網。就這樣，父親被鬼子——真正的日本佬——當挑夫抓走，幾個月後才逃回來。

那時爺爺尚健在，家裡沒供奉菩薩，為感恩菩薩把兒子平安送回來，奶奶挑一擔油鹽黃豆穀麥，專程去山公寺敬拜。接待她的大和尚差小和尚敲了隆重的十二響鐘，並對奶奶指明一個理：把兒子留在身邊，莫外出。父親雖有畫功，但漆工叫他的哮喘病加重（為此落下「活鬼」綽號），奶奶本來就在猶豫這前程當不當走下去，聽大和尚所言，當機立斷回了頭，不走這前程了。走啥路？奶奶和爺爺商量後，覺得做生不如做熟，決定還是走爺爺的老路，在槽廠做生活。

槽廠就是民間造紙的作坊，爺爺做的是力氣活：舂料，利用的是槓桿原理和裝置，一頭是踏腳板，一頭是一個馬頭一般高大的大木榔頭；腳踩下去，大榔頭升起來，腳鬆開，大榔頭砸下去，把紙料擊碎、搗爛，爛成紙漿。大槌頭實在大，且多為梓木樹根做的，死沉，一人踩累，加一人總歸鬆口氣。父親立在爺爺身後，跟著爺爺一腳是一腳，打配合。配合了兩天，腳上全是血泡，痛得哇哇叫，說是腳筋傷了，歇了三天。

道士說：「你爹天生是個懶漢坯子，做什麼事都咬不了牙，三天打魚兩天曬網，吃不下苦頭。做事吃不了苦頭，做人就得吃苦頭。」

但父親也不是沒優點，他人機靈，嘴俐落，腦筋活絡，學個什麼，只要他熱心的，像吃喝玩樂的事，學得比誰都快又好。比如學鬼子的鳥語，你幾乎不可思議，雖然是給鬼子抓去當挑夫，幹苦力，但感覺好像是去受了培訓，僅僅幾個月，回來已經會說一大堆鳥語，嗚哩哇嘩的，蠻順溜。話憋在肚子裡，沒對手說難受，忍不住要說，不吐不快，看見人家在吃飯，他張口來個「米西米西」；看見誰在殺雞宰羊，他冒個「死啦死啦的」；看見天下雨，他說「阿美阿美」。那時父親才十五歲，不懂事，沒忌憚，覺得這很好玩，當本事顯，不曉得有些事是不可以鬧著玩的。等曉得時已經來不及，大家已經一口口叫他「日本佬」，叫順口，改不了。

日本佬。

日本佬！

日本佬!!

父親想不答應都不行，不答應人家叫得更響。

爺爺因此一次次揪他嘴皮子，奶奶一次次去山公寺拜菩薩，求和尚，指望他們施法替兒子消掉這個綽號。確實，什麼綽號都可以起，就是不能起這綽號；這不單單是個綽號，這是罪名，是仇恨，是詛咒，比屎還要臭，比鬼還要猙獰可怕。天知地知，這一年來村子被糟蹋成什麼樣子，鬼子來一次村子就剝一層皮，三次下來，村子已經皮開肉綻，斷骨斷筋，元氣大傷，傷到心。爺爺每次揪父親嘴巴子時，總是把他拎到西屋，叫他看慘不忍睹的殘垣斷壁。屋子本有三個開間，最合適住兩家人。奶奶說，爺爺本想再拚一拚，生個小子，哪怕生不成小子，招個女婿進門也可以，正反有房有戶，好張羅，好安頓。但西屋一下被鬼子燒成這樣子，廢屋子，就廢了這心思——其實也將父親往「廢」的方向推近一步，因為獨木不成林，獨子難成器！

父親的不成器體現在多方面，懶散啊，滑頭啊，沒誠信啊，骨頭輕啊，性子躁啊，脾氣急啊，沒恆心啊，無耐心啊，偷雞摸狗啊，等等。要是骨頭重，知輕重，爺爺奶奶如此這般教訓教導、祈求禱告——可謂軟硬兼施，苦口婆心，父親早該長記性，咬碎牙，守住口，閉緊嘴，回頭是岸。但父親經常上午在家受了家法訓誡，晚上出門去溜達，手指頭還在滲血（數鐵釘磨的），心頭已經忘掉祖宗，跟人張口「米西米西」，閉口「死啦死啦的」，把丟人現眼的綽號——日本佬——死死扣在自己不要臉的頭上。

眼看沒救了，又一度得救，雖然用的是一種極慘極痛的方式。

翌年，我家大禍作亂，先是小姑含恨九泉，接著不久，爺爺上山斫柴，被一塊翻山越嶺飛來的巨石砸成一團肉漿，生死兩隔。有爺爺在，父親心頭還有個忌憚，有個怕，墮落有個底，有個天花板。爺爺死了，用阿山道士的話說，父親的錨脫落了，沉落海底，他像一匹脫韁野馬，徹底放任自流，放蕩不羈，骨頭輕浮得像棉花，額頭黑暗得像陰溝，結交一些狐朋狗友，整夜通宵在外面潦蕩，鬼混，吃喝玩樂，歪門邪道，無所顧忌，變本加厲。群眾看人的眼睛是雪亮的，給人起綽號的水平是一等一的，於是乎，父親迅速收獲了一個新綽號——潦蕩坯，簡稱「潦坯」。

肆

有一回，阿山道士對我說，人說行行出狀元，你爹是行行出綽號。在父親眾多——真的多——綽號中，最貼切的是潦蕩坯——簡稱潦坯，因而，被人叫的也是最多的。幾乎什麼人都叫。幾乎當面背後都叫。幾乎體現了他時時處處的樣子，一生的樣子，就是沒樣子，樣樣不爭氣，事事倒霉頭，時時處處都在潦，是個十足潦坯。潦坯不是惡人，不是混蛋壞蛋，不是狼子野心，殺人越貨，傷天害理，十惡不赦。潦坯的意思是多重的，有邊又沒邊，但總的說是指一個人做事吊兒郎當，不努力，做人輕浮，不成器，對自身沒要求，對他人無責任——這種人！且專指年輕男人，後生小夥子。和男人的「潦」搭對子的，是女人的「浪」，彼此一路貨，都是放浪形骸、輕賤敗家的貨。

村裡有支老曲，老輩子都會哼，配的詞是：

男怕潦哎
女怕浪
潦男浪女搭成對哎
金子銀子堆成山
哎呀哎呀——
山空人空樣樣空呀

阿山道士多次說，儘管我爺爺走得早，但我奶奶是有天有地的，聰明能幹，有主見，有骨氣，能吃苦，娘家底子也厚，撐得起門面。要沒有我奶奶的底子底氣，和（後來）我母親的好脾氣、忍讓心，我家早給父親潦完了。十個家都完了，十個母親都氣死了，要麼氣跑，我們幾個孩子要麼餓死，要麼被人領養，要麼丟失，要麼拋棄，要麼……總之，聚不到一個屋簷下。

確實，我小時候就給父親丟過一次。那是我兩歲那年，大年初二，我們去街上給外公外婆拜年。母親老家是駱村人，但外公的事業在禮鎮街上，開一家棉紡廠，是當時富春江南第一家，也是唯一家，禮鎮上下幾萬人，身上穿的都是我外公的汗水、外婆的錢。解放前，外公絕對是財主，本地資本家，家大業大，母親稱得上是大家閨秀，養尊處優。缺點是命盤裡沒文曲星，功課不好，早早退出學堂，回家幫外婆操持家務，時而也來廠子裡幫外公迎來送往。廠房在一條僻靜的弄堂裡，機器轟隆響，不能在街上，居民會有意見。但接客迎賓的門面必須在街上，有面子，便交際。門面是一棟老資格的兩層八角木樓，和奶奶的娘家相隔一紅一青兩幢磚樓：紅的是郵電所，青的是照相館。這是禮鎮有別鄉村、作為街上的標誌，像外公的棉紡廠，是全鎮幾萬人的心頭肉。

在我出生前八年，父親二十一歲，也是春節頭幾日，去給他的外公外婆拜年；雙老還有幾年壽，大抵是要看潦坯外甥（外孫）娶了媳婦才安心歸天。父親那時已經過了潦的青澀期，進入成熟的黃金季，講究穿著打扮，頭髮抹了菜油，皮鞋三接頭，出門像個新郎官，遊手好閒中有一定目的，不是單純圖耍扮酷。他早夢想將自己照片選入照相館櫥窗，每次來街上都去照相館晃悠，搭訕。作為潦坯，虛榮是標配，而且會想方設法滿足虛榮心。這年春節，他終於通過一條菸的代價舔上照相館老闆，應允給他拍個藝術照，在櫥窗展示。順便說一下，這條菸本是他代表奶奶給外公拜年的禮物，日後奶奶將發現，類似的事父親早在做。這是一個潦坯的拿手戲，雁過拔毛，視信譽如空氣。

父親照完相，志滿意得地從相館門前台階上走下來，走到櫥窗前，想像著自己照片不久將在這裡亮相，心情好得不得了。正是日行中天，陽光如熾，如膠似漆地抹在父親油亮的捲髮上、俊朗的臉蛋上。天註定，母親此時正在隔壁八角樓陽台上曬衣服，居高臨下，看父親一清二楚。一看，眼睛像被燙了一下，二看，心裡像被捏了一下。那年母親十八歲，已經有人上門給她提親，她討厭那些提親的人。但自這天起，她又暗暗希望有人來給她提親，當然對方必須是自己在陽台上見過的那人。她甚至經常有事沒事去陽台上張望樓下，好像父親被定格在照相館櫥窗前。

一天，母親偶然發現櫥窗裡掛著父親照片，五寸半身照，白毛線衣（胸前箍了兩道細的黑色平行線），一手托著下巴，一手叉著腰際，標緻的五官甚至連捲曲的頭髮都在水深流緩地微笑，那個俊朗，那個帥氣，那個年輕而意氣風發的樣子，簡直！簡直！雖然目光有點兒調皮，但這更顯得可愛。母親在櫥窗前久久佇立，似乎自身也成了一幀照片——當然是全身照。

第二天，櫥窗裡拆了父親的照片。這是母親靠近父親的第一步——把他藏起來，別讓他招搖，免得引來競爭對手。作為鄰居，照相館總是關係好的，照相館的人很快給母親提供了父親的背景資料——郵局隔壁誰誰家的外甥，令母親心生暗喜。街坊鄰居，近在咫尺，低頭不見抬頭見，彼此都是認識的，那對耄耋老人面相和善，待人友好，屬於那種德壽雙高的有福之輩，令母親浮想聯翩。

第三天，母親提了些年糕醃肉，去看望父親的外公外婆。情竇初開的母親，似乎有點兒初生牛犢不怕虎的魯莽，其實是情亂迷離的體現。母親不是那種愛恨果敢的辣女，這一回是宿命裡的流星，命中註定，老天幫忙。說來父親當時身邊還真有一「虎」，是當初漆匠師傅的千金。父親在漆匠鋪做學徒時還沒有開始潦（才十四五歲），師傅對他印象好，尤其對他圖畫的才能十分賞識，器重。可惜哮喘病作怪、鬼子夾攻、和尚慫恿，一系列反攻倒算，前呼後應，迫使他半途而廢，做不了他的傳人。但是不是可以做女兒對象呢？關係就這麼在年前開始發展，並且進展順利，據說已經親了嘴。但父親不承認。死活不認。當母親出現在父親眼前時，父親身上的「潦」勁迅速發作，不商量，不猶豫，當機立斷，結束老關係，開始新追求。據說，害得師傅氣急敗壞，衝上門要搧他耳光。

父親兩眼一瞪——當然仍是據說——振振有詞說：「你敢！除非我做了你女婿。」

人家是因為你不肯做女婿——做陳世美——來搧你耳光，可他反而說，只有等他做了女婿才可以搧他。這就是父親，偷奸耍滑、強詞奪理這一套玩得轉。這也是「潦」的一種，用講道理的方式不講理，耍流氓，跳大神。

公平說，母親的條件比一身油漆味的漆匠女兒好很多，好上天！論家庭，母親是大戶人家，雖是暴發戶，祖上是農戶，底子薄，缺文脈，但時勢造英雄，入對了行，一枝獨秀，天時地利人和，一本萬利。銅錢不認新舊的，新舊一樣值錢，何況我外公膝下無子（只有三朵金花），這對父親是巨大誘惑。作為成熟的、真資格的潦坯，父親對錢財尤為敏感。他深悉有錢能使鬼推磨，上天入地萬里行，沒錢寸步難行。出不了門怎麼潦嘛，錢是「潦腳」，不是鐐銬。再說，論相貌，兩人各有千秋，母親條幹（身材）好於對方，對方膚色比母親細白，臉蛋兒係一個型號，圓偏胖，多肉，是持家增福的相道。再三，論年齡，師傅女兒和父親同歲，年份還大兩個月，而母親小三歲，無疑和父親更般配。再四，更是袒護父親：父親和母親是自由戀愛，正合乎當時抗戰勝利後「新民國」宣導的「新生活」風尚，而師傅女兒是她爹一手畫的圓，是家長意志，封建制度，要宏力破除的。所以，父親選擇母親，雖有不厚道之嫌，但將心比心是可諒解的，連阿山道士都理解。

阿山道士說：「這就是人，是人心的問題，換一個人照樣做你爹，當陳世美。人不就是因為缺德無道，才派神仙來救世作主。」就是說，這不是父親潦的罪證。「如果說這是潦，罪證應該也是由你爹來擔。」阿山道士接著說：「是你媽費盡心機把你爹追到手的。但你媽當時並不知曉你爹有對象，她響應新民國號召，主動追求自己相中的人，並無錯。而且你媽是什麼人，全村莊誰會怪罪你媽一個不是？她即便有錯，也沒人要她擔待的。所以，我可以保證，向神仙保證，你爹攀你媽是沒錯的，也是虧他攀到了你媽，否則天曉得他今朝昨日會潦成什麼鬼樣子。」

我記得清，道士是在我外公做六十大壽之筵席上對我說這話的，那年我九歲，我大姐十三歲。十七年前，母親在一步步接近父親，想像有一天父親出現在她面前，想像有一天父親送她紅毛線圍巾、白洋襪（本地風俗，象徵一種曖昧關係，類似城裡人送花），想像有一天花前月下父親牽著她手散步，想像有一天父親親她嘴，想像有一天兩人幸福地牽著手，在眾人簇擁和起鬨下，走到雙方父母前跪下，感恩，互相起誓，等等。所有這一切，母親想得細心、周到、熱忱，大多也一一實現了。想不到的是——萬萬想不到——新婚之夜，自己在父親的臂彎裡沉沉睡去，天亮醒來後，發現父親已不知去向……父親作為一個賭注，被他的「雙蛋」兄弟——鐵桿潦伴——贏去喝大酒了，宿醉難醒，次日晌午時分才回家，耽誤了回娘家良辰。

伍

驚人相似的「潦事」層出不窮。

七年後，父親已經是兩個女兒和一個兒子的「老爹」，年紀也到了三十而立之年。村裡有老話，子女出三，爹娘屬老——也許是「熟老」吧，我不知道，因沒文字記載，只有口耳相傳。為了顯示「屬老」或「熟老」，父親留起鬍髭，細密黑亮的一字鬍，配上柔順捲曲的淺棕色黑髮，將本有的英俊帥氣襯出一份沉穩老練，褪了簇新閃亮的光華，添了耐看斂氣的包漿。大過年，當然該穿好的（最好的），藏青色嗶嘰布中山裝是去年過年才做的，尚有九成新，今年新添的是一條黑色燈芯絨褲，樣式是時髦的直筒款。三接頭皮鞋雖然舊，但塗足黑鞋油，打蠟拋光後，依然有八成新，在一群布鞋甚至草鞋當道的街頭路面，照舊享有一份尊貴豪氣。

父親一向講究穿著，要體面，愛風頭。他像阿山道士愛護做法事的行頭一樣，悉心呵護著他的當家「三件套」：中山裝，棕色牛皮腰帶，黑色三接頭皮鞋。據說，早期母親正是用那根棕色腰帶俘獲了他的心，讓他橫下心斬斷舊情老親（師徒之親）。這是潦坯最根本的毛病：死要面子，沒有裡子的面子也要，打腫臉充胖子的面子也要，只要你給足面子，他可以把良心挖出來，裝進去黑心、野心、變心、噁心、狠心、傷心、痛心、死心、別有用心、觸目驚心……心……心……心……

父親，你的心在哪裡？

這天，我知道，父親的心在一個小貨販的黑市貨箱裡。過年過節，街上全是人。父親是喜歡人多的，人多的時候就是他節日，人多的地方就是他的花果山。這天一大早，我們一家五口趕來街上，給八角樓裡的外公外婆拜年。街上鞭炮聲陣陣，雞鳴鴨叫，五畜豐登（都是醃製的乾貨），人來人往，好不熱鬧。不時有人湊上來問，要不要這個那個，似乎狹窄混亂的小巷裡藏著個大世界，埋伏著世上所有小商販。雖然不是初次遇見——年年如此，我大姐都不稀罕了，但父親像兩歲的我一樣，百看不厭，一雙明眸大眼東瞅西看（像花綻放了），不時駐足與這人交頭接耳，跟那人揮手稱兄道弟。這是父親的日子，如魚得水的日子，賓至如歸的地方，心花怒放的現場時刻。

不一會，我們隊伍中只剩四人，少了父親。母親不見怪，不理會，繼續穿在人流中，右手抱一個我（兩歲），左手拖一個二姐（四歲），嘴裡喊一個大姐（六歲），肚子懷一個小妹（八個月，臨產），謹慎又果敢地走著，像她的每一天。無人比母親更瞭解父親，她知道父親在這種場合極易犯一種病，老毛病，死毛病，心花怒放、忘乎所以的丟魂病，且無人治得了，無藥治得了——與其強行醫治，不如無為而治。同時，母親也知道，他潦不了久的，中午將準時去外公家填充肚子。因為他身無分文，下不了館子，也不會有人請他——一個潦坯——下館子。其實，潦坯在兜裡有錢時對人豪爽得很，沒少請人下館子。為什麼沒人肯回請他們下一回館子？這是世道的不公平，是人的勢利病，是生活無情不義的寫照。生活不相信過去，只相信未來——潦坯的未來，只會越來越慘澹。因為豪爽，過於豪爽，時常十塊錢要花十一塊，才導致父親包括所有潦坯必將進入一個永遠惡性循環的圈套：有錢↓花光↓借錢↓不還↓再借↓就難。包括至親至愛，奶奶、母親、外公、外婆，都不肯借錢給父親，更不可能給。

奶奶經常發牢騷：「金子到他手上也會變成冰，瘍成一灘水流完。」

奶奶交代母親說：「這個潦坯，你要像防小偷一樣防他看到你的錢。」

母親很快和奶奶達成一條戰線，警鐘常鳴，加強防範。生薑老的辣，奶奶的防線固若金湯，但母親的陣地常被父親的花言巧語突破。母親也有一個怪圈，明知父親的花言巧語笑裡藏刀，有毒的，但仍是喜歡聽，甚至有癮（毒癮），一陣一陣循環往復。這是父親困窘生活的一線希望，也是父親所以沒有潦倒的撐桿。但總的說，父親還是經常身無分文，因為母親不是國家居民，只是家庭婦女，沒有固定工資的。母親有些外快，都是外公瞞著外婆和兩個娘姨偷偷塞給她的。解放了，新社會了，其實外公也沒那麼多錢了。據說，外公早些年給新四軍捐過諸多錢，確保了他在新社會的體面和地面（八角樓，工廠），但新社會，同樣的工廠掙的錢大不如從前，如今國家又在提倡公私合營，外公並不可惜把工廠這隻「錢袋子」充公，去換回一張大獎狀、一本紅本子。

外公曾對我說過：「時代變了，現在這些比錢還值錢。」

外公也曾對我說：「有一天閻羅王叫我走，我唯一放不下心的是你媽，她瞎了眼找了個潦蕩坯當你爹。」

有一天，外公對著天罵：「這個潦蕩坯！虧得我把錢財都散了，交給了國家。」

這天，父親果不其然在飯點準時出現在外公家餐桌上，有點叫人意外的是，吃罷飯，父親要帶我去看舞獅子，說是待會有個舞獅隊要在哪裡哪裡表演。我說是兩歲，其實才十五個月，剛甩掉步履蹣跚、步步驚心的步伐，能自由行走，最愛探險，四處看這些熱鬧，歡天喜地。兩個姐姐要跟去，被父親斷然拒絕——母親也堅決反對。母親可以在熙熙攘攘的人流中一手抱一個、拖一個，嘴巴裡帶一個，肚子裡兜一個，父親哪有這本事？父親能帶好我一個已是得幸了，開恩了。

父親平時很少管我，兩個姐姐是從來不管——日後小妹也不管。不過，這倒不是父親的錯，村裡多數家庭都這樣，男人管天地，在田地幹農活，敬老不愛幼；婦女管灶台，燒飯帶孩子，敬老又愛幼。大人打孩子，無可厚非，不打不成器；打老人大逆不道，遭天殺。至於重男輕女更不用說，所以兩位姐姐，你們就老老實實在家待著吧，你們還不瞭解自己父親嘛，他是全村出名的潦坯，哪有心思帶孩子，今天主動要帶我——對不起，連無知的我都覺得有點怪怪的，不習慣。

舞獅子是真的，一群江北佬，穿得大紅大綠，金鑼敲得嘭嘭響，震得我一雙小眼直冒金星，兩隻耳朵嗡嗡響，不停想尿尿。四周都是人，人山人海，人聲鼎沸，喜氣洋洋。開始父親抱著我，叫我寶貝，親我小臉蛋，摸我小口袋。後來帶我去了一戶人家，一個獐頭鼠目的人，戴著黑色眼鏡，帶他上了樓。上樓前，父親把我交給主人家一個七歲的小姐姐，她拉我坐在門檻上，說舞獅隊馬上過來。父親給我和小姐姐各人一粒紙包糖，叮囑我們安生等著看，不要亂跑，他很快就下來。可等舞獅隊來後，街上像著了火，一下子熱鬧起來，簡直太熱鬧！敲鑼打鼓、歡天喜地的樣子，像是一腔颱風把小姐姐颳走了。我踉踉蹌蹌跟著她，跟啊跟，一下，兩下，跟丟了。小姐姐像一隻小獅子一樣，左奔右突，轉眼消失在人流裡。我不怕，奮起直追，把大人往一邊趕。我追啊追，直到累斷小腿，頭昏腦脹，啥都不想，只想尿尿，才回頭想去找父親。

可哪裡找得到？畢竟我才兩歲（不到），平時都不一定找得到，何況這天，舞獅隊把街上掀翻天了，人像夜間蝙蝠一樣傾巢出動，烏秧秧的，看不到邊，定不了神。而且，似乎人人都在嚷嚷，吆三喝四，沸沸揚揚的，吵得我的哭聲都傳不遠，出口就被淹沒，像富春江裡的魚流出的眼淚，剛流出來就消失不見。我不知哭了多久，找了多久、多遠、多痛苦、多絕望，不記得了，總之我最後哭得也是累得暈過去，死過去，最後又是誰、什麼時間、如何怎麼找到我，全不知曉。

當然，我更不知曉，在把我交給七歲小姐姐、安排我們在門檻上坐好、跟獐頭鼠目的人上樓前，父親已經從我身上摸走外公外婆上午才給我的十元壓歲錢，去樓上——骯髒的黑市場——買了一副跟這個獐頭鼠目的人戴的一模一樣的黑色眼鏡（墨鏡）。據說，這是大上海來的上等貨，我們全縣只有十副，所以才賣這麼貴。

陸

我的壓歲錢是個故事，講述著我們家某段歷史的辛酸和溫馨。

每年春節，外公會給我十元壓歲錢。這在當時是個巨大數目，大過任何大人的想像力和孩子的奢望。同樣是母親血肉，我大姐二姐，外公給她們壓歲錢是各一元——這基本上是當時壓歲錢的峰值，普遍情況是一角、兩角，甚至分幣也常見。我們那麼多親眷，姑家姨家，近親遠房，十數家，幾十人，年年給他們拜年跑斷腿，最後我們每人收到的壓歲錢總共也就是一元錢左右。唯獨外公對我是個例外，出手闊綽得像個夢，一張十元大鈔！講給人聽，沒人信的。

但我對天發誓，這是真的，而且年年如此，直到後來外公也沒錢了。外公把錢都捐給了國家，開始大家說他是個神經病，後來大家又說他真聰明。大人家的事，老實說我們做小孩子的真搞不懂，當然也不需要我們懂。我們只要懂把四面八方收到的壓歲錢，最後都上繳給母親，然後母親會獎勵我們一個零頭。真的是零頭，兩個姐姐各五角，我身為獨子獨孫，又是十元大鈔的貢獻者，也不過是她們的加倍：一元。這樣，母親就不必為全家一年的油鹽錢發愁了，這也是外公所以給我們——尤其我——超常多壓歲錢的原因，他不想看到女兒被一個潦坯丈夫潦得過不了安生日子。但原則上，嫁出去的女兒，潑出門的水，外公直接給我母親錢是有悖家庭倫理的（他有三個女兒），偷偷給又不體面，也不體現溫馨貼心的父愛，便在我的壓歲錢上做了文章。

這是父親寫給女兒的愛，也是我們全家一年的油鹽錢。

父親當然知道他是什麼時候從我身上摸走錢的，他不會為此後悔。這是他決計要做的，從上午見到這個獐頭鼠目的人起，他已經在打我壓歲錢的主意。這是一起有預謀的行動，母親註定要失財，父親註定也不會後悔。他後悔的是，當他戴著墨鏡從樓上下來時，因為喜悅興奮，忘了我的存在，或者不在。那時間，正是他潦癲的時刻，我心飛翔的時刻，神志分離的時刻，滿大街的人都在看他——他以為——欣賞他的墨鏡，他的帥氣，他站在台階上高高在上、風度翩翩的樣子。他一步一頓，左顧右看，款款從台階上下來，根本沒意識到，十幾分鐘前我曾被他安頓在背後的門檻上。他太少有這樣單獨帶我出門的體驗，他腦子和身子裡都沒有這種儲存——沒有！像富人沒有窮人的惦記。他滿腦子想的是，讓更多的人看到他酷帥的模樣。他已經從櫥窗玻璃裡看到自己酷帥的樣子，黑得發光的雙筒鏡片讓他變得高貴、神祕，彷彿有魔法的，把他的現在和過去隔開，徹底隔開。

兩個小時後，母親久等我們不歸，覺得蹊蹺——舞獅子早收場——上街來找我們，和焦頭爛額的父親劈面相逢。不知父親是什麼時候想起我的，反正母親見到時他已經在心急如焚找我，他一定想獨自找到我，對母親隱瞞丟失我的真相。可惜，他沒有這麼好手氣——從來沒有！好人才有好運，潦坯不是好人，他總是要被生活懲罰，出盡洋相，被人看夠笑話。我都不想說，但母親經常說（為了證明父親愛我，其實是騙我），父親那天見到她後頓時哭了，他嚇壞了，擔心我丟了。

我是丟了，只是遇到了好人，後來我認他們做了乾爹乾媽。

是乾爹先發現我，見我一個人四仰八叉睡在——其實是昏死——溪邊石坎上。大源溪從螞蟥嶺發源，盛著幾十公里崇山峻嶺的水源，流到禮鎮已即將匯入富春江，江水倒灌使溪流充盈，水深流急，只要我翻個身，便可能滾到水裡淹死。乾爹覺得我很危險，想叫醒我，可我當時已經在發燒，叫不醒，只會說胡話。乾爹是街上衛生院大夫，他確定我在發燒，便抱我去單位。所以，父親怎麼也找不到我，乾爹在給我治病呢。

有些事你不得不信，比如說我從小被各個老輩子看好，說我面善命好，將來有福。奶奶一向說，我打小聰明伶俐，記性好，明事理，長大一定有出息，能報恩，讓她有福享。外公每次給我壓歲錢時也說過相似的話，說富不過三代，窮不過兩代，我家爺爺死得早，父親潦得凶，窮苦了兩代，輪到我該翻盤了，所以他要待我好，將來好讓我待他好。如果奶奶和外公說的不算數——都是自家人，不說兩家人——那麼乾爹的出現是不是有天之意呢？老天曉得，我爹是個潦坯，不好，所以特地給我派來一個好乾爹。

是這樣嗎？

這就是命嗎？

命中註定嗎，命運的輪盤將在我手上翻轉？

柒

奶奶說，人有命，是因為天有神，管著人，給人排好生老病死、災難福祿。村裡有各式各樣的保護神，村口有岳王廟，供的是岳飛神將，保家衛國護村的。青龍山上有山公禪寺（俗稱山公寺），三進門的大寺院，頭門敬著彌勒佛，中門是釋迦牟尼，後門是觀音和文殊兩大菩薩；三門四尊，管天管地，管男管女，管死管生，總之是管完了村裡父老鄉親的大小事。這也是村裡香火最旺的寺廟，名聲在外，四鄉八野都有信徒，逢節趕日來燒香敬拜。奶奶在爺爺冤死的那年——死得太冤！心裡那個苦啊，苦海無邊啊，最後到這兒來才找到邊，上了岸。以後，時時節節來敬香拜佛，和這邊大小和尚都熟識，緣分交情篤深。那時這兒和尚多，有幾十個，後來逐年少，到我小時候只剩三五個。少是少，終究是沒斷根熄火，比山母庵好。

山母庵一般叫山母廟，顧名思義跟山公寺是成雙結對的，其實都在青龍山上，一在山的陽面，為公，為寺；一在陰面，為母，為庵。由此，青龍山也常被我們叫作山公山母山，也是我們村最高的山。相比山公寺，山母廟地少屋小，只有一個門，一個殿，供一座南海騎龍觀音菩薩，香火一直不旺。說是庵，但據奶奶說，她只見過一個年紀輕輕的小尼姑，新中國小尼姑還俗，廟裡再沒有現過尼姑。人去屋空，廟裡的經書日見損壞，山公寺裡的大和尚惋惜，派出兩個小和尚，輪班住過來守護管理。說到底，山公寺把山母廟接管了，併了，合二為一了。

我們村子坐西朝東，正對青龍山——山公山母山——背靠西山，南面有連綿起伏的巍峨群山，北面是豁口，一條溪流通富春江。西山又稱火燒山，山上有一個三清道觀，俗稱斗米宮（縣誌上寫的是「五斗米宮」），供的是道祖師太上老君。這就是阿山道士敬拜的神仙的祖師爺啦，主管通靈，司法「死務」——日落西山嘛。當然死即生，司法死也是司法生，所以根子上，佛門道家是通的，沒有明通，至少有暗道通。只是，阿山道士做人做事一向主觀自信，總說斗米宮怎麼靈，張天師怎麼強，比山公、山母兩個寺都要通天、有法力，能化災救世，修靈度魂。他常遊說奶奶別在家供奉觀世音菩薩，更別去敬拜山公寺，應該隨他信，改弦更張，尊張天師，拜斗米宮。

這年，奶奶給了他一個機會，結果一敗塗地。

事情是這樣的，我被父親丟在街上害上身的燒症反覆無常，有點怪。在衛生院，乾爹是治好的，次日上午出院時，我能說能笑，體溫正常，有胃口。到下午晚些時候，五六點鐘，黃昏時分，我像一株神經質的含羞草一般，隨著夕陽西下，人就開始萎靡，發蔫，隨著夜幕拉攏，我體溫又逐漸上升，天越黑，體溫越高，高到超四十度高燒，抽搐，說胡話。月黑風高，沒車沒燈，只有等天亮再送去衛生院找乾爹，結果天亮後又好了，又會說能笑，想吃東西，體溫正常。但到下午，黃昏後，老牌又翻出來，故伎重演。如此再三，不見好，不休止。找乾爹，乾爹也治不好，嚇死人。

阿山道士一開始就信誓旦旦，說我犯的是什麼病（魂靈丟了），他能治好。大姑（他兒媳）首先不信任，不同意他插手；奶奶也怕犯菩薩沖，不敢同意。但眼看我小命一日日被折磨，乾爹也點不出個榫卯（親爹更不用說），奶奶走投無路，便豁出去，許可阿山道士出手，是病急亂投醫的意思。奶奶告誡他：「就照你的方式治，若治好了我就隨你的信，去斗米宮供奉一年油，敬拜一生世香。」

阿山道士說：「你耽誤了兩日時辰，但無妨，我照樣把你孫子病治好。」

奶奶問：「你判我孫子得了什麼病？」

道士說：「喪了魂，魂靈出竅，在野地裡遊蕩呢。」

奶奶問：「你能把他收回來？」

道士說：「保證。」

奶奶問：「時間？」

道士說：「三日為限。」

接下去三日，阿山道士忙死忙活，在我家堂前布置道場，白天又是寫又是畫，把靈符咒語貼滿村子牆頭、電線杆、橋頭；夜裡，穿一身道袍，帶一身法器，拎一盞馬燈，四方八面「天靈靈地靈靈」地搖鈴叫魂，山上，田裡，墓地，墳場，凡是陰森可怕的犄角旮旯，可能神出鬼沒的險地要塞，都是他涉足之地，都留下他的腳印、聲音、唾沫星子……第一天，我明顯有好轉，只是低燒，沒有抽搐、說胡話。第二天又有好轉，幾乎不燒了，只是沒胃口，當然也沒精神。眼看越來越好，奶奶懸掛的心一邊鬆下來，一邊又是緊起來，心想許諾的事要兌現，變不得的。這意味著奶奶要背棄已經信奉十多年的山公寺和觀世音菩薩，心中多少有些迷茫，不安，不堪。

不料，道士無道，天不靈靈，地也不靈。第三天，我的惡症非但捲土重來，而且變本加厲，原有的高燒、抽搐、說胡話等症狀一一再現，還出現口吐白沫、翻白眼的凶兆。這是要命的樣子！奶奶一氣之下，把阿山道士布在我家的道場搗毀，塞進爐膛裡一把火燒掉，然後連夜去山公寺認錯討饒。奶奶認為，這是菩薩對她迷信道士的懲罰，在大慈大悲的菩薩前長跪不起，泣不成聲，念念有詞，把大和尚感動至深。時任大和尚，號名慧真，掌著油燈來見她，聽了來龍去脈，把油燈遞給身邊小和尚，雙手合十，念一句「阿彌陀佛」，對奶奶布恩道：

「此處不留人自有留人處。既然我山公寺留不住施主孫兒，施主不妨去山母廟試試天道。」把油燈從小和尚手上接過，遞給奶奶，「提著我的油燈去，證明施主是受我意去的，自不會有誤解。去吧，阿彌陀佛。」

奶奶又翻山越嶺，去了只有一個小和尚守持的山母廟，在鮮有信徒來敬禮拜天的南海騎龍觀音菩薩前長跪不起，又是哭哭啼啼、念念叨叨一番。冷清的山母廟早習慣冷清，受不得奶奶的盛情（長跪）和吵鬧（哭），不一會，只聽殿內左側上方突然發出一聲異響，似有陶瓷類的器物掉落，劈劈叭叭地滾著，最後砰一聲砸在地上，顯明是碎破了，嚇得奶奶魂飛魄散。油燈昏暗，亮光照不出十米遠，殿內整體是黑的，暗的，祟的。奶奶有種大禍臨頭的懼怕，覺得這是菩薩對她的宣告：小孫子將像這器物一樣……想到這兒——我碎了，走了，嗚呼哀哉了，奶奶跪的力氣都沒了，匍匐在地，號啕起來。

小和尚聞聲趕來，問明緣故，提著油燈去一旁查看。見是一隻淺黃的陶瓷海龜砸碎在地上，念一句阿彌陀佛，對奶奶說：「碎碎（歲歲）平安，你家裡人平安了。」又念一遍阿彌陀佛，勸奶奶走：「不早了，施主請回吧。」

奶奶將信將疑，又不便也不敢冒犯小和尚好意，唯唯諾諾從殿裡退出來。已是三更深夜，外界一片死黑，濕冷，嚴寒。這也是當時奶奶心裡的圖景，沒有一線光亮，人渺小如蟻族，膽小如鼠輩，生長不出一絲勇氣去面對新的一天。山高路遠，人困虛弱，連走帶爬，走得慢；下山後回頭看見，山公山母山（青龍山）巔上像冒著蒸蒸熱氣，浮現出一片魚肚白。這是晨光，黎明之光。進村時，公雞一遍遍打鳴，此起彼伏，比賽似的。奶奶後來多次對我講過，她活那麼大從來沒怕過雞鳴狗叫，可這天凌晨的雞叫聲比鬼叫還可怕，叫得她心裡一陣陣發毛，出虛汗。

走到家門口，我家養在柴院豬圈裡的公雞也接上頭，打起啼來，嘹亮的啼鳴像軍號，像一梭子彈，把奶奶一下撂倒在家門口。我連日來的險象環生，把全家人都折騰得精疲力竭，包括肇事者父親此刻也在昏睡中——睡得真香啊！因而無人聽到、事後也沒人及時發現奶奶跌倒。奶奶足足在冰天凍地上昏迷了半個多時辰才醒來，因為脊梁筋骨受了傷，無法起身，最後不得不用手爬進屋。這是雙腳第一次出賣她，也是導致奶奶後來一度癱瘓的病根子。

奶奶爬進屋後，剛喘口氣，只聽樓梯上滾下一聲斷喝：「你是誰！」

奶奶抬頭看到母親裹一床毛毯，一頭亂髮披散的樣子，立在樓梯上，手上提一根木棍（用來抵房門的），像要衝下來，又像要逃回房間。母親的這個樣子，顯明是從熱被窩裡脫出來的，由此奶奶思忖我是「碎碎平安」了。否則，母親是熱鍋上的螞蟻，旱地裡的魚兒，苦不堪言，生不如死，怎麼可能鑽進被窩睡覺？要睡頂多是趴在床頭打個盹，不可能脫掉棉襖鑽進被窩睡大覺。

「平安了？」奶奶滿眼是山母廟裡小和尚的形容，說的也全是小和尚的話，像錄了音在播放：「碎碎平安……你家裡人平安了……」

語焉不詳。

母親卻心領神會，只因於信念不敢大聲說出來，只是輕微點點頭。奶奶告訴過她，好事情要藏，不能說，說出來要失靈的。此刻，我正在「好事」中，體溫標準，沒胡話，不抽搐，睡得像豬一樣香。但誰能保證不會失靈呢？連日來我反覆無常的燒病已經嚇壞了所有人，包括沒心沒肺的潦坯父親，包括通靈通仙的阿山道士。

謝天謝地，這一次，小和尚的話靈到底了。

從此後，奶奶也開始敬拜山母廟，以前對山公寺的感情和待遇——給菩薩燒香念佛，給和尚送糧供油——山母廟一列同享，並且把我母親也發展了。奶奶說，雖然供兩邊菩薩，事情多出一倍，但這是必要的，因為這些事是人生大事。每到逢年過節，奶奶總要帶母親去兩邊寺裡燒香貢獻，祈求一家人尤其是我平安。因為祈求的是平安——人生大事啊——所以即使家裡斷了糧也不會斷香斷供。奶奶和母親在這方面的態度和堅持超出村裡大多數家庭，大概是因為我們家裡老不順當吧：爺爺死得早，父親不爭氣，母親也只生了我一個獨子，而我又鬧了那麼一齣怪病，嚇人巴煞的，叫人心有餘悸。

我曉得，我的怪病後來是好徹底了的（沒有再犯過），身體也是棒棒的（乾爹說我身體比同齡人好，胃口大，力氣好）。但父親不爭氣的毛病，潦的毛病，吊兒郎當的毛病，做啥事不成器的毛病，犯賤作孽的毛病，一直都沒有好轉，甚至變本加厲，病入膏肓了。你絕對想不到——奶奶說，她寧願死也不要這樣想——有一天父親居然會去紅房子跟十惡的「三腳貓」沆瀣一氣，搞萬惡的賭博！

丙　紅房子．宿仇新恨

壹

紅房子在我們雙家村大名鼎鼎，全村只有它一棟房子是紅色的，且是三層樓，很長一段時間它也是我們村唯一的三層樓。它像從城市裡切下來，移到我們村裡的，是鶴立雞群的樣子——有人說，像一堆番薯裡混著一個大紅蘋果，有點怪模怪樣又有點讓人驕傲。我去大姑家必須路過紅房子，先從它前面走，然後繞到它後面，繞半圈，才能到大姑家。紅房子就是阿根大炮的家，我大姑家就是阿山道士家。所以，阿山道士和阿根大炮的關係就是這樣，既是仇人，又是鄰居。

這叫冤家路窄嗎？

奶奶說，阿根大炮跟所有好人都是冤家，因為他是個壞人。

我不大記得阿根大炮生前的樣相，我更多是在墳地裡見到他的。他葬在山公寺對面的桃花嶺上，那兒是一片老墳地，墳前墳後都是墳，神出鬼沒的地方，小孩子不大敢去的。但奶奶每年都帶我去，並特意去阿根大炮墳前，叫我對它撒一泡尿，一邊罵很多難聽話。阿根大炮的墳很特別，墳前水泥地上澆著一個洋車頭——真正實物！洋車就是縫紉機，雖是外國進口的洋貨，也經不起長時間雨淋日曬，早鏽得不成樣，渣滓落滿地，腐木一樣，只剩一個銅板大的鹿頭，在陽光下金子一樣閃閃爍爍，射出刺眼、簇新的光芒。這是洋車的商標，保不準真有合金配料。

我們雙家村人都知曉，阿根大炮先前是個裁縫，靠給村裡人做衣裳養家糊口，日子過得緊巴巴，抽的菸都是不花錢的旱菸葉子，夜裡經常油燈都不點，是村裡出名的小氣鬼。小氣也是因為窮，村裡人大多一年都做不了一件新衣裳，他掙不到什麼錢。有一年，一支部隊（不知是何方將士）路過我們村，把阿根大炮連人帶洋車領走，去給部隊上做軍服，連做了幾個月，發了一筆洋財。他用這筆錢把大兒子送去杭州讀書，兒子卻不思想讀書，偷偷去參了軍，加入北伐軍，一路打進南京城。據說也是一路提拔，當了排長、連長、副營長，寄回來的照片綁著褲腳，紮著武裝帶，佩著駁殼槍，人精瘦，腰筆挺，像年輕時期的蔣光頭。蔣光頭就是蔣介石，我們小時候，他是個大壞蛋，都不會好好稱呼他，都是光頭、滑頭、瘌痢頭地叫他。

阿根大炮把大兒子照片掛著裁縫鋪裡，照著軍裝式樣給附近幾個村子的年輕人做一樣的制服，生意年年好，紅火了毛十年。蔣介石在西安被扣押的那年夏天，一個穿著洋派的女人突然像一齣戲文一樣冒在村裡祠堂門前，顧盼生輝，招引一路目光，一路打問到裁縫鋪。女人穿著拖地長襬裙，頭上戴著寬邊白草帽，身邊隨著一個精壯小夥子，穿著阿根大炮兒子照片上一樣又不大一樣的制服，腰裡挎著駁殼槍，手上捧著一只鋅皮包角的小木盒。後來，有人傳出話，說這就是阿根大炮出門多年的大兒子的棺材。村裡人從沒見過這種小棺材，稀奇得很，引發一拔拔人來觀看。看來看去，目光最後都齊心協力落在女人身上，像她少穿了衣裳。

其實，她穿戴比誰都多，且好。

沒人知道女人是什麼人，阿根大炮從來不說。有人看到女人對著阿根大炮老大的照片哭個不休，流的眼淚水把阿根大炮一塊布料洇濕。見過她哭的人都說，她哭的聲音像似一隻貓叫，沒有聲只有音，一縷一縷，哀怨得很。當時村裡沒通公路，只有山路，她坐轎子來，坐轎子走。轎子停在祠堂門前，被夏天的太陽毒曬一晌午，像只香爐一樣，散發出一浪浪濃郁而渾濁的香氣，把趕來看熱鬧的人和狗都薰得暈頭。一個年輕轎夫說，這是香水的味道，人家嫌我們轎子裡有汗臭，上轎前將轎篷裡裡外外灑了三遍香水。村裡人說，香水怎麼聞起來是臭的？一個年長轎夫說，你們的鼻子只認得飯香，人家一小瓶香水夠你吃一年白米飯。村裡人問，她付你們多少腳費？年長轎夫說，可以管你們兩個大人吃一個月的白米飯。村裡人又問，她從哪裡來的？還是年長轎夫說，從一輛黑色小轎車裡來的。小轎車停在縣城城關鎮，司機也是帶槍穿制服的。年輕轎夫看看年長轎夫——好像徒弟看師傅，小心翼翼地說：那車子黑得像一大團炭火，亮晶晶的，燙人，眼睛不能看，看了眼睛痛。

兩轎夫把女人描得神神奇奇，貴重得不行。但村裡人看她哭的樣子，是很忠誠老實可憐的樣子，像個被婆婆虐待的小媳婦，孤獨，傷心，壓抑，眼淚水多過聲音響。她哭了小一個時辰，出門時臉腫的，腳飄的，被木門檻絆一下，差點撲倒在地。幸虧隨跟的小夥子眼尖，一個箭步，一把托，把她架住。隨後小夥子一直攙著她上轎子，像個重病號。她穿的大襬裙比下轎時更加拖地，一路走，興起一地灰土，被陽光照亮，冒了一地煙氣。村裡人說，她在大炮裁縫鋪裡待了一晌午，像是生了個孩子一樣累，把衣裙都拖累了，拖垮了，脫形了。她走的時候，村裡有一半人來看熱鬧，夾著弄堂送她，好像菩薩神仙，也好像是個怪物，把老人、孩子和婦女的目光都拉得長長的，一邊嘰嘰喳喳說，嘰喳聲在弄裡堂外竄，把嘰嘰喳喳的麻雀都趕跑了。

事情沒完，女人走後約摸一支菸工夫，阿根大炮十七歲的小兒子也上了路，急煞的樣子去追趕女人。女人把稀罕的帽子——寬邊白草帽——落下了，讓從喪子的悲痛中靜下來的阿根大炮冒出一個主意。天熱人乏，轎子走不快，沒走一半路程，被小兒子追上。小兒子交給女人草帽的同時，說：我爹讓我跟你走，去當兵。

不知女人是怎麼說的，反正小兒子沒有返回村裡，像一隻小鳥永遠飛出了巢穴。等回來時世界變了，新社會了，老巢毀了，新巢——他爹造的三層紅房子——也不新了，毛二十年了，村裡不知多少老人死了，多少孩子生下來，長起來。我也從無到有，從小到大，七歲了，出息了，可以上學了。

老大死了，老小走了，應該是家裡最青黃不接的時節，阿根大炮居然開始造新房子，並且一口氣造一棟出格高的三層樓。非但高，並且長，長長的一溜，開著一排門窗，像部隊營房。但牆體粉成豬肝色，紫紅色，這又不大像營房的。房子正對著阿山道士家——這且不說，氣人的是，對著道士家大門的牆上砌了一面大銅鏡，像個匾，直徑足有一米，活活生生把阿山道士一家子罩住。稍微上點年紀的人都知道，這是一面照妖鏡，意思說你阿山道士是個妖，我要罩住你，叫你施不了法，作不了惡。

貳

據說，阿根大炮的老大當兵前親過阿山道士的二女兒，並答應回來娶她，結果到第四百三十二天，回給她一封用紅墨水寫的絕交信。二女兒收信當天，哭了一個大白天，走了一個大半夜，走到壯闊的富春江邊，拾起兩塊大卵石，裝進挎的布包裡，悲慘地踩進江水裡，一直往前走，不回頭。正是端陽時節，富春江水滿流急，幾百斤的搖櫓船都要被顛翻沖走，何況一個小女子。屍首像眼淚水落入江水裡，瞬間被沖走，蹤影不見，最後只尋到一隻鞋子。阿山道士把女兒鞋子掛在他敬奉的張天師像前，天天焚香禱告，要張天師給個公道，派天兵神將把阿根大炮的老大收去陰曹。

以前，阿根大炮遇到阿山道士不免有些過意不起，常以他一貫的行事風格，扯個大嗓門罵自己老大是畜生，該死。老大當真死掉後，他遇到阿山道士還是那句話：畜生，該死！嗓門更大，但誰都曉得，今非昔日，今日他罵的畜生可不是指他老大，而是作法害死他老大的阿山道士。兩家因兩條年輕的生命結下深仇，明鬥暗搗，施盡伎倆。村裡人普遍認為，兩人都不是善茬，但阿根大炮更惡毒，更霸王。

想一想，一面嚇人驚魂的照妖鏡當門當道照著難堪人，詛咒人，分明是脫底的行為，不要道德了。這是騎人頭上拉屎，欺人太甚！當時村裡諸多人都在私底下罵阿根大炮缺德，但真正站出來去捍衛道德的沒有第二人，只有我爺爺一人。奶奶說，不知是哪祖哪宗結的緣，我爺爺和阿山道士非親不故，也不是同代人——爺爺少一輪——可兩人的交情深得很。沒道理地深。不像話地深。我大姑三歲時，就被爺爺許配給阿山道士的小兒子，結成娃娃親，兩家人便以親家往來，逢年過節，繁文縟節，樣樣配齊，跟真親家一樣。既攀了親，親家事就是自家事，爺爺知情後第一時間提了把大鎚要去砸那面照妖鏡。當年爺爺不到四十歲（三十八歲），身上有的是力氣和拚死的野性。可他不想想，阿根大炮做人那麼惡，那麼霸王，你拚得起嗎？順便說一下，阿根大炮有八個兒子，死了一個，走了一個，還有六個呢，那麼人多勢眾，爺爺這麼去拚，真是不要命了。

奶奶說，爺爺就是這麼莽撞，像把火，燒起來自己性命都不要的。小時候，經常聽奶奶數落爺爺性子躁，沒腦子，做事情不做人情，講義氣不看天氣，動不動跟人拚命。你這麼不要命，就有人要你的命，人不要天要，結果害奶奶四十歲不到就守寡。奶奶無數次對我訴苦，說爺爺：「他這輩子，半個瘋子！半個傻子！」說自己：「我這輩子，我這家子，吃盡了他躁性子的辣頭，沒腦子的苦頭。」因為無數次說，這句話已經被奶奶提煉得像首詩，掛著那麼多「子」和「頭」，像一棵碩果累累的果樹。

要不是奶奶及時趕到場，爺爺沒準那天就會被打死。奶奶說，她趕到場時爺爺已經被阿根大炮五個兒子——少來一個，據說是跟老婆打架被捏傷卵子——團團圍住，阿根大炮像個將軍一樣在一旁指揮，嚷嚷著催爺爺動手砸鏡子。不用講，只要爺爺敢下手，他五個兒子就會像餓虎撲食一樣撲上來，把爺爺撕碎。奶奶見了這架勢，心急如焚，也少了顧忌，一把抱住阿根大炮討好求饒。當時當情，奶奶的做法絕對無可指摘，性命大於天，性命攸關之際，什麼面子、尊嚴、性別都可以放下。爺爺看奶奶這麼給他丟臉，氣得扭頭跑了。事後奶奶被氣瘋的爺爺搧了兩耳光，但至少當時的緊急就這麼被解除，把爺爺從火坑裡拉了出來。

怕爺爺再犯傻，奶奶忍辱負重（臉上尚青著手印子），說盡好話，團了幾個老輩子去勸阿根大炮，請他別這麼撕破臉皮結仇積冤，叫後代做不了人。大炮說，他已經咒死我一個後代。勸方說，他也不是死了一個。大炮說，他死的是丫頭片子，只能算半條命，我死的是兒子，一個已經有出息的大男人，在部隊上當著大官，管著幾百條官家的命，怎麼能比對？他全家祖宗八代的命加起來也抵不夠我老大半條命。勸方說，你老大有出息這是事實，但你也不能這麼明明亮亮詛咒人家，樹活皮人活面，要咒改成暗的，雙方不破臉，後代還能見面做事。大炮說，那得叫他自己來跟我說，他不是道士先生嘛，當先生的該講理，知錯就改。說到底，是要阿山道士低頭吃錯，認罰。奶奶負責傳話，把阿山道士叫上門，對他講明前因後果，指明方向道路。道士聽罷只是笑，笑得好機密。奶奶問他笑什麼，他勸奶奶說，這事到此為止，不必再操心。

奶奶說，道士口才好，道理深，哇哇啦啦一大通，她只記著兩條，一是他有張天師垂法加護，只怕天怕地，不怕人，更不怕鬼；二是他阿根大炮做人行事這麼不要臉，旁人都看不順眼，說明他做人絕底了，惡到門，自有惡果報應。

參

阿山道士供在家的天師像是用柏木雕的，柏木比鐵硬，有香味，合適雕刻神像。阿山道士說，山公寺裡的觀音菩薩只是梓木雕的，硬是硬，但沒香味，梅雨季甚至透出一股霉腐味，他家敬奉的天師像日裡夜裡滲出一股兒清香，兩者簡直沒法比。阿山道士把天師像——必須強調，是柏木雕的——供在他家堂前長條案台上，前方正中間擺一張一米見方的小仙桌（又稱四仙桌），比案台略低，桌上日夜燃著油燈、香火，長年供著核桃、棗子、桃木扇子、符籙，醒目醒悟，莊嚴肅穆。我常去大姑家，幾乎回回瞅見——避不開——在一片紅光紫氣輝映下的張天師，乘著仙風，駕著瑞雲，一手揮舞神帚，一手輕撫飄飄長髯，雙唇微微稀開，兩頰開出三月桃花，召喚阿山道士日夜跪拜。據說，這尊神像源自四川青城山上清宮，法力大得很，甚至可以代觀世音菩薩替人求子求福。它修改了阿山道士的命，也激發了阿根大炮對阿山道士的恨。

奶奶告訴我，從前阿山道士在村裡不受人看，他天生長手長腳，肩不善挑，腳力比不過人家手勁大，手勁比不過婦女，生產隊做工算不上正勞力，只能同婦女工酬；生孩子也是低能，結婚四年都種不上胎，羞得老婆吞敵敵畏。敵敵畏是假的，至少摻了水，叫郎中往屁眼灌一瓶肥皂水就脫險了。在郎中那兒，他遇見一個四川人，兜給他這尊天師像，說是可以保他生兒女。村裡有見識的人少，起初沒人知曉這是一尊天師像，道士本人也不曉得，人家兜賣給他時沒講明。只是，道士想，既是替人求子女的，理當為觀世音菩薩，便一直當它是觀世音菩薩。菩薩也果然顯靈，助他連生四胎，喜得三子一女。女兒不可多，也不可沒，三子一女幾乎是絕配。於是傳出美譽，引得外人好奇來觀看，有的也對它跪拜求子祈福，垂慈加護。外人中有人眼力好，肚子有墨水，言之鑿鑿說，這不是觀世音菩薩——差得遠！而是菩薩佛門的對家，道家大祖師張天師。

確實，觀世音菩薩怎麼可能有「飄飄長髯」？而且，人家有經驗，把雕像顛倒過來，用手電筒照它腳板底，明明照見一枚陰文方印，篆刻，說的就是這是一座張天師像。阿山道士心中雖有一百個不信，卻有兩百個不敢不信，畢竟人家能發覺腳板底下有字這事，足夠證明他是了不得的。

從此，阿山道士也認了——不得不認——張天師，乃道士之師，仙人之祖。

照理，道士主管死，怎麼也管起生？且管得十足好，求子連得三丁，外加一千金，天仙配，大絕配。深思細想，刨根問底，阿山道士得到結論：此仙非平凡仙，而是仙中仙，山中山，天外天。於是，越發崇敬它，特將堂前布置成蔭堂，在長條案台前添一張小仙桌當祭台，擺上各式祭品祈物，日日焚香，天天跪拜。心誠則靈，日久得道，人道天道世道都通到他身上，他變得半人半仙，操持起道士營生，村裡人有死了，都請他去布道場，做法事。我一年總可以看到幾次，阿山道士穿戴著黑青色道袍道帽，高踏一雙圓口黑布鞋，提拎一把用白棉花紮的所謂天神帚，穿村而過，去到東家，面對死者亡靈畫符念咒、燒冥紙、唱陰詞、撒白灰，施展一系列法事，送陰人上路，給陽人請安。眾所公認的，有口皆碑，他是方圓幾十里最稱職而有法力的道士先生。仗著這威望，阿山道士對阿根大炮誇下海口，立下誓言，一句話：「是蟲總在地上爬，是龍總在天上飛。」意思是不管你做什麼，我是龍，你是蟲，老子不怕你。

他不僅在口頭上立威，也在行動上跟緊，在大門門眉正中掛一面七層塔形錫鏡，鏡面拋過三道光，即使在漆黑夜裡也隱隱發著光，對著照妖鏡施展神力，守衛主人家安危。作為道士，通陰陽的人，有法力的人，對付妖魔鬼怪自有一套鎮壓法術。不過平心而論，日夜看著紅房子鋪天蓋地豎在門前，阿山道士不停在心頭問張天師：這狗日大炮哪來這麼多錢！一邊覺得，心底的膽量像門前的太陽光一樣稀少起來。他懷疑——村裡人都懷疑——那洋派女人在阿根大炮裁縫鋪裡流下很多眼淚的同時也留下了頗多銀錢。

於是，阿山道士恨那女人，使勁回想那女子的樣相，去鎮上託人畫了她一個頭像，回家在天師像前念了咒，燒了。他求神仙顯靈，收走這狐狸精，餵狗吃，把她留下的錢上交閻羅王。但這回，靈驗的張天師好似龍體不健，在休養，不顯靈，不幫他。倒是阿根大炮繼續被錢幫襯著，給自己描金上色，越發撒威風，求光榮。

阿根大炮造好紅房子後，錢還是多得癢手，便替村裡修葺了祠堂，把他大兒子一身戎裝的相片掛在祠堂的蔭堂裡，很威風榮譽的樣子，直到解放後才被撤下。解放後，吃香的是八路軍、新四軍、解放軍，國民黨軍官一列臭了，管你是大官小吏，文官武將，一列當垃圾處理。阿根大炮及子女的風光從此一落千丈，一蹶不振。

肆

阿根大炮所以叫「大炮」，奶奶的說法是，他做人缺德，老對人放炮，當霸王，是炮筒子的意思；他自己的說法是，因為他連生八個兒子，是連環炮的意思。八個兒子分別叫關豺、關狼、關虎、關豹、關金、關銀、關銅、關鐵。「關」是輩分，變不了的，「豺狼虎豹」和「金銀銅鐵」是「大炮」的追求，很符合他之德行，什麼都要，既想橫行霸道，又要榮華富貴，總之是一個字：貪！人貪必失德，加上我「親眼所見」，我更相信奶奶「炮筒子」的意思，不相信「連環炮」。

我親眼見到了什麼？村裡開大會，大炮的子孫站在一起，烏壓壓一片。多少人？告訴你吧，雖然老大（關豺）死了並絕後，老小（關鐵）出了門，無音訊，但餘下六個兒子均在村裡，像六株毛竹一樣，生發出二十三個孫子和十四個孫女。女子且不論，二十三個孫子加六個父親，是一個排的兵力，可以拔一個碉堡。可想而知，村裡沒人敢跟他們作對，誰不識相惹了他們，他們像胡蜂一樣圍上來（像當初圍攻爺爺一樣），武松也要吃虧。所以，平時村裡沒人願意跟他們相處，打交道，大家像躲瘟一樣避著他們，躲開。於是，他們只好自己跟自己處，處久了不免互相嫌棄，兄弟不和，妯娌不睦，親人不親。他們對外人是馬蜂，眾志成城，一窩蜂，一家親；對自己是蟋蟀，只要碰頭就回頭，要不就吵嘴幹架，親兄弟像冤家，水火不容。這是符合阿根大炮的總人格的，就是沒人格，做人沒操守，做事不厚道。奶奶說，阿根大炮右手中指是報廢的，只能朝天伸，彎不攏，因為他做裁縫時手不老實，趁給人量身時摸女人家私處。有一次事發，被女人丈夫痛打一頓，廢了他那個不老實的手指。

長大後我知道，此「女人丈夫」即為我爺爺。

據說——很多人都在說——那次奶奶為了救爺爺，情急之下抱住阿根大炮討饒，然後他就一直惦記奶奶的身子。那時奶奶才三十多歲，一身都是汁水，豐饒得很。男人都愛一廂情願把豐饒的女人想成風騷的，何況奶奶那天抱了他。阿根大炮由此認定奶奶是風騷女，於是等奶奶又去他店裡做衣裳時，趁量尺寸時下了手。他以為奶奶會咯咯笑，讓他的手也跟著咯咯笑，像蛇一樣在她身上游。哪知道，十幾年夫妻下來，奶奶早被爺爺染成火性子，教成辣女子，當場翻臉，又哭又鬧，把事情攪翻天，鬧得人盡共知。爺爺聞聲趕來，站在道德高地上，出手大打一頓大炮。這一回，因為老子下作，六個兒子均不敢出面幫凶，讓爺爺出盡風頭，打出興頭，硬是將他下流的中指扳斷，導致日後只能朝天伸，彎不攏，像他人格的底子本性，永遠在操爹日娘，害人害己。

不過，阿山道士說，這也給爺爺後來之死埋下禍根。爺爺壽短，四十歲剛出頭，一天上山，被一塊「像長了眼」的大滾石砸死。石頭是不會長眼的，只有人才會。是誰推下了這塊石頭？阿山道士對當時禮鎮偽政府的一個保長說，是阿根大炮，或者他的六個兒子。偽保長問他有什麼證據，是不是親眼看見。他說肉眼沒看見，但良知看見了，情理看見了，張天師看見了。偽保長說，阿山啊，本來大家都叫你道士先生，你這麼講話就不是先生了，而是畜生了。阿山道士說，我可以不當先生當畜生，你不可以不當政府，吃著官飯不給老百姓做事。

這是逼人家做調查，來來回回在村裡出入數日，做調查，拿到實證，阿根大炮和六個兒子包括媳婦，那天都沒在山上。偽保長去現場勘查，從蛛絲馬跡中尋見那塊砸死爺爺的石頭一路滾翻、飛躍的路線，認定這不可能是人為。因為幾百斤的石頭在山上經歷了九曲十八彎的翻騰才砸中我爺爺，人是不可能有這種設計的。偽保長對阿山道士說，就算這是一粒子彈，用槍瞄準，也不可能這麼翻山越嶺擊中人。偽保長對奶奶說，認命吧，絕不可能是人害的，是天意。

奶奶對我說，天意也是人意！

奶奶告訴我，雖然沒證據，但她一直懷疑，爺爺是被阿根大炮咒死的，他在爺爺衣服裡——不知哪一件——畫了鬼符，讓爺爺不得好死。因此，我也明白了為什麼每次去墳地奶奶都要讓我衝他墳頭撒尿，有深仇大恨啊！我不明白的是，既然爺爺跟他那麼有仇恨，為什麼還去找他做衣服，天下又不是只有他一個裁縫。奶奶說，鎮上有裁縫，家裡老小的衣服後來確實都是去鎮上做的——當然價格貴，因為在街上嘛。但後來聽說那裁縫師傅和阿根大炮是同門師兄弟，關係好到腳，可以一起逛窯子的。可以一起逛窯子，就可以一起行惡作孽，奶奶認為，阿根大炮「借刀殺人」了。我不是太認同這個說法，但認同奶奶的另一個說法。

奶奶說，她早相信像阿根大炮這種惡人終將不得好死，最後確實也被她言中，死在自己刀下！那時我五歲，開始曉事，作為半個見證者，來龍去脈幾乎都明瞭。事情是這樣，一天阿根大炮的老三（關虎）和老四（關豹）打架，老二（關狼）去勸架，被老四一棍子敲中後腦勺，當場翻了白眼，送禮鎮衛生院搶救無效，烏呼哀哉矣。老二的兒子從醫院回來，提了菜刀要報仇，滿弄堂追殺老四（四叔），一直追到祠堂門口。老四躲在阿根大炮身後，鬼哭狼嚎求救。一邊兒子，一邊孫子，一邊鬼哭狼嚎，一邊殺聲陣陣，阿根大炮氣得甩掉拐杖，從孫子手上奪下菜刀，割破自己喉管。

阿山道士說，他像殺雞一樣殺了自己，血流了滿地。

奶奶經常說，這叫罪有應得，我一點兒也不同情他。

伍

奶奶十五歲嫁給爺爺，十六歲生大姑，母女倆感情篤深，像一對小姐妹，坐在一起，不論長幼輩分，只論家長里短。大姑出嫁後，奶奶常登門去阿山道士家看她，會她，跟道士的交集也越發多，交情也更加深。於是，一天阿山道士布好排場，想給奶奶舉行一個儀式，納她做張天師的信徒，也是做他副手的意思。人死後，講究的人家要設道場度魂，做幾天幾夜法事，不講究的至少也要做一夜法事。作為村裡唯一的道士先生，每逢喪事密緊時——怪得很，老人愛湊在一起死——經常累出毛病，阿山道士早想物色個副手，為自己分擔勞累，同時也與人分享報酬。做法事要收錢的，拿不出錢至少要送些雞蛋、醃肉什麼的食物。阿山道士這麼做的意思是，肥水不流外人田，分奶奶一些利益，是一片好心，一份親情。奶奶卻堅決不幹，任憑道士怎麼好言勸說一概不接受。那天，我在奶奶身邊，親眼目睹奶奶是怎麼憑據一層層理反對的。

奶奶說：「我的親家公，你不想想，我家裡供著觀世音菩薩的，做道士像什麼話，不亂了套，受罪的還不是我自己。」

阿山道士說：「你以後不供就好了。」

奶奶搖頭說：「不供？都十幾二十年了，說不供就不供？兒戲也不是這樣的。」

道士說：「什麼戲都是一齣戲，生活，讓生活變好。」

奶奶說：「生活好不好是命，親家公，我的命沒有你好。你看，只有一個獨子獨孫，他爺爺又死得早，我命苦啊。」奶奶指著我說。

道士說：「所以我才有這副心腸，讓你來跟我做法事，掙點外快。」

奶奶說：「我就怕掙了外快，得了暗病。親家公，你是懂神仙的，你說難道菩薩不是神仙嗎，能隨便得罪嗎？反正我是不敢的，十幾二十年都這麼過來了，跟你信張天師一樣，在日敬夜拜菩薩的，哪好意思隨便回頭。」

親家公說：「我信張天師你是看見的，天師幫我把有錢有勢的阿根大炮鬥敗，讓他不得好死。可你信觀世音菩薩得到了什麼，老頭子早早死了，兒子是獨苗，孫子又是獨苗，提心吊膽啊。按說觀世音菩薩是專給人送子宏福的，你敬奉這麼多年，怎麼也不給你添個把子（男孩子）聚集聚集福呢。」

奶奶說：「親家公，話不能這麼說，福是要靠自己修的。我跟寺廟打了半輩子交道，受了幾代和尚教育，領會了佛心，做人要心平，心平才能平安。這輩子平安了，下輩子才能享福。」唉一聲，「我老頭子死得早，該是前世沒修好，這生世有一個兒子、孫子已經心滿意足了。」

親家公說：「你就別提你這個兒子了，他的事我就不說了。」

奶奶又唉一聲，嘆一口氣，搖著頭說：「不說我也知道，所以我說前世沒修好啊。可這世我是修好的，你看這孫子，」奶奶一把將我拉到身邊，撫著我雙肩說：「你不是多次講他生相好，腦筋靈，日後一定有出息嘛。」

親家公點著頭說：「是的是的，你這孫子真是生著了，面子腦子嘴巴子樣樣出眾，將來一定能替你增光宏福。」

奶奶把手移到我頭上，撫著我頭說，聲音低了下來：「可他才七歲，能定得了日後嗎？」

親家公十足自信地說：「定得了，定得了，三歲就可以定一生世，他七歲足夠可以定了，你放心好了。」

這天下午，奶奶幾乎沒功夫跟大姑嘮叨什麼鄰里長短，都在跟親家公談論前世今生、和尚道士什麼的。我聽得半懂不懂，也興致勃勃地聽著，因為有些事聽上去蠻鮮新的，神神怪怪的，好像世界一下子變大了，地上地下都加蓋了房子，拓寬了路道，打通了暗道，我聽著聽著就迷失方向了。

就是這年冬天，一個禮拜日，奶奶照例帶我去大姑家玩。以往，我們去大姑家一般不在紅房子前滯留，總是快速通過。奶奶對阿根大炮有仇恨，對他的子孫也有成見，不想同他們有交道。奶奶說這家子人是猪猁投胎的，心眼多，脾氣大，吃不起虧，打不起堆，不接觸為好。我們總是順著紅房子西牆繞，因為這樣路程最少，最便捷快當。但這天奶奶卻破例，腳步停在西屋盡頭，舉起頭，望著西牆，出了神，好似牆上吊著個死鬼。我問奶奶幹嗎，在看什麼。

奶奶不看我，持續望著西牆上方，自言自語道：「怪了，煙囪在冒煙，太陽從西邊出來了。」

這是阿根大炮分給小兒子的房子，以前阿根大炮活著的時候還來照看一下，逢年過節來開個門，除個塵，貼個門神、楹聯什麼的。阿根大炮死後，房子一向空的，無人照管，大門緊閉，窗洞前掛滿蛛網，像個鬼屋。這天，鬼屋的一對大門敞開，一面白晃晃的陽光邁過石門檻，鋪進屋裡，照亮黃泥色的水泥地面，地面潔淨得像剛水洗過的。

奶奶說：「這死鬼回來了。」

說的是阿根大炮的小兒子（關鐵），他剛坐牢回來。

陸

阿根大炮八個兒子，小兒子格外的，像南瓜藤上冒出了個西瓜，簡直像個事故。不論生相還是性格，還是經歷，還是命盤，他和七個兄長都像南瓜和西瓜的截然不同。七兄弟都是方臉堂，橫坯料，一身蠻相；他是巴掌臉，白面孔，細胳膊，長條腿，全副秀才樣。七兄弟脾氣急，性子蠻，好鬥爭；他是螞蟥性格，笑面虎，天塌下來都收不掉他笑臉。七兄弟都是黑心眼，白眼狼，他一副忠義心腸，願為信條死——這方面的例子多，最出名的一個家喻戶曉，講的是蔣介石敗逃台灣那一年，他從上海吳淞口一所國民黨海事軍官學校的一名普通教官，被突擊提拔為某海防團團長，駐紮在舟山群島一個小島上，天天吃鮮活白帶魚、大黃魚，日夜在島礁上築碉堡、挖壕溝，在大海裡打木樁、布水雷，誓死要把前來進攻的解放軍葬在東海裡餵魚。結果，解放軍像海蛇一樣驍勇，三下五除二，把他布的防線輕鬆破掉，把他一團官兵活捉。他不想當俘虜，抱著一面青天白日旗逞英雄，對著解放軍幾十管槍口喊口號，不肯投降，要開槍自盡。解放軍不准他死，因為據說他手上掌握著一船金條的下落，就是說，他的性命抵一船金子呢。解放軍好幾支槍比他早半秒鐘射出子彈，子彈一一擊中他握槍的右手，傷勢重得沒一家醫院治得了，最後只好齊肩膀切掉，保命。

奶奶說：「解放軍游海過去，身上的子彈都被海水浸過，像鯗一樣鹹，打中的傷口也是鹹的，像撒了鹽一樣出鹵水，不結痂，傷口越爛越深，不切掉的話，連命都要爛掉。」

阿山道士說：「他就這樣成了獨手佬，四隻手腳缺一隻，所以叫『三腳貓』。」三腳貓是他綽號，村裡人都這麼叫他。

奶奶說：「他走路輕手輕腳的，說話輕聲細語的，骨子裡頭就是隻貓。」

阿山道士說：「貓有九條命，要不他早死了。」

什麼貓不貓，我不關心，我關心那些金條，問過很多人。答覆不一樣，有人說他交出了金條，有人說沒交；有人說，根本沒那些金子，傳說中的那船金子，其實是一船爛石頭，這是一個騙局，三腳貓為了讓自己死得光彩，值錢，造出這個謠言。不管怎麼樣——如何怎麼的不像他的七兄弟，但他終歸是阿根大炮的兒子，造謠有天才。這家人都愛造謠、撞騙、訛人、害人。這是裁縫鋪的優勢，人來人往，說三道四，指東道西，把一件件事像一匹匹布一樣，裁剪得花樣百出，叫人認不得。

奶奶說：「你看他又死回來了，以他的罪不該死嘛。」

道士說：「該死的。」

奶奶說：「一定是騙了政府，跟老子一樣愛造謠騙人。」

道士說：「是啊，當初大炮先是拿老大的死人照當獎狀掛在祠堂，不知騙了多少人的銅錢。」

奶奶說：「後來又拿他（三腳貓）當什麼團長嚇唬人，騙政府的錢財和名譽。」

道士說：「可人算不如天算，誰曉得天變了，什麼老大老小都成了國民黨反動軍官，你說快活不快活。」

奶奶說：「老頭子（爺爺）要在世就好了，他一定比我快活。」

道士說：「有你替他快活一樣的。」

奶奶說：「我這生世是快活不了了，老頭子死得早，兒子不成器，哪裡去找快活的日子啊。」說著拿袖口遮了眼睛，悲傷地哽咽起來。

道士說：「呃，哭什麼，你不有孫子嘛。」這種時候其實不少見，道士已經尋到門道安慰奶奶，就是把我搬出來，「你的孫子我保證，日後一定有出息，會把你以前吃的苦全部換成快活，要什麼快活有什麼快活。」

奶奶也總是被安慰到，快活地擦乾眼淚，帶著我回家。當然，我們必須經過紅房子才能回家。如實說，紅房子真是蠻氣派的，一長排，開八道門，老大、老二、老三、老四……從長到小，從東到西，依次排，一個兒子一間。每間屋大小和模形都一樣，一式是三層高，雙開門，門前拓一塊道地，鋪了拳頭大的鵝卵石——小時候我不知多少次在這些光滑的石頭上跌過跤，滑倒，摔跤。阿根大炮在世時住的是老大的屋，第一間，方位頂好，樓上樓下開著東窗，迎著旭日東升。三腳貓排行老小，住在末尾，地位最差，夏天西曬，冬天缺日照，跟個癩痢頭似的，受日頭（太陽）虐待。

自從阿根大炮死後，第一間屋一直空置，日積月累，最後成了幾兄弟堆雜物的柴屋，屋門長年半開不關，因為堆放的主要是柴火、農具，不值錢的。最後一間先前是鬼屋，空無人影，後來三腳貓住進去，屋子卻時常也是空的。因為三腳貓光棍一個，又殘廢，做不來生活，名分又不好，也交不到朋友。他的屋子死氣沉沉的，像他的右手，被切掉了，報廢了。據說他一天只吃一頓飯，一頓可以吃掉一個醃豬頭。醃豬頭最好燒，只要丟在鍋裡煮，煮熟就能吃，省心，頂用。年關時節，村裡家家戶戶要殺豬，豬頭都賣給他，因為他出價高。你不知道他哪來的錢，但他總是有錢，買東西不問價，出手闊氣。他把豬頭醃在一只缸裡，醃足時間後，晾在三樓窗洞裡。他三樓的窗洞是圓的，經常吊一個呲牙咧嘴的豬頭，像個鬼洞，比樓下的狗洞還嚇人。他養著一條看家狗，凶得很，一身花黑，黑眼睛上方有兩孔銅錢的純白，看上去像有四隻眼。

阿山道士說，三腳貓，四眼狗，獨眼龍，都是凶物。

像配好的，三腳貓養的就是一隻四眼狗，每次我從他家門口走過，牠就從牆角的狗洞裡鑽出來，朝我呲著牙，汪汪叫，我跑，牠追，嚇死人。直到有一次，奶奶把我屙的一泡屎用一片荷葉包著，丟給牠吃了以後，牠才不對我叫，開始對我搖尾乞憐，一副可憐巴巴的奴才相。那一年我八歲，上學了。

柒

我從出生滿月第一天起，每個禮拜少說要去一趟大姑家，一去一回兩次路過紅房子，一次又一次，紅房子裡的所有人，大人、小孩、老頭、老太，包括一個女瞎佬（吃毒蘑菇害瞎的）、一個長年臥床不起的病秧子（得了軟骨病）、一個花癲子（見了姑娘就像餓死鬼見了肉包子口水汪汪流下來），甚至每隻畜生，貓啊狗啊雞啊鴨啊，我都無數次見過、遇過，認得出來。我想他們包括牠們（畜生）也都一定認得我，正如我認得他們和牠們一樣。但很長一段時間（將近兩年），我居然沒跟三腳貓照過一次面。為了見他，我去了大姑家後常偷偷溜出門，在他門前窗後東張西望尋他，一次次，就是尋不見。他好像沒住在這裡，其實又每天待在屋裡——我看不見，但聽得見。很多次，我聽到他在屋裡發出的聲音，有時是收音機的聲音——這是最多的；有時是他上下樓梯的聲音；有時是他燒飯掃地的聲音；有時是他訓斥四眼狗的罵聲；有時是他像火燒一樣劇烈的咳嗽聲。總之有各種聲音，像燕子在弄堂裡翻飛一樣見得著，但就是見不著人影，像抓不著飛舞的燕子一樣。

他帶響聲，不現身，鬼魂一樣！

他的雙開門通常是關閉的，有時開一扇，開的那扇門上必橫掛一塊布簾子，掛的高度剛好擋住你視線，讓你看不進屋裡——除非跳起來，或者趴在地上看。有一次，是夏天最熱的時節，他門前照例掛著那塊藍印花布簾子，我從他門前走過時，剛好颳起一股風，穿堂風一樣威風，把布簾子掀起。我憑著我的矮——我才八歲多——看見了他！不過也僅僅是看見了他穿的衣服和鞋子，沒看見臉孔。他當時好像躺在藤條躺椅上，雙腳懸空，衝著門，蹺著二郎腿，有節拍地抖著，合著收音機裡的樂曲聲。那麼大熱大熱的天，他居然穿著長腳褲和布鞋（黑色的），讓我覺得納悶又有點同情。我想那一定是因為他是三腳貓（缺一隻手），做不來生活，掙不到錢，買不起短腳褲和涼鞋吧。

阿山道士說：「阿根大炮的後代怎麼可能沒錢？這家子人都是錢生出來的，娘胎裡就會謀財賺錢，最後也是要被錢害掉自己命。」

奶奶說：「他所以每天待在家裡就是因為有錢，他的錢比村裡任何人都多。」

他為什麼有錢，他的錢從哪兒來的？奶奶說這個，阿山道士道那裡，總歸是有點亂，沒方向，無準頭。我感覺，實質是不知道的，都是道聽塗說。年幼而聰明的我倒一下猜到準頭——我對許多人說過，當初解放軍找的那船金條可能是真的，他也可能真管過金條並私吞了幾根。我的說法得到了奶奶和阿山道士的認可，金條哪！哪怕只有一根，足夠八輩子花的。他屋裡藏有金條，這個想法常常讓我做美夢，在他屋裡搜到一隻金元寶，欣喜若狂得尿床。我沒見過金條，只在年畫上見過金元寶，豬腰子的形狀，銅鑰匙的色調——我夢裡見到的就是這玩意，據說比秤砣還沉重。我敢說，當年村裡孩子都有個夢想，就是去他屋裡搜一搜，搜到的金子一半繳國家，一半歸自家。

直到那年臘月，一個大雪天，半夜裡，公安局的民警順著雪地裡的腳印，跟蹤到靈橋鄉的亭山寺，把他從賭桌上抓走，大家才明瞭，他是個賭鬼。民警大抵也聽說他管過金條，要他坦白從寬，上繳國庫，他這才如實交代，什麼金條、金元寶他毛都沒見過，他的錢都是賭桌上贏的。他白天在家裡睡大覺，到了夜裡成夜貓子，溜出門，走十幾里路，去亭山寺裡賭博。亭山寺在我們縣裡名氣大，以前有很多和尚，香火旺，奶奶和村裡不少人去燒過香。後來查出來——廣播上說——廟裡有國民黨特務的無線電台，那些和尚是假的，是台灣派過來的狗特務，政府把他們全抓了，坐牢的坐牢，槍斃的槍斃，寺廟就空了，成了這些賭鬼的窩點。

那次一共抓到九個人，八人一口咬定，是三腳貓領頭糾集他們去的，他是主謀、主犯。三腳貓供認不諱，說盡好話，討好賣乖，討饒認罪。罪當拘留關押，不排除坐牢，至少要遊街批鬥，把他名譽搞臭，牛鬼蛇神一樣，破鞋婊子一樣。三腳貓請求用罰錢來抵罪，據說民警同志諒他沒那麼多錢，存心逗他，說了一個大數目——三百元！居然，他當場從毛皮棉鞋底子裡摸出兩百元現錢，加上身上幾隻口袋，差不多湊夠數，讓在場的民警和不在場的公安局領導都驚掉下巴——這麼多錢啊，戲法一樣變出來！公安開了眼界，也開了良心，請他吃了早飯，並用三輪摩托把他送回村子。事後看，公安的這個做法是極其錯誤的，差點把我父親及一眾人都害了。

奶奶常對我說：「你爹是我生的，可我只生了他身子，沒生他腦子。他的腦子是東坎塢裡的野地、荒地、水地，只長亂草，不長莊稼。」

我不知道我腦子裡長的是什麼，反正當時我知道，我腦門上全是奶奶的口水。奶奶生氣罵人時總是這樣，嘴巴跟水槍似的噴口水，有時還流鼻涕，鼻涕流進嘴裡又噴出來，噁心死了。奶奶老了，平時體體面面的，冒火生氣時則跟小孩子一樣，滑稽很，管不住口水鼻涕不說，有時還像死鬼似的吐白沫，翻白眼，真正嚇死人。

捌

不是我驕傲，和同齡人比對，我確實曉事早，懂得多。比如我早知道，男人要賤養、散養、放養，像養狗一樣，打是親罵是愛，風吹日曬別怕摔。但父親是獨子，又是龍鳳胎，這兩點是「嬌生慣養」的特點，對男人成長來講是毛病。父親打小被奶奶寵愛，小姑一死更是寵上天。因為農村有種說法，龍鳳胎是陰陽胎，死一個剩一個（龍鳳失散），只剩半條命

（九死一生），一下把父親的命懸起來，哪敢賤養？加上不久爺爺又死於非命，把奶奶嚇得！好像我家被死鬼盯上，恨不得把父親含在嘴裡，養蠶一樣，只怕風吹日曬。阿山道士說，這直接導致父親在成長路上「走得像個酒鬼」，做人行事無方寸。

村裡有個笑話，說的是父親，結婚頭一夜，他跟新娘子（我母親）在洞房過花燭夜，一個綽號叫「雙蛋」的大壞蛋，是父親當時的淘伴，他跟人打賭，說可以把我父親從新娘子的被窩裡叫出去玩。在場人不信，跟他賭，結果他只在洞房窗外捏著鼻子學了三聲貓叫，父親就從熱被窩裡鑽出來，陪他去玩了，一宿未歸——這也是阿山道士說的。阿山道士說，笑話不一定真實，但這笑話絕對真到家，意思是我父親就是那種人，那種……怎麼說呢？我就不說了，反正阿山道士說的沒錯，父親在成長路上步履蹣跚的樣子，像個酒鬼，東倒西歪，跌跌撞撞，樣相極難看，常被人取笑。

年初，奶奶種在柴院裡的梨樹開花的那段時間，我每次去茅房解手，都看見奶奶抱著高腳凳，蹲在那兒嗷嗷叫，有時嗚嗚哭。我以為奶奶要死了，但奶奶沒有死，只是癱了。她跟臭屎蛋鬥爭的結果是，血在腦袋裡發作，橫衝直撞，撞破血管——赤腳醫生說的。奶奶雙腳瘍了，然後像一團破棉胎，一天到晚壓床板，把屁股壓開花，長出眼珠子大的兩坨褥瘡，流出的膿水比腐肉還要臭。母親聽從醫生（赤腳醫生），把奶奶從樓上搬下來，搬到西屋——小姑上吊的廢屋，這樣方便我們照顧。醫生要求我們中午要給奶奶享太陽光，一早一晚要給她屁股敷熱毛巾，擦藥水，隔三差五要給她汏一次熱水浴。幾件事都要幫手，母親限定我必須給她打下手，氣死我！我才九歲，寧願死也不想服侍一張病床。但有什麼辦法？因為我才九歲，必須聽大人的。

當然，我愛奶奶。就是說，我其實也願意照顧奶奶。

一日正中午，我和母親照例用腳桶給奶奶汏熱水浴。正午的太陽有勁道，溫度高，水容易燒開且便於保溫，也好給奶奶保暖。腳桶是泡腳的，淺，只能盛下奶奶小半個身子，大部分身子——上半身、一雙腳都光著，裸露在外，看去像隻褪毛的老豬娘，放肆地亮出一身褶皺。尤其肚皮，因為弓著腰，褶子深厚得可以吞沒母親的手指頭。汏完身子，泡腳、擦肩、剪趾甲，這些活全是我的。有時我看自己粉嫩、嬌弱的小手笨拙地忙活在一堆破麻布似的老皮橫肉裡，心頭會莫名地悲涼起來。所謂莫名，是因為我不知道自己是在為誰悲——自己，還是奶奶？有一次，奶奶突然捏著我小手，不知由來地對我發起感嘆：「這隻手對我行了很多善，今後可不要去作孽賭博。」

我對奶奶保證：「我不會去賭博，公安要抓的。」

廣播上常講，賭博是舊社會的遺毒，也是江南富庶鄉村的頑疾惡症，久治不癒。我不大聽得懂這些話的意思，但我知曉冬季是賭博的高峰期，因為天寒地凍，農活做不了，男人都歇腳在家，手閒心慌，有人就去歪門邪道了，偷東西（那時山上一把柴火都是公家的），找相好，當賭棍。據說，每到冬天公安局的人忙得很，要派出各路小分隊四處八方抓賭，而且總能尋到幾窠賭博據點，抓到一批慣犯、老油條。三腳貓就是老油條，因為賭博被派出所幾次抓去拘押、罰錢，反而跟個別民警打成一片，稱兄道弟，結下交情。他甚至可以用派出所那輛威風十足的三輪摩托，因為經常乘坐，往來多，跟司機關係好，可以叫來家吃酒。這給村裡一種錯覺，好像賭博不是什麼壞事，壞也只是那種壞，像順手在誰家菜地裡偷一把蘿蔔青菜什麼的，公安雖然不提倡，要批評教育甚至罰錢，但不丟人，甚至反而可以趁機跟公安交朋友。大概就這緣故吧，以後好多年我們村裡出了一堆賭鬼，一到冬天就神出鬼沒，四方八鄉圍著賭窩轉，像蒼蠅嗡著腐肉一樣。

我不知道，這些鬼——賭鬼——中有我父親。

奶奶也不知道。有一次，我大姐在學校參加跳高賽，扭壞腰，癱子一樣，車不能坐，人不能背，只能拆下一扇門板，抬去衛生院，最需要父親當家出力。全家人四處找他，就是找不到，兩天後他才像穿山甲一樣，不知從哪裡鑽出來，氣得奶奶衝他摔碎一隻大碗公——事後心疼死了！奶奶問他去了哪裡，他說跟人去縣城做了兩天短工，並從口袋裡摸出五塊錢作證據。

奶奶說：「既是做工，幹嗎事先不說？」

父親說：「我託了人，叫他跟你說的。」

奶奶說：「誰？」

父親說誰。這人在鎮上開豆腐店，奶奶因為信仰菩薩，時常去買豆腐給和尚吃，跟他熟識。父親其實說的是鬼話，奶奶要追問下去不定可以追到真相——父親是個賭鬼！可奶奶不追問，奶奶覺得他（豆腐店老闆）家不在我們村，不來向她報信是正常的——父親正是鑽了這空子。幾十年鬥法下來，父親已經很知道怎麼鑽奶奶空子。道高一尺，魔高一丈，奶奶總的說鬥不過父親，因為父親撒謊從不臉紅，也因為奶奶不信（怕信）父親是這樣的人：撒謊成性，且成了賭鬼！

奶奶當時真的不知父親是個賭鬼，連懷疑心都沒起。

但我們很快要知道了。

一天中午，是星期天，大姐已經出院，在家裡養傷，班主任老師來慰問。老師是外村一個中年男人，跟父親差不多年紀，理當父親出面接待。父親剛剛還在門口抽菸，卻一眨眼不見了。母親以為他菸抽完了，上樓去拿菸接待老師，對著樓上大聲叫他，喉嚨叫破也不見他影子。不得已，母親只好把老師帶到西屋，領到奶奶病榻前，讓奶奶一個癱子出面接待。這有點不體面的，母親不高興，老師一走便跟奶奶發牢騷，說父親最近老不著家，要奶奶管管他。

母親說：「家裡躺了兩個人，他還整天當甩手掌櫃，不成心要累死我。」

母親一向不說這種話的，發牢騷的話，苛責人的話。我聽阿山道士多次說，奶奶拜了一生世菩薩，最大的善報是得到了母親這個好媳婦。怎麼個好法？道士將極盡先生之才，打盡各種比方，有時說母親像一棵樹一樣沒聲響，沒是非；有時說母親像頭牛一樣會做，卻只吃草；有時又說母親像隻綿羊一樣溫順，好相處；有時又說母親是大家閨秀，娘家底子好，有依靠；有時又說母親像皇太后，生了我這麼一個好兒子。總歸，阿山道士說我母親是我們雙家村排名第一的好媳婦，而且得到全村人承認，包括紅房子裡的老小。這麼一個大好人，像一棵樹一樣不出聲、沒是非、好相處的人，突然開口說誰的不是，那是很刺耳難聽的。

為了平息母親怨氣，奶奶一邊罵父親，一邊派我去把父親找回來，看樣子是準備教訓他了。我在全村找一圈，祠堂，理髮店，雜貨鋪，大姑家，幾個他可能去的淘伴兄弟家，均落空，一個腳印都沒搜到。我悻悻地回到家，看到一臉苦大仇深的阿山道士在奶奶床前搖頭晃腦地說著什麼，不知說什麼。可從奶奶後來對我的差遣看，我又知道了。

奶奶見了我，二話不說遞給我一毛錢，要我馬上去三腳貓家把父親叫回來，順路給她買一包香菸。父親抽菸就不說了，這是他最小的缺點，甚至是優點。村裡幾乎多數男人都抽菸，不抽菸的男人像少了某種氣，不一定被人輕視，但絕不會被重看。女人抽菸則像多了某種氣，也許是邪氣吧，或許要被輕視的。因為爺爺死得早，奶奶一人拖一口家，又當女人又當男人，男人的事她都做得了，做得好，上山砍柴，下田插秧，包括抽菸喝酒。依我看，奶奶抽菸就是一種男人氣，是被生活壓變形的一種氣，也許是喘氣，絕不是邪氣。奶奶總體不愛吃酒，吃酒是應酬，有時是賭氣，跟人乾一杯，平時幾乎不沾酒；不像香菸，有癮頭的，時不時要抽兩根。癱在床上後，正常情況下，病人容易心煩，菸會抽得多，奶奶卻硬生生把菸戒了，說是要把菸錢節約下來當藥費。

但這天，我看奶奶床前滿地菸頭，心思一下浮上來，沉重下去。道士不抽菸的，已經戒菸的奶奶一下抽這麼多菸，我想一定是因為阿山道士告訴她，父親在三腳貓家！這個我覺得像幽靈一樣的傢伙，對大人來說像婊子一樣，既讓人心頭恨，又讓人心裡癢。誰會去婊子家？好人是不會進的，也進不了，這幾乎是全村人共識。可父親居然在他家，難道父親學壞了？我心頭納悶著，腳下越走越快，後來跑起來，似乎這樣可以早一點證明父親沒有學壞。我懷疑阿山道士看錯人了，他快八十歲，昏頭得很，經常叫錯我名字。我要快去證明，父親不在三腳貓家。

路是再熟悉不過的，房子也是最熟悉的，即使在漆黑夜裡我也摸得到，認得出，何況大白天，大太陽。這樣的大太陽冬天不多見，一路上我看到不少人家門前都有人在享太陽；即使沒人享，也有衣服、被褥在享，看去亂糟糟、熱勃勃的，煙火味十足，配得上一個人丁興旺的大村莊。到三腳貓家門前，頓時感覺不一樣，門窗緊閉，人影兒不見，冷鍋冷灶的死樣子。我一路急沖沖跑來，徑直敲了門，不假思索地。敲門後，我才猶豫起來，畏懼起來，怕看見父親，也怕被三腳貓看見。

門是木門，新上過紅漆，嚴絲合縫，透出一股子主人家的富裕和考究。我清楚聽到屋裡有竊竊的、被壓制又壓不服的嘈雜聲、說話聲、動靜聲；明顯有不少人，但又好似都沒聽見我敲門，好似那些人在忙什麼大事，兩耳不聞窗外事。我遲疑一會，確信沒人來開門，準備再敲門。剛舉手，門嘎吱一聲，稀開一肩寬，探出一張大白臉，被明亮的太陽一照，更見白晰、細膩、光滑，像女人的臉，只是兩鬢頭髮寸短又板直，明顯是男人。他問我找誰，我說找我爹。他沒問我爹是誰，嘩啦一下拉開門，大聲叫我父親名字，一邊嘿嘿笑道：

「他就是你兒子啊，長得不像啊。」

聲音粗壯得十分男子氣，和貼在他臉上的那張大白臉完全不搭配。頃刻，我幾乎懷疑他的白臉是塗出來的，像戲文台上的奸臣。我無法確定他就是三腳貓，這對我是個陌生人，從未見過的，他穿一件挺刮的藏青色呢質大衣，圍一條肉色毛線圍巾，戴一頂黑色鴨舌帽，一隻袖子斜插在大衣口袋裡。我無法確定這是一隻空袖子，但很確定，和他對比起來，父親和那些人都穿得土得很，邋遢得很。他是當官的樣子，鶴立雞群的樣子，讓我頓時怯懦起來，想拔腿逃。除父親外，另有三人，他們和父親一樣，都穿一身舊的脫殼的棉衣棉褲，顯得浮誇、臃腫、髒亂，一副土氣，窩囊相。四個人圍著一張八仙桌，一面坐一個，好像在打牌，桌上又不見一副紙牌，只見一隻被漆成墨綠色的毛竹罐——像一隻無把手茶杯——倒扣在桌子中央，被父親對面的人一手把握著，不知在做什麼。

父親的目光從對方手中的竹罐移向我，先看我一眼，又瞪我一眼，然後不耐煩地問我什麼事。很顯明，父親臉上、眼裡、嘴上寫滿不高興，寫滿想罵人、罵我、罵娘、罵老子的窮凶極惡。我熟悉父親的這個樣子，只是不熟悉眼前這個樣子，這些人身上有種骯髒，有種鬼祟，有種邪氣，有種異味。我不喜歡父親跟他們在一起，何況在三腳貓這兒，這是奶奶整天咒罵的鬼地方！阿山道士和我家死對頭的地方！我準備多搜刮一些理由叫走父親，哪怕父親衝上來揍我。我像村裡其他孩子一樣，只怕挨餓，不怕挨揍。

不等我開口，坐父親對面的人催促道：「來來來，什麼事都得等收了這一場再走。」

父親看看我，對他說：「晚上再來吧。」

對方乾脆說：「不行。」

父親說：「不能讓孩子看這東西。」是想講道理的口氣。

對方說：「那你就讓他走！」口氣硬得很。

聽口音，我感覺得他不是這邊山裡人，應該是江北佬。父親看給我開門的人，是要他作決定的意思。他嘿嘿笑一下，直說：「按規矩，你要走得留下進帳。」乾脆俐落。父親下意識地摸一下褲子口袋，轉而對我下起死命令：「你先回去，我馬上回來。」我稍有遲疑，他便霍地立起身，瞪圓眼，凶我，趕我走。給我開門的人始終端一張笑臉，笑咪咪對父親笑，對我笑，一邊返身去開了門，示意我走——我都不知自己是怎麼進門的，反正進來了，現在得離開。我從他身邊經過時，仔細察看他那隻插在大衣袋裡的手，或者袖子。他注意到我的目光，把袖子抽出來，對我爽直笑道：

「空的，不會嚇著你吧。」

嚇死我了！

原來他就是三腳貓！

玖

我曾無數次想像過三腳貓樣貌，不曾想到是這樣子，這麼白淨，身板這麼挺拔平直，對人這麼客氣友好。這一切幾乎都不在我的預測裡，甚至都不在是男人的配備裡。他的穿相也不是我能想到的樣子，那麼乾淨整潔，那麼洋氣，圍巾、帽子、大衣，像電影裡的人。這個樣相，總的說，是令人羨慕尊敬的，和他當過國民黨團長、坐過牢、愛賭博這些歷史問題正反不符。我從屋裡走出來，無比希望他跟我出來，再跟我說點什麼。當聽到嘎吱一聲，眼看門被關緊，我頓時像丟了魂，杵在門前紋絲不動，似乎魂靈被關在屋裡。我立在門外，像是想偷聽裡面在幹什麼，其實是腦袋一片空白，魂靈出竅，開不了步子。

魂靈是被父親的一聲喊叫喚回來的。當時我沒意會那一聲叫叫的是什麼，後來聽多了便知曉，父親是叫了一聲：「啟！」長大後我知曉，本地人一般都愛叫「開」，「啟」是西北叫法，帶古意的，想必是受三腳貓影響。三腳貓是怎麼染上西北叫法的，這就不好說了，用奶奶的話說，這活鬼當兵、打仗、坐牢、賭博、浪蕩，跑遍大小碼頭，見過各色人馬，嘴裡放出什麼洋屁也沒什麼好稀奇的。奶奶說這話時阿山道士在場，他聽了接過話去，搖頭晃腦地對我說：「你爹就是被他身上的各式洋屁吸走了魂。」一番慣常的搖頭撫鬚後，接著說：「你爹骨子裡就想做他這樣的人，浪蕩一生世。你爹的魂啊，要隨了我就好了。」然後對奶奶說：「親家母，不是我說你，你要早信我，跟我信了張天師，你兒子他就不會有今朝。」

正是那天，父親因欠賭債被人關在山洞裡，母親抵掉一副金耳環才將他贖回來。現在父親對自己黑暗的未來毫無覺察，正一個勁地、在一聲聲地喊叫著：

「啟！」

「啟！」

「啟——！」

時而短促有力，時而拖著尾巴，時而豪邁奔放。

父親這一聲聲喊，像釘子一樣，把我釘在三腳貓屋門前。我久久佇立著，一會兒聽父親喊「啟」，一會兒是對家叫「開」，中間夾雜著其他人聲音，有驚叫，有喟歎，有起鬨，有爭吵，有嘲笑。這些我可以輕鬆辨出來，唯獨一個聲音我辨不了，那是一個奇怪的聲音，嗒嗒嗒響，聲音清脆、堅硬、快速、混亂、壓抑，感覺有兩個、興許三個山核桃被悶在那隻墨綠色的竹罐裡在飛速旋轉。越聽我越確信，是兩個（非三個）像山核桃一樣的硬物，又絕非山核桃本身。若是山核桃，經不起這麼再三飛速旋轉、激烈碰撞，早裂了，破了，碎了。但這東西彷彿堅硬無比，很享受在那隻竹罐裡被悶著、被飛速旋轉和碰撞，似乎越碰越堅、越撞越硬了。我不知道這是什麼東西、他們在幹什麼，但很明顯父親和對家及大家都幹得十分起勁，很刺激的情狀，很瘋魔的樣子。

回到家，我把自己看到、聽到、想到的東西和看不到、想不到的東西，一五一十向奶奶和阿山道士作了報告。道士聽了，頭腦搖得猛烈，一邊對奶奶伸出一個指頭，露出輕蔑的神色和得意說：

「我剛不跟你說了，在賭博。」

奶奶明顯受了刺激，掙扎著坐起身，額頭青筋暴出，衝阿山道士呵斥：「不可能！三腳貓從來是去外面賭的，他這麼賊精怎麼會做出這種傻事，把自己家當賭窩子，那樣公安知道了，跑得了和尚也跑不了廟。」

道士說：「你沒看見現在公安都成他親眷了。這叫不打不相識，這也是他三腳貓做人的水平。」停一下，又補一句：「其實有錢人都有這水平。」

奶奶罵道：「什麼水平，那是把人家公安拖落水，叫作孽！」

道士冷笑：「現在把你兒子也拖落水了。」

奶奶哆嗦一下，像是把她也拉下了水。她下意識地挺直了身子，一對目光絕望地朝我撲來，訓我：

「怎麼不叫他回來你！」

「我叫了的，」我說，「他叫我先回來。」

「他說什麼時候回來？」

「馬上。」我一邊這麼說，一邊知道「馬上」早已過去，因為事實上我已在那門口耽擱好一會，而且憑我感覺，父親一時不會回來，那裡面太激烈了，打架一樣的，父親可能轉眼就忘掉了自己馬上回家的許諾。

阿山道士似乎知曉這個，照舊說著風涼話：「賭桌上的人的話能信？我的親家母，告訴你，除非錢輸光他不會回來的。」把奶奶激得、氣得用拳頭砸牆，用巴掌摑自己臉，眼淚鼻涕一把把流，一邊撕心裂肺號啕，呼天搶地，罵天罵地。長這麼大，我還是第一次看到奶奶這麼憤怒，這麼傷心又無助，這麼不顧體面，在外人面前這麼狼狽不堪！如果能下床，我看奶奶一定會追去現場摑父親巴掌，摑了巴掌後再拉他回家來上家法。

因為爺爺死得早，奶奶既是父親的母親，也是父親。作為父親，奶奶不失威嚴鐵面的一面，該上家法時決不姑息，去年還給父親上過一次，跪在祖宗牌位前數鐵釘——像和尚撚珠一樣，一支支數，來來回回數，數得十指滴血為止。據說這是爺爺的爺爺立下的家規，凡成年男子（十六歲上）犯了父威，行了類似不忠不孝、姦淫偷盜、失德犯法之事，父親即可行使家法，令其指頭釘釘，心頭釘釘，十指連心痛，痛定思痛，痛改前非。我打小知道，在堂屋前廳的長條閣几櫃裡，有一隻報廢的馬桶（漏水），裡面盛滿寸長的鐵釘（密密麻麻），總共十斤。這是老輩子傳下來的洋貨，俗稱洋釘，上百歲了，仍舊鋥亮簇新，不愧為老傢伙，貨真價實，經得起時光熬（幸虧是真傢伙，不生鏽，否則要鬧破傷風的）。因為鐵釘只有寸長，杆子細，表面滑，一支支數，數個十斤下來，手指頭便開始麻木，數第二遍時，像我這樣的嫩手保準出血。像父親這種厚皮手，興許可以熬到第三、四遍，但絕對熬不到第五遍。我不止一次見過，父親的手指頭在一支支滴血的鐵釘的搓挲下，痛得嗷嗷叫，嗚嗚哭。

父親，你別以為爺爺死了就沒了家法，想得美！

奶奶，你既當媽又當爹的，自然有權行使父權。

再說，怎麼說呢？反正父親去年還遭過一次家法。

去年是因為喝醉酒，父親當著好些婦女在祠堂門口撒尿，確實丟死人了，活該被家法。那日我在場，親眼看見奶奶讓父親數了五桶鐵釘，就是五十斤，最後十個手指頭全血淋淋的。但我沒同情父親，家裡人都不同情他，只有小妹哭了，也不知是同情還是嚇的。在我看來，父親犯賭博的錯誤沒有當女同志面撒尿可惡可恨，可從奶奶的憤怒和痛苦看好似要超過它。所以我想，我肯定，無論如何，父親今天回來後奶奶一定會給他上家法。後來我去灶屋給道士倒水，經過堂前時還特意看了一眼放鐵釘的馬桶，我在想，它們放置這麼長時間一定髒了，是不是該清洗一下？

我去問奶奶，奶奶搖搖頭。我問為什麼，奶奶居然嗚啊嗚啦哭了，一邊哭一邊嚷嚷：「我已經報廢了……他不聽我了，你爹……他看我殘廢了就無法無天……這個潦蕩坯啊，敗家種啊……我的親家公啊，他怎麼會這樣子敗家門啊……沒完沒了的啊……氣死我了啦……嗚嗚嗚……」

阿山道士說，完全是火上澆油：「居然跟三腳貓，跟阿根大炮的後代混在一起，什麼貨色，這麼不要臉，仇恨都不記了，他爹要知道保準從棺材裡爬出來掐死他。」

奶奶一邊嗚啊嗚啦哭，一邊嘭嘭敲打床板，揚起一輪輪灰架，像整個人在化成灰架，在去冥界和爺爺赴會的路程上。她恨不能爬起來，不能去死，不能去見爺爺，只能對著亂蓬蓬的飛灰哭著，呼喊著爺爺：「他爹啊，嗚嗚嗚……你都看見了嗎，這孽種在哪裡，在紅房子裡啊！阿根大炮的鬼屋裡啊！跟三腳貓混在一起啊！嗚嗚嗚……他爹啊，這日子叫我怎麼過啊你說，你說他怎麼是這樣的啊，這麼一齣一齣地糟蹋自己也糟蹋我啊，嗚嗚嗚……他爹啊你就帶我走吧，這日子我不想過了，過不了啦，嗚嗚嗚……沒臉過了，你把我帶走吧，嗚嗚……要不你就把他掐死，別給我再丟人顯眼了，嗚嗚嗚……咳咳咳……」

阿山道士幾次張口想勸她別哭，但總插不上嘴，剛開口，沒出聲，她的聲音巨浪一樣撲來，把他的「小波浪」吞沒。這會兒涕淚滂沱的奶奶該是被涕淚嗆了，連連咳嗽起來，他趁勢而為遞上毛巾，勸奶奶別哭，別傷了身子。奶奶用毛巾擦著涕淚，一邊又對道士哭訴：「親家公啊，你給我評評理啊，老天爺有沒有公道啊，叫我吃這麼多苦，我一個寡婦哪吃得下這麼多苦啊，嗚嗚嗚……親家公啊，我命怎麼這麼苦啊，一生世都苦不出頭啊，嗚嗚嗚……」

阿山道士說：「神仙不高興你了。」嘆口氣，又說：「當初你要隨我信了張天師就不會這樣了。」

奶奶頓時變了個人，將毛巾一把扔到親家公身上，目光刀子一樣剜他一眼說：「你個沒良心的，當初他爹待你多好，你就這樣待我，這時候還不同情我，張口閉口你的神仙不高興，可誰讓我高興了。」

「你看，你又說這些。」道士說，頭搖得似乎搖不動，只能輕微擺兩下，「不管是我的神仙還是你的菩薩都不愛聽這種話，難聽，傷人。」

奶奶振振有詞：「我被害成這樣子還不能說幾句難聽話？你就是沒良心，老是叫我信你的神仙，就是不在你神仙面前替我說好話。」

「我怎麼沒說，說了的。」

「你要說了我怎麼就沒個好日子過。」

「誰家日子還不都這樣過，熬著過。」

「可我熬不下去了，嗚嗚嗚……」奶奶又哭起來。

這個下午奶奶哭哭啼啼，罵罵咧咧，情緒十分激烈悲痛。阿山道士有時勸解，有時批評，有時說風涼話，有時申辯，有時安慰。總之，兩人貼心惱心了一下午，思前想後地談了前世今生，生活死活，很多事。我聽著，隱隱約約懂了一些事，化了我心裡有些疑問。

這個下午，我一次次去門前張望，希望看到父親在弄堂裡倏地冒出來。我覺得我的眼珠子都看穿了，可以看到大片大片血紅的腦花和黑暗的後腦勺，但就是看不到父親的身影。當時我才上小學二年級，沒學到「望眼欲穿」這個成語，三年級學到它時我哭了，因為我想起了這個傷心的下午。

拾

正是靠著家法的蔭佑，父親得幸在一幢在我們雙家村算得上中上等的台門屋裡長大。房子有三個開間，坐北朝南，東西開門。大戶人家必是朝南開正大門，我們家東西開門，俗稱橫台門，攀不上大戶，但總歸是台門屋。門前有台階，屋內有天井，屋外有柴院，非普通人家可攀比。天井不大，由中間堂屋過道闢出來，寬兩米，長約四米。小時候我常和小妹在天井裡玩，捉蟋蟀，堆雪人，打水仗。經常摔跤，因為天井盛雨水，父親懶惰，老不及時通陰溝，雨水積在裡面，井裡的石板都長了毛，又臭又滑。奶奶常在午後至黃昏前，好幾小時坐在堂前，對著天井做針線活（補衣服，織毛衣，納鞋底），背後是爺爺和爺爺父母雙親三幅畫像。見我在天井裡摔了跤，奶奶就要罵一通父親，父親總不在家，所以總是白罵。

一般早上和黃昏，奶奶都在灶房忙碌。奶奶和母親分工明確，母親負責外場，去鎮上買油鹽醬醋，去菜地弄菜蔬，去穀場打穀子，去機房機穀，去溪裡淘米洗菜。一切就緒，擺上灶台後，奶奶開始上場，指揮母親添柴燒火，是大廚師的地位。有時母親外面有生活，不在家，燒火的活就由我負責。奶奶總是誇我聰明能幹，勤勞肯幹，然後就開始罵父親，又懶又笨，燒個火都燒不好，不如我。

吃過夜飯，上樓睡覺前一個小時，奶奶總和菩薩在一起，念經。菩薩在西屋，就是小姑上吊那間廢屋，本來它和東屋結構一樣，前有過道（通柴院），中為飯堂，後是灶房，現在只是空殼子，不能派正場用，只能堆放雜物，所以叫它廢屋。廢屋裡的主件是一口奶奶的棺材（紅身子，黑蓋子），然後是農具、柴火、肥料、糞桶及捨不得丟的雜碎。棺材架在兩張長條凳上，高過人頭，像一堵屏風一樣擋掉人視線，因為裡面有祕密——一個供奉菩薩的佛龕（一米見方，三十公分厚），壁櫥一樣掛在牆上，常年有一對玻璃罩的紅燭隱隱生輝，照耀一尊白瓷燒的觀世音菩薩立像，白面紅堂，慈眉善目。奶奶每天睡前總要去向菩薩敬一炷香，念一通經。

這是爺爺去世不久養成的。

奶奶認定爺爺是死在阿根大炮私底下作的妖法，妖孽不但作了惡，砸死了爺爺，還成了魔，做了鬼，鑽進了她心，害她一個月一個月地通宵睡不著覺，幾個月下來她已經瘦成一把骨頭，連上樓、吃飯的力氣都沒有了。眼看只有等死，山公寺裡的和尚給她送來那尊白面紅堂、慈眉善目的觀世音菩薩，她燒旺香守一夜，天亮前居然睡著了，一下睡了三天三夜，醒來身上灌滿力氣，活潑了。從那以後她天天睡覺前給菩薩燒香敬禮，成了一道牢不可破的防線，防魔防鬼防災防病防失眠，菩薩也用法力替她守住防線，讓她一個寡婦把一個家撐起來，有兒有女，像模像樣，撐到今天。直到年初，大抵是父親暗中跟三腳貓賭博造的孽，鬼魔又找上門，將奶奶一下癱在床上。為了方便照顧，也是為守住防線，奶奶把床從樓上搬下來，安在佛龕前（也是棺材後），時刻燒著香，求菩薩保佑一家人平安。此時此刻，我猜奶奶一定是在求菩薩快把父親帶回來。

父親直到夜飯上桌時才歸家，像隻春日裡辛勤捕捉害蟲的燕子。天微黑，抹去了他的疲憊和慌張——我以為他是慌張的，其實不然，他心中已充滿決戰勇氣和必勝信心。確實，如果天沒亮——我是說賭博之事尚無人知——他興許會做賊心虛，試圖掩蓋，現在天亮了，他的罩頭被我和阿山道士撞破了，揭掉了，他索性撕破臉，露出獠牙，不裝了。他徑直闖進廢屋，晃到奶奶容身的病榻前——也是菩薩前、棺材後——腳下手上都是力氣、底氣，口氣也十分衝人，面對奶奶的責問：你去哪裡了？他答得爽直：在三腳貓的屋頭。做什麼？玩了幾把。玩什麼？沒什麼，就隨便玩玩。沒什麼？你說的輕巧，公安要知道了你還能回家？回你的鬼話去！

奶奶又氣又急，又要壓住怒氣，又要講出道理，又要讓他接受，跟他一番窮追猛打，既威嚴又苦口婆心，語重心長，給他知錯改正的信心、勇氣。父親卻不領情，剛開始就很不耐煩，目光散淡，不想聽，中途掏出菸來點上，屌屌地叼在嘴角，顯出一副不在乎，結尾還惡毒地甩一個幾乎是辱罵的託辭。

父親說：「行了，沒你說的複雜，我不就想去贏幾個錢。你不是癱了嘛，樓上還有個癱著呢，」我大姐，「還有三隻黃嘴鳥，」二姐、我和小妹，「就我一個人掙點屁的工分錢，養得活嗎？」

父親聲不高，音不響，但字字句句像刀子一樣戳人。我眼看奶奶的臉色由病兮兮的蒼白泛紅，又泛青，變烏，如肌肉遭撞擊後形成烏青的過程一樣，只不過壓縮了時間，放大了面積，大到整張面孔，囊括耳朵。奶奶已經在床上癱大半年，身子可想而知虛弱很。我擔心奶奶要死——這就叫氣死嗎——上前去拉住奶奶手，想救她，卻被奶奶一把甩開。奶奶甩我的這一下，像拉亮了電燈開關線，把自己從死亡——氣死——中拉回來，她用甩我的手像舉槍一樣高高舉起，哆嗦著對準父親臉，「你、你、你」地好一會，終於噴出一句話：

「你還有理！」

這句話像開了閥，引發一場大洪水。奶奶從小姑死、爺爺死數起，數到她如何守寡、如何把一家老小拖大，數到他——父親——打小怎麼多病、長大怎麼不懂事、怎麼不養家，一路數到她怎麼被這一家子拖垮身子，癱在這兒等死，最後總結性地說道：

「幾十年，我像牛一樣做事，狗一樣做人，也沒有去做賊，去偷！去搶！去賭！賭!!你還有理去賭!!廣播上天天在說，賭博是違法的，是社會毒瘤，要人人檢舉揭發，你耳朵被狗吃了！」

奶奶說得悲憤交加，滔滔不絕一大通，父親一言蔽之：「我從來不聽廣播。」四兩拔千斤地自如。確實，父親不愛聽廣播，不論早上晚上，只要聽廣播在響，就會去拉掉開關，不管我們要不要聽，反正他不要聽，反正他不管我們的。後來我想他不要聽，其實是怕聽政府對賭博的批判。這麼說他可能早就在賭博（確實如此），我們發現遲了，他已經老油條了，厚臉皮了，難對付了，癱瘓的奶奶早已不是他的對手。

奶奶對他吼：「你不聽廣播總聽老祖宗說過吧，自古賭博敗家！」

「可我沒敗家。我賭博從沒輸過。」父親說。看奶奶又是「你你你」的氣得不成話，他接著說：「這你該有體會，這大半年你生病花了多少錢，哪裡來的？生產隊能掙個屁錢，都是我從、那兒掙來的。」

「那兒個屁！」奶奶氣得嘭嘭擊打床板，一邊痛罵：「那是你去的地方嗎？賭博的地方就是髒地方，何況在三腳貓家。你長記性嗎，我早對你說過你爹是怎麼死的，你什麼東西！殺父之仇都吞得下。」

「那都是道士瞎編的，為的是叫你跟他一起恨他們家。」父親哼哼道。

這下奶奶徹底被氣瘋，罵一聲「這個畜生！」奮力掙扎想撲上來打父親。夠不著，撲個空，上半身跌出床沿，趴下，腦袋耷拉著，滿頭灰白的長髮披散、倒掛，怎麼看都有些悲慘可怖。父親一個後退，似乎怕奶奶再攻擊他。但不可能的，奶奶不會爬，她雙腳瘍了，像頭髮一樣使不了勁，沒用場。我常服侍她，我知道這種情況要沒人幫她是起不了身的。我急忙上前扶奶奶起來，扶的手碰到她臉頰，一下子覺得濕乎乎的，全是眼淚水。

奶奶放聲痛哭，痛罵父親：「你這個畜生！潦坯！氣死我啦……」我顯明覺得奶奶不想說，兩次話到嘴邊都嚥下去——多羞辱的事，真不想說！但最後還是說，憋不住，把阿根大炮對她耍流氓被爺爺痛打的底牌揭開，然後奶奶幾乎對父親咆哮：「難道這也是我編的！你這個畜生!!」咆得幾乎要死過去，氣極而死。奶奶本是風中殘燭，哪受得了這種摧殘，把深不及底的傷口掘開來。這也是我唯一一次聽奶奶說這事，如果說當時我沒強烈反感的話——

畢竟我才九歲，還不懂人情世故——那麼要不了幾年我將後悔聽說這事。有些家私我真不想知，不想說。

父親似乎也被這事震懾，人一下子蔫掉，臉陰沉下來，沒了聲響，一動不動，站一會，默默走掉。然後一個晚上都沒吱聲，也沒吃夜飯，一直悶在柴院豬圈裡抽菸，一根接一根抽，像蔫得喘不過氣來，只能靠不停抽菸才能把氣補上。這是痛苦和痛定思痛的表現，我想父親以後應該不會再跟三腳貓交往，睡覺前我把看見的和想到的去跟奶奶說，希望能安慰她。奶奶像沒聽見我說，只對著天花板說，讓我把電燈關了。我關了電燈，黑暗中聽到奶奶長嘆一口氣，好像剛才是電燈光把她壓得喘不過氣來。

有一個好消息，第二天早上，奶奶發現自己兩隻「死腳」居然「活」了，先是腳趾頭能蹺動，然後人也可以下床動了——雖不能正常行走，但可以跌跌撞撞半爬半走了。這可了不得！醫生說，奶奶什麼神經死了，雙腳瘍了，這生世只能癱在床上，現在死腳一夜復活，像死人復活一樣，簡直喜人又嚇人！後來不止一人說，奶奶這雙死腳是被我父親氣活的，但終有一天父親又會把它——或其他什麼神經——氣死。確實，我們雙家村諸多人都曉得，我父親是那種能把活人氣死、死人氣活的人，所以不止一人這麼說。

拾壹

山裡的冬日，天明得遲，六點鐘，窗洞裡才透出一團毛茸茸的天光，但奶奶的哭聲已經亮了半邊天，把我家左鄰右居的豬圈、地窖都照亮了。全村人都知曉，我奶奶整治父親有兩大絕招：一是捧著爺爺遺像哭天抹淚，罵天罵地；二是上吊，以死相脅。我家西屋本是廢屋一間，無樓梯，上不去，二樓只有殘缺不全的幾根擱柵（九根），還是燒焦的。這是鬼子第一次進村時作的孽，當時村裡有幾十間屋遭殃，有的掀了屋頂，有的垮了屋架，有的削了屋簷，有的斷了牆，有的破了門，有的燒成廢墟。總之，村子慘遭蹂躪，大傷元氣，一時半會根本收拾不好。像我家，爺爺在世時收拾了一半，修了屋頂，補了斷牆，外立面基本恢復如初，但內部仍是千瘡百孔，滿目瘡痍，加上遇到父親這種不爭氣的潦坯後代，恐怕永無痊癒之日。

在我印象中，父親幾乎從不涉足西屋，簡直怕去！因為居中那根燒焦的擱柵上，懸著一根雙股、絞成麻花的沙色麻繩，這是十六歲小姑上吊的繩子——是我家的羞！我的怕！不知從什麼時候起，成了奶奶急治父親「潦病」的猛藥。

父親的潦病總體是慢性的，無法根治，時而又是急性的，像懸崖勒馬一樣，需要緊急救治。奶奶有兩套急救方案：一是號啕大哭，二是上吊尋死。這天凌晨，我就是被奶奶淒慘絕望的慟哭驚醒的，那個悲悲切切啊，那個哭哭啼啼啊，那個罵罵咧咧啊，那個呼天求地啊，那個肆無忌憚啊，那個破釜沉舟啊，那個一聲聲「菩薩啊」「他爹啊」……每一聲「他爹啊」之後必是一長串我爹（父親）的罪狀，然後是一通她如何可憐悲苦的訴訟——有時是對誰家或具體某人的道歉謝罪，有時是對誰家或某某人的詛咒謾罵，有時是罵天罵地，有時求天求地……有時……有時……總之，父親犯的錯誤層出不窮，千變萬化，有時害人家，有時被別人家害，有時害人害己，有時傷天害理，有時褻瀆神靈，有時助紂為虐，無所不有，包羅萬象。奶奶得隨機應變，有的放矢，而且總是撕心裂肺，聲淚俱下，不像阿山道士司法時千篇一律的哭喪，總是一個調，一套詞，一個樣，一張臉，不會滴下一滴淚。

阿山道士多次對我感嘆說：「每次聽你奶奶哭啊，好似我們整個雙家村都在哭。」這促使我想，阿山道士老勸奶奶隨他信，跟他一起做道場，會不會是相中奶奶的哭？哭喪便是要催人哭，催人悲從心中來，淚從眼底流。阿山道士哪有這功夫，他經常哭得不痛不癢，裝模作樣，讓人哭笑不得，恨不得封他嘴。我敢說有了奶奶，他就如虎添翼了，就正宗了。所以難怪他經常一廂情願打奶奶主意，打他的如意算盤。另外，阿山道士也多次對我說，要不是奶奶有這個哭功，一次次拉父親回頭，早不知父親潦成啥鬼樣子，沒準全身都長滿毛了，成野獸了。一般這時道士會捋一下白鬍子，緩口氣說：

「不是我咒他，你爹就是隻猴子，你奶奶是唐僧和尚，用她的哭當緊箍咒，一回回把你爹從猴子變回人。」

哭是緊箍咒，我想，那麼上吊就是殺手鐧了，更厲害的手段！

父親不知道，事隔一夜，奶奶已經大變樣，他以為奶奶是老一套，癱在床上、對著菩薩在哭，不理會，照睡不誤。最先當然是母親發現，然後是我，因為我們一早要服侍奶奶起床，哪想到她已經起床！母親叫我快去叫父親起床，奶奶要他去堂前受家法。雖然父親沒對我說什麼，但從他厭倦的樣子我看出來，他心裡一定在說：「上個屁的家法，你奶奶已癱在床上，能怎麼我？滾！別煩我。」我說：「奶奶已經被菩薩救了，不癱了。」像被窩裡丟進一塊冰，父親霍地坐起身，看著我自言自語道：「不可能。」我說：「真的，奶奶坐在堂前捧著爺爺像框在罵你，你快下去勸勸她吧，否則她要上吊的。」

父親側耳聽了一下樓下飛揚的哭聲，感覺確實不對頭，開始猶猶豫豫地穿衣服。穿好衣服，叼了根菸，下樓來，看到奶奶正如我說的，席地坐在堂前中央，手裡捧著爺爺遺像，哭得死去活來。我注意到，奶奶面前已經擺著那隻我熟悉的馬桶，全是密密麻麻的洋釘，一副要給父親上家法的樣子。潦坯不是逆子，不是混蛋，不是狼子野心，桀驁不馴，潦坯只是骨頭輕，不正經，不記事，守不住做人做事的底線。父親骨子裡是怕奶奶的，至少要上吊、要給他上家法的奶奶；他見此情景，心裡已經矮一截，丟了菸頭，幽幽地喚一聲媽，說：「你別哭了，有什麼你就說，我聽著。」

奶奶說：「你還去不去賭博，去我就死給你看！」

父親說：「不去了。」

奶奶又說：「你還去不去三腳貓家，去我也要死給你看！」

父親又答：「不去了。」

奶奶罵道：「你看我癱在床上就無法無天，可菩薩又讓我站起來了，你知曉為什麼？因為我就是天派來管你的，老天看不下去你這個樣子，居然跟天底下最壞的人做最壞的事。現在你給我跪下！」奶奶把面前馬桶推給父親，「你該知道做什麼，數五遍，你爹看著的，一根都不能少。」

父親上前，想扶奶奶起身，一邊說：「你別累著了，先回去歇著吧。」

奶奶推開他，呵斥道：「別耍花招！我累死了也要看你數完五遍。」

我想這下好，父親的手指頭非血淋淋不可，然後就長記性了。我已經十歲，太知道又知道，父親最壞的毛病就是沒心沒肺、沒記性、沒真話，說話像放屁，張口是假話，閉嘴是謊話，鬼話連篇，不要臉，不求上進，不務正業。我外公是不大愛說話的，很少教育父親，但有一次開了金口，教訓他：「女人守身，男人守話，知道嗎？以前不知道，希望以後就要記住了。」

我外公從不罵人，但也罵過父親是畜生。

父親啊父親！

拾貳

阿山道士經常說，父親潦坯的病根出在兩個人身上：一個是爺爺，死得早，正是父親要上枷套鏈的年紀時死了，像牲口不及時上好轡頭，野了，散了性子，成不了器；二個是二十來歲時，正是成家立業之時，結交了「雙蛋」做淘伴。「雙蛋」就是把父親從洞房裡「賭」出去喝大酒的那傢伙，是全村公認的壞蛋、混蛋——所以叫「雙蛋」！吃喝嫖賭，賊骨頭，軋姘頭，耍滑頭，壞到底，惡到頭。村裡正經人都躲著他，但開始大家都當他好漢看，羨慕他出手闊綽，欣賞他頭髮抹了亮油，騎自行車，一頭黑髮在陽光中油光發亮的樣子。村裡只有他一人有一輛二八吋腳踏車（帶後座架），據說是日本佬投降時他從鬼子兵營裡偷的。他一定不止偷了腳踏車，可能還偷了金銀財寶，甚至槍！反正解放前那幾年，他風光死了，阿根大炮在路上遇到都要衝他笑一臉，親熱地叫他阿彪。

阿彪實名叫漢彪，以前一直在縣城的鬼子兵營裡做雜役，劈柴燒火、清除泔水殘羹什麼的，灶台都上不了的，嫌你髒，怕你下毒。鬼子把他當狗看，他把自己當英雄看，鬼子投降後耀武揚威回到村裡，出盡風頭。父親被鬼子抓去當挑夫期間，可能同他有過交集，他回村後兩人時常淘一起，後來還一起工作，日積月累，把父親徹底染成一個小混混、潦蕩坯。父親本來沒壓好型，易變形，終是被他定了型，定成一個次品、贗品、廢品。說起這個，奶奶總是自責，怪自己沒看準人，把兒子丟進了茅坑。村裡人公認，漢彪就是個茅坑，茅坑裡的爛石頭，又臭又惡，沒用場。

父親在爺爺去世前已在槽廠幹了大半年，雖幹得不賣力，但來龍去脈是搞懂的，技術也是到手的，然後父親去世他頂上去，名正言順。但父親懶，嫌這生活累，沒了爺爺的壓制管束，一下甩出狐狸尾巴，經常吊兒郎當，出工不出力，沒一年就被搭夥集體逐出門。那還是解放前，槽廠是幾家人搭夥開的，你不出力只有出門。然後做什麼，農活？那是跟天鬥，跟地鬥，跟懶惰鬥，你得起早摸黑，勤快才有收成。奶奶覺得父親怎麼都不是這塊料，不用試探，必須另謀出路。父親愛拋頭露面，嘴甜，能說會道，興許能幹個買賣，就利用娘家在鎮上的優勢，在村裡開了一爿小店，叫父親當掌櫃。掌個屁！父親在店裡跟人抽菸喝酒、下棋打牌，最後連酸醋都被當酒吃掉。學個理髮吧，他嫌髒不幹——以前人瘌痢頭多，再說好頭也髒，一個冬天不洗頭，頭髮窠臭得像雞窠。學門手藝，木匠？篾匠？泥瓦匠？他都怪這個缺，那個多。總之，他當慣「大奶嘴」，準備嬌生慣養一輩子，遊手好閒一生世，氣得奶奶頻頻動用家法；家法管不了大用，又發明了上吊這一絕招。上一回吊，父親要好一陣子，畢竟只是潦坯，不是混蛋。

混蛋來了，但起頭沒人知道他是混蛋，他走路闊步，出手闊氣，又是腳踏車，又是油包頭，又上知天，下知地，像個大碼頭。奶奶看他——一個大碼頭——愛跟兒子做淘伴，歡喜得不得了，暗想菩薩總算顯靈，給她了個好果子吃。哪知是個「雙蛋」：混蛋+壞蛋！剛回村裡時，憑著手上有錢，他擺平村保長——據說是帶他去逛了窯子——當了副保長，負責給國民黨抓壯丁。抓壯丁得有幫手，有陣仗的，父親被他選拔，做了幫手，小跟班，助紂為虐。他專抓那種結婚不久的新郎官當壯丁，然後去引誘拐騙新娘子，幾年下來「雙蛋」的惡名徹底落地，父親也被他帶壞，成了小混混，潦蕩坯。

我不曾有意打聽，但還是聽說，他引誘新娘子——包括老娘們——有一套技術，準確說叫伎倆，就是看準時機，裝著誠懇樣子上門向女子借東西，人家自然問他要借啥東西，他故弄玄虛講：東西有點好，怕你不肯借，但保證只當面用一會就還，不會用壞的；人家聽了跟他客氣說：只怕我家沒有，只要有一定借你；他講你家一定有，你要保證一定借我，我可以再保證，只用一會兒就還，絕不會用壞，用壞了出大鈔票賠。人家想這人這麼客氣，就說好吧，你要借什麼，我保證借你。他這就下流了，說要借人家身子用，就這麼混蛋+壞蛋！父親跟了他一年多，奶奶看出兆頭——凶兆——強行拆散他們，救了父親，否則父親至少要變成一個「蛋」，叛他一半徒刑。

因為作惡多端，解放後，村裡鎮上有諸多人寫血書告「雙蛋」狀，要政府鎮壓他，最後被政府判了十年刑，第五年死在牢裡，據說是被仇家雇凶殺掉的。是不是謀殺不好說，但總之，別說「雙蛋」，哪怕是一個「蛋」，這種人都不得好死的。父親雖然活得不好，不光彩，不受人器重，但總歸是自由活著，既沒有坐牢，也沒有被暗殺。換言之，父親不是壞蛋，也不是混蛋，只是正大不起來，像一棵樹，長歪了，成不了器，成了潦坯。用阿山道士的話說，潦坯不作惡外人，只作賤自己和親人。

確實，父親在村裡很少有人恨他（甚至諸多人喜歡他，只是不尊敬他，常嘲弄他），恨他的都是親人，最恨篤定是奶奶，其次該是母親。我確實從不想知道，但確實聽說了，父親好像在外面有過相好，我不知道是誰，只知道時間，就在母親生我不久，有一天——月子裡的一天——母親正給我在餵奶，有人在一旁說風涼話，說父親這會兒也在吃人的奶。據說，講這話的人也想讓父親吃她的奶，父親不吃，吃了別人，她吃醋才使壞，把母親氣得當天就閉了奶，差點餓死我。幸虧大姑當時還在給我表姐餵奶，勻了一隻奶給我，才沒把我餓死。

現在，你該知曉為什麼我小妹小我那麼少，僅十五個月，因為母親月子裡就斷了奶。哺乳期的婦女不會受孕的，然後就可能隨時受孕，小妹就這麼提前來報到了。據說在母親懷小妹後期，奶奶把父親弄到山公寺裡去修行，做了幾個月義工。蒼蠅愛叮有縫的蛋，這時的父親就是有縫的蛋，那些浪女盯得緊，蠢蠢欲動。作為潦坯，儀表堂堂、意志薄弱的父親是她們的夢中情人、主攻對象，平時父親被奶奶和母親雙管齊下管著，她們識相，一般不偷襲，但每見母親挺出孕肚，她們就開始發起進攻，那是父親易被誘惑之時。這就是潦坯和「雙蛋」的本性區別，潦坯本性不壞，只是意志差，像一塊鐵，本性不劣，就是缺錘煉，沒打硬，不堅固，關鍵時候，要考驗的時候，經不起考，垮塌下來。

我後來總結出，只要父親犯一回病（垮塌一回），奶奶就會哭一場。不同的是，有時哭得凶，肆無忌憚，人畜共知；有時咬著牙哭，我在隔壁聽見了她咬碎牙的聲音，都聽不見哭聲。那次奶奶哭得最凶，大概是因為父親跟仇家三腳貓沆瀣一氣，太傷她心！哭聲在黎明的天光中飛揚，飛進了我們生產隊（七隊）隊長全海家的窗洞。全海隊長愛人和母親同是駱村人，小時候一起玩，長大後是小姐妹，交情深厚，母親叫她紅姐（名叫桃紅）。這天早晨隊長從樓上下來，坐上餐桌，看到老婆眼睛紅腫，問怎麼回事。紅姐不像我母親，是弱女子、溫性子，紅姐是辣女子，她對隊長丈夫說，你沒長耳朵嘛，那潦坯媽把天都哭亮了，你也不會同個情，還隊長呢，狗屁！你們男人都不是好東西，良心長在屁眼裡，耳朵長在狗洞裡。

真是流日不利，大清早被莫名訓一頓，結果是我們一家人受了大恩，父親終於回到槽廠做生活。這是父親的老本行，爺爺傳給他的衣缽，年青時（解放前）不珍惜，丟了衣缽。如今是解放後，槽廠是生產隊的，現在由全海隊長掌管。本來，這種冬暖夏涼、不要日曬雨淋的好生活，香餑餑，早被人搶占，一個蘿蔔一個坑，休想擠進去。但早兩天，舂料的兩人中的一個查出嚴重肝病（肝硬化），空出一個坑，正好是父親的老生活。

機緣這麼巧，紅姐在餐桌上下了死命令：必須把這生活給父親，並馬上去通知。

躺在床上的奶奶聽到上門的全海隊長這麼說時，立刻坐起身，跌下床，跪在佛龕前，對菩薩一通感恩戴德。當然奶奶也是通人情的，謝完菩薩又謝全海隊長。奶奶跟著母親叫，叫全海隊長姐夫的，說：「姐夫啊，你這可對我家行了大恩，我兒子這些年所以潦啊，就因為沒個正經生活。人是賤的，不能空，空了就會潦。啊喲姐夫啊，你真不知這些年我和你們妹子是怎麼過來的，整天淘他氣啊。姐夫啊，你不知道，簡直要氣死人啊，他居然跟三腳貓在一起賭博，你說要不要氣死我。不瞞你說，姐夫啊，我昨夜裡一百次想去上吊尋死，真是活受罪啊。這下子好了，你給他這份生活做，他一定會做好的，人也會變好的。你知曉他人聰明的，這生活是他爹傳他的，他一定能做好的。」

奶奶說個不停，全海隊長幾次想插嘴都插不上，這會兒終於插上，叫一聲「觀音嫂」（奶奶的雅號）說：「你該知曉的，現在槽廠是闞金在當小組長，不知你忌不忌憚這個。」闞金是阿根大炮的老五，是紅房子的人。全海隊長知曉，我家和道士家是忌憚跟紅房子裡的人往來處事的，所以特別申明。

奶奶說：「他是小組長，還不是你管。」

隊長說：「這是自然的，所以只要你不忌憚，我就安排了。」

奶奶說：「不忌憚，一來他不過是你一個兵，受你管；二來聽說這老五也是紅房子裡唯一不惡的人，要不是他我還真有些忌憚。」

隊長看看奶奶，沉吟道：「這個不好說，要你兒子接觸了才好說。」

奶奶一點不糊塗（很敏感），立刻問：「你是說他做人也是凶的？姐夫啊，咱把話說在先，他要欺負我兒子你可要替他撐腰，講起來是你妹夫呢。」

隊長又說：「這是自然的。」這話像是他口頭禪，一席話裡總要冒出幾回。

其實我可以負責地說，這首先是紅姐的口頭禪，他是二道販子，轉手來的。這是真的。我作為奶奶的寶貝孫子，去最多的是大姑家，作為母親的寶貝兒子，去最多是紅姐家，我堂娘姨家。我有大娘姨、小娘姨，她們是母親親姐妹，紅姐以前是母親小姐妹，後來母親讓我叫她堂娘姨，說明她們關係已從小姐妹升到堂姐妹——堂姐妹雖不是嫡親，但又高於小姐妹。我常見得到堂娘姨，有時去她家，有時她來我家，常聽她說這句話：「這是自然的。」一種平淡又權威的口氣。

有一次，她在我家，聽阿山道士講從前長毛的事。長毛就是太平軍，打仗最不要命，清兵怕他們跟人怕鬼似的。道士說：「後來長毛自己不團結，才被清兵打敗。」紅姐說：「這是自然的。」另一次，我跟母親去她家，見她婆婆——全海隊長媽——在屋裡傷心地哭，說是有人把她家老母雞偷去吃了。紅姐對著弄堂罵，說誰吃了豹子膽，敢偷吃她家的雞，就不怕生孩子沒屁洞云云，罵得很難聽又很響，一弄堂的人都聽到了。後來，她公公在豬圈的牆縫裡發現一地雞毛和雞雜碎，現場還有黃鼠狼的屎尿——臭死人了！顯然，是黃鼠狼偷吃了他家老母雞。

公公說：「這個就不說了。」

紅姐說：「這是自然的。」

這類例子很多，舉不完，有時我覺得自己都被傳染了（常對奶奶也這樣講），更不用說全海隊長，天天一起吃飯、睡覺，只有聾子才不會受傳染。奶奶說，全海隊長是個好人，時不時會在觀世音菩薩面前替他禱告祈福。其實我知曉，更好的是紅姐，我堂娘姨，全海隊長全聽她的，她是隊長的隊長。我猜，堂娘姨要聽我這麼說，一定會平常又篤定講：「這是自然的。」

丁　日本佬．比海更深

壹

自古，我們富春江流域，山多，水多，人多；人分男女，水分肥瘦，山分陰陽；陽山長樹，陰山生竹。竹名為毛竹，一身是寶，老竹（兩年以上）堅硬，可以當木料、鋼筋用，造屋、造橋、築堤、鋪路，老搭子，老底子；新竹（一年以上，兩年以下）篾匠用，竹蓆、竹椅、竹凳、竹匾、竹籃、筲箕等，樣樣是它；嫩竹（三月以內）可以造紙用。從一株株青綠的嫩竹，到一張張或雪白或乳白或淺黃的洋紙、白紙、黃紙等功能用途各異的紙張，是我們祖先的拿手戲、傳家寶，代代傳，村村有作坊，人人會一二。

我打小知道，造一張紙分前期後期，前期在山裡完成，先把初長成的嫩竹斫下山，然後用月牙形的削刀（非常鋒利），把青皮削乾淨，露出肉白的嫩竹肉；青皮沒用場，只能晾乾當柴火燒；竹肉層層疊疊碼入坯鑊（像一座碉堡），用猛火煮一天、文火熬兩日；熬成糯軟，然後封存在坯鑊裡，隨用隨取。後期在槽廠內完成，那便是一個造紙作坊，先後有派料、舂料、兜紙、榨水、切割、烘曬等近十道工序作業。做成品的紙銷往杭州、上海、南京等大城市，生產隊用它掙的錢買農藥、農具、化肥等農用品，如果有積餘，過年給社員家裡添點年貨。在我小時候，槽廠是村裡唯一的廠，能在槽廠做事，是一種榮耀，也有一定的福利，比如廢紙可以拿回家用（白紙做功課，黃紙當草紙），自家用不完可以做人情，送給親眷或鄰居用。

謝天謝地謝菩薩，父親在全海隊長鼎力相助下，總算回到失去多年的榮耀崗位上，爺爺一定在天曹地府替我們全家高興。人逢喜事精神爽，奶奶的癱病由此徹底好轉，可以一腳腳自在行走，送父親去槽廠上崗。她還是擔心父親被闞金奚落，特意揣一包菸去籠絡他，請他費心，多幫襯父親。闞金收下菸，滿臉笑容，一口好話，叫奶奶的病腳更添了勁，就更靈便活水了。我陪奶奶去的，去的時候她還要我搭一手，回來時我追不上她，好像時光倒流回幾年前。順便提一下，奶奶不是小腳婆，這是外太公的功德；外太公年輕時在紹興城裡一個大戶人家做園丁，見了世面，受了開化教育，否則奶奶這年紀的女性大多是小腳婆，走路快不過小孩子的。我看奶奶越走越快，心底很高興的。

但我也有擔心，尤其是我去了幾次槽廠，認識了父親所有搭手後，總覺得這些人和父親不是一窠人，不是同林鳥。這些人共五人，分別是舂料工闞金（父親的搭子兼組長），做紙的師傅增福、增富（兄弟倆），另有兩個管切紙、榨水、烘曬的小工。父親雖然骨頭輕，不正經，不成器，但生相英俊，待人熱烈豪爽，還詼諧，只要手頭有錢還大方（窮大方）。

跟父親在一起，你會放鬆的，從過度熱情的性格到適度輕浮的舉止，從充滿活力趣味的眼神到乾淨整潔的穿著、髮型，都跟其他五人不一樣；那些人邋遢、冷漠、粗鄙，不講理，沒見識，卻自以為是，自私自利。他們在父親面前表現出充足的優越感，大聲吆喝他，指揮他幹這幹那，大大咧咧跟他開下流粗俗的玩笑，有時捉弄他，嘲笑他。他們把父親當外人看，當婦女逗，找樂子，尋開心，翻倒出父親一本本可喜可樂、也是可恨可恥的老黃曆、舊帳本，哪壺不開提哪壺。如父親日本佬的綽號，我印象之前村裡已經不大有人叫，但到這兒後不知怎麼又開始被他們翻出來，叫起來。奶奶很惱火，要父親阻止他們叫。

父親說：「怎麼阻止？嘴長在他們嘴上。」典型的父親狀，該硬時慫。

奶奶罵：「誰叫你就撕誰的嘴！」

父親說：「如果是闞金叫呢？」

奶奶說：「照樣撕！你個比他高，塊比他大，怕什麼。」

父親說：「你不是說過，打架不靠力氣，靠拚命。」奶奶確實說過，那是父親年輕時奶奶擔心他像爺爺一樣莽撞，憑一身塊頭、蠻力在外面惹事，嚇唬他的。可今非昔比，今天父親這麼慫，奶奶倒希望他去打架惹事，打點殺性出來。

奶奶跺著腳罵：「你就不敢拚命嘛！」

父親攤攤手說：「你不是說，我是你獨子，要惜命嘛。」

作為資深潦坯，父親身體裡有深厚、肥沃的不知廉恥的土壤，令他不要臉的奇葩開得根正苗紅。他有一種奇稟異賦，即以你之矛破你之盾，在正確的地方倒下去，在錯誤的地方站起來。這種交戰，奶奶註定要敗下陣來，以一場哭收場。其實是收不了場的，此番收場只是新一輪開場，正如叫父親日本佬綽號，因不能止於槽廠，就不能免於擴散。不多久——差不多一年吧——大家都開始習慣叫父親「日本佬」，叫「潦坯」的逐漸少下去，然後就不大有人叫了，很奇怪。

其實不奇怪，一個在槽廠——村裡唯一的廠——做工的人怎麼能是潦坯呢？這是榮耀崗位，鑲金邊的，也給人鍍金撐面子。大家思想上有這種觀念，潦坯是不配去槽廠的，去了一定程度說明你已不是潦坯，有這種因果關係。這是一點，父親占了。其次父親已經年近四十，這年紀過了潦坯的極限年齡，不配當了。潦坯最般配的年紀是在二十到三十歲，鬆一鬆可以上下浮動三五歲，但不管怎麼說父親都不配了。這又一點，父親又占了。再一點，形勢開始越來越重視階級鬥爭，日本佬這綽號有階級性，更符合形勢，有時代特色，更有鬥爭性。就這樣，機緣組合，幾面夾攻，把父親的綽號從「潦坯」勢不可當地趕回到「日本佬」頭上，叫奶奶氣煞！早知如此，奶奶還會同意父親去槽廠上工嗎？我不知道，我只知道奶奶很反對人這麼叫父親，一直想方設法阻止，頑強抵抗。

因為父親是日本佬，我就成了小鬼子。一次，我跟奶奶去生產隊開夜會，那時父親跟關金的關係尚處於蜜月期，加上吃過奶奶送的香菸，關金對奶奶蠻客氣，見了我很熱心，從旁邊一位婦女手上抓過一把葵瓜子叫我：「小鬼子，你過來，這裡的，有米西米西。」我不曉得他在說什麼，要過去拿瓜子。奶奶一把拉住我，轉身拉下臉對關金說：「誰是小鬼子，你就不怕被菩薩割舌頭。」一聲色俱厲，把關金和會議上的人都驚著了。

回到家，父親批評奶奶，說關金沒惡意，不值得為這麼一點小事得罪他。奶奶說，怎麼不值得，今後人都這麼叫，叫順口了，叫成了疤，消不掉了，我這不又成鬼子他奶了。我當了一次鬼子他媽就夠了，不想再當奶了。

說著，奶奶提高聲音對父親呵斥：

「沒記性的東西，我跟你說過多少次，有些事不能沾，拚了命也要推掉知道嗎，記住嗎？」

父親梗著牛脖子，沒點頭搖頭，也沒吭氣吭聲。

奶奶跺一腳罵他：「不爭氣的東西，整天就知道潦，不知道怎麼做人做事。」

我以為奶奶又要長篇大論教訓父親，痛說苦難家史，情況好父親會認錯，討饒；情況不好，父親會跟奶奶吵，最後以奶奶哭收場。這天倒好，奶奶興許也覺得在生產隊會上那麼跟人撕破臉皮不好，只說了這麼一句就掉頭去了西屋，想必是去跟菩薩說話了。後來她多次教育我，不准任何人叫我小鬼子。

奶奶說：「誰叫你就吐他們口水，然後回來告訴我，我去罵他們。」

其實我看奶奶也沒罵過誰，她是觀音嫂，天天受大慈大悲的菩薩教育，怎麼會隨便罵人嘛。她只有對我父親經常罵，有時罵得很難聽，甚至動手打，像鬼附身一樣，跟平時完全不是同一人。我知道，那時我奶奶其實不是我奶奶，而是我爺爺。確實，奶奶一向當父親的媽又當爹，是不是可以說，爺爺一直附在奶奶身上？所以我說有鬼附在奶奶身上，其實也沒錯是不是？

貳

父親身高，肩寬，膀大，腿圓，論力氣不少人半斤八兩，只會多，那是遺傳了爺爺的身板，優點。爺爺也傳給他舂料的衣缽，做這個生活，父親可以說有童子功的，他身板就是在那一會練硬的——可惜爺爺走得早，沒練硬他性子。所以，到槽廠做舂料這生活，論力氣和技術，父親都是夠資格的。問題這不單單是個力氣活，它還是個清早活，每天必須五點半鐘起床，六點鐘開工，把成捆的毛料舂成紙漿，漿糊一樣，這樣才能做紙。做紙的師傅增福和增富七點鐘上班，如果這時父親還沒有把料舂好就是失職，增福和增富就會不高興。父親散漫慣了，一下子要起這麼早，收這麼緊，不免出破綻——儘管有奶奶和母親操心，但他本身有漏洞，防不住的。有一次，父親居然在從家裡去槽廠的僅幾分鐘的路途中又睡著了，另一次，父親瞌睡朦朧中舂了別人家的料，自己的料原封不動。這樣，做紙的師傅增福和增富就一次次不高興，越來越不高興。

以前，闕金和父親關係好的時候，不高興就不高興，頂多當面怪罪父親兩句，要父親一句好話或遞支香菸，討個好算事。後來奶奶開罪關金後，增福和增富見風使舵，不高興就會向關金反映，是挑事的意思。增福和增富是堂兄弟，父親不可能去拆散他們，只可能讓他們把自己和關金拆散。關係是經不起拆的，不多久父親和關金組長的關係漸行漸遠，然後不管增福來反映，還是增富去反映，關金都是一句話：

「跟日本佬說，今天扣掉兩分工。」

聽！他照樣叫父親日本佬，指明他根本沒把奶奶的話當回事。父親說，其實以前他只是偶爾叫，之後他是天天叫，時時叫，當面叫，背後叫，完全是報復性的，挑釁性的。長大後我知道，這叫小不忍則大亂。說徹底，奶奶這件事是絕對做錯了的，但歸根到底是父親不爭氣，不成器，叫人瞧不起。有一次，我看到關金裝模作樣地對著奶奶的背影呸一聲說：「你不讓叫我偏要叫，怎麼著？有本事讓你的觀音菩薩來封我口，什麼觀音聽音，你單一個潦坯兒子逞什麼能。」

我告訴奶奶，奶奶聽了就哭。

話說回來，父親從早上六點鐘開工，到下午四點鐘收工，出十個小時工才得十分工，稍為遲到一下就扣掉兩分，叫人心疼得很。關金第一次扣父親工分時，父親不服氣跟他爭，父親說：「你憑什麼扣兩分，就算我遲開工一個小時，也只能扣一分。」這是對的，一天做十個小時才計十分工，等於一個小時一分工，父親遲到一個小時當然只能扣一分工。這個算學很簡單，誰都會算。但關金說：「你料不舂好，怎麼派料？你料派不出去，人家做紙的怎麼做紙？拿手指頭做啊！人家開不了工，要等你派料，乾等著，不是浪費時間嘛。你遲一個小時又浪費人家一個小時，不就是兩個小時，不就是兩分工。」

聽起來關金說的也有道理。他有道理，又是小組長，又有增福、增富兩兄弟助陣，怎麼爭得贏他？只好活活扣掉兩分工。父親不是設法解決問題，而是瞞著。於是，一而再，再而三，不爭氣的父親！

天總是要亮的，母親知道後，心如刀絞，一夜沒睡，怕父親又睡過頭，重蹈舊轍。要說六點鐘出工，五點半鐘必須起床，打鳴的雞都還在睡覺呢，家裡又沒個鬧鐘，是極容易睡過頭的。這夜，母親一直熬到五點半鐘，把父親叫醒，送走了，又上了路，走了二十里山路，去了外公家——工廠交公後，外公帶外婆回了老家駱村。母親這次來可不是來當女兒，而是做小偷，偷了外公的鬧鐘。是真偷，不是假的。我們外婆是出名的小氣婆，他們村裡人都叫她地主婆，就是罵她小氣的意思。你如果跟她講道理，把天講破了，她也不會把鬧鐘給我們家，哪怕借。

奶奶說：「這不是一隻雞，這是鬧鐘，是一隻鐵雞，誰曉得要多少錢，有錢也不一定買得到。」就是說，只有偷。

既是偷的，就要給它找個藏的地方，外婆必定會來找的。可這是每天清早都要用的東西，藏哪裡好呢，你總不能把它藏到屋頂上去吧。偷它來就是要靠它來叫父親起床，藏起來怎麼行？必須放在床邊，最好放在床頭，人睡覺時伸手拿得到的地方。這樣的地方又要避開人眼睛，不好找，最後母親找了個地方——父親的夜壺！這地方絕了，我們都沒想到，外婆更沒有想到。事實上，外婆第二天就來我們家找鬧鐘了，她篤定丟失的鬧鐘在我們家，而且篤定一定能找到，找到了篤定拿走，不用說的。外婆是個凶巴巴的老太婆，地主婆，吊著一雙三角眼，不愛說話，說話就罵人。她罵外公是狗，我媽是狗，我爹也是狗——更加！如果三個人都在一起，為了區分，她罵外公是老狗，我媽是死狗，我爸是癩皮狗，總之都是狗，只有她自己是人。

那天外婆就是這樣，一邊這個狗啊那個狗的罵著，一邊從樓上找到樓下，從被窩翻到箱子，從跳板上尋到床底下，就是找不到鬧鐘。有一會兒，她看見了夜壺，就在床底下，像隻癩蛤蟆一樣蹲著。我以為這下完了，但外婆認出這是一隻夜壺後，馬上捂住鼻子退開，好像聞到了一股尿騷味，臭死了。嘿，其實昨天晚上她女兒（母親）才用開水泡過它，又用肥皂洗，怎麼可能臭？臭是心理作用，因為夜壺給人印象總是臭烘烘的，好像菸盒總是香的，總殘留著菸絲，夜壺總是臭的，總殘留著尿液。夜壺就是尿壺，因為冬天太冷，起床撒尿麻煩很，一般人家都備一把夜壺。

很長一段時間，我都在尋思，如果沒有這把夜壺，母親會把鬧鐘藏在哪裡，藏的地方不對，外婆把鬧鐘搜走了又會怎樣？後面的問題我覺得很嚴重，前面的問題我覺得很有趣。對小孩子來說，有趣比嚴重更有吸引力，所以我想得多的是前面的問題。那年我十歲，在讀小學三年級。

參

是我十一歲的那年冬天，剛下過雪，屋頂瓦片上還有魚鱗似的積雪，融雪水像屋漏水一樣嗒嗒滴下來，滴不盡。就是這樣一天，剛當上大隊治保主任的關銀領著一個陌生人來到我家。關銀是阿根大炮的第六個兒子，即老六，關金是老五——不是說「豺、狼、虎、豹、金、銀、銅、鐵」嘛。陌生人是公社武裝部派來的，關銀對他畢恭畢敬，一口口叫他科長。

科長說：「我不是科長，我是科長派來的，姓吳，叫我老吳就好。」

關銀說：「哪怎麼行，科長派來的也是領導，公社來的人都是領導。」

老吳說：「那你就聽領導的，叫我老吳。」

關銀傻笑著，不知叫什麼，一個勁地點頭哈腰，撓頭抓耳，怎麼看都不像他平時，甚至都不大像個人。那天，阿山道士正好在我家，看見自家世仇關銀這副狗德行，有點趁火打劫的意思，特意走到他身後，對著他屁股說：「啊喲老六，我人老了，眼花了，剛才我怎麼看到你屁股上拖了根辮子，像個前朝清代的人。」

這是說他像條狗，拖了根尾巴，搖尾乞憐。

關銀當然聽出他意思，罵他：「你老糊塗了，瞎了眼了。」

道士說：「我不但瞎了眼，良心還被狗吃了，就是你吃的，味道怎麼樣？今天當著領導的面說清爽。」

關銀說：「你個老不死的，給我吃還不要吃。」

道士說：「誰先死還不知道呢，萬一你明天像你爹一樣自殺了呢，我還要做你道場呢。」

關銀一把揪住道士胸襟：「你骨頭脹是不是，小心我抽你！」

道士臨危不懼：「你抽！抽啊！等你抽，諒你不敢。」

兩個人當著老吳領導的面，你一口他一嘴，越罵越來勁，差一點打起來，讓老吳領導很生氣。事後奶奶說，這是她安排的，她看關銀帶上級領導來我們家，估量不會有好事，所以故意叫道士當著領導面跟他吵。道士最高興這樣了，他一輩子的大事業就是跟門前紅房子的人鬥，雖勢單力薄，但從不畏懼退縮——因有張天師做靠山，也因有視死如歸的信念。奶奶充分用好了他這個心理，挑起矛盾，製造事端。這樣，領導發覺關銀跟我們家關係不好，就不大會相信他說我們家的壞話。就是說，道士被奶奶當了槍使。奶奶說，關鍵是他愛當這桿槍，他還感謝我呢。父親也承認，最後老吳領導沒有刁難我們家，跟奶奶開始鋪了這個好墊子有很大關係。足見，奶奶沒有老糊塗，奶奶是老生薑，更辣！

老吳領導戴一副肉色老花鏡（一隻鏡片裂一條縫），穿的衣裳袖子長長的，頭髮稀稀的，有一半白，往後梳，看上去像個老先生。科長派他來，是因為有人反映上去，說我父親以前給日本鬼子做過事——所以大家叫他日本佬。這是個大事情，決定著我父親是不是「黑五類」的政治問題，階級問題，所以上面派他來調查。

奶奶問：「怎麼調查？」

老吳說：「我問他答。」

老吳掉頭對父親說：「你必須說實話，一是一，二是二，有什麼，說什麼，不能說假話瞎話。你對我說假話瞎話，等於是欺騙組織，要蹲監獄的。」頓了頓，又說：「我做這個調查工作已經十幾多年，經驗很足的，你說一句假話我都聽得出來，就是今天聽不出來，以後還可以查出來。呃，我正式對你講，今天我們講的話要記錄下來，以後這是白紙黑字，賴不掉的。」

說著，掏出一本紅色筆記本和一支黑色鋼筆，問關銀會不會做紀錄。

關銀連連點頭：「會，會，專門去公社學過的。」

老吳將筆和本子遞上說：「好，那你負責記錄，先寫上時間、地點、談話人。時間就是今天，地點就是這兒，談話人就是我和他，然後我們說一句，你記一句，一是一，二是二，不要漏掉，也不要添加。」

談話在堂前（堂屋前廳）進行，談話前關銀怕我們偷聽，把奶奶和母親、一個姐姐和我都趕出門。待在東屋和西屋及樓上都不行，必須出家門。母親帶著姐姐先出去，奶奶拉著我的手走到門口又停下來，不同意走，對老吳領導說：「我要聽。你們找我兒子談話，我怎麼不能聽？」

老吳向奶奶解釋：「不能聽，任何人都不能聽。這是紀律，老人家，不能違反。」

奶奶指著關銀說：「他記錄我不放心，他剛跟我親家吵過架。」

老吳說：「老人家你放心吧，他要記錯了我撤他的職。」對關銀說：「聽到沒有你？這可不是鬧著玩的，我要檢查的，你要亂記以後就別當治保主任了。」

看關銀拍著胸膛保證後，奶奶才帶我出來。我們一出來關銀就把我家大門關上，關上又打開，警告我們不能在門口偷聽，把我們趕遠。但關銀不曉得，我們家退堂有個狗洞，狗洞連著後門弄堂，以前我們坐在後門弄堂裡乘涼，只要挨狗洞稍為近一點，奶奶在堂前咳嗽或放個屁我們都聽得見。現在他們在堂前談話，奶奶坐在狗洞前，我挨著奶奶坐，他們在裡面說的每一句話，哪怕是抽菸擦火柴的聲音，我們都聽得清——母親站在我們邊上，有些話也聽見了。

「開始吧。」這是老吳的聲音，「我剛才說了，有人向組織上反映，你在一九三八年曾經給駐紮在城關鎮（縣城）的日本憲兵隊做過事，是不是？要說實……」

老吳話沒說完，我們聽見呼拉一聲，應該是父親從椅子上站起來，提著嗓門嚷：「誰他媽這麼亂嚼舌頭，生孩子不長屁眼！」

父親一貫如此，容易衝動，嘴巴子長刀子，罵人的話張口來，凶得很。對親人，遇到慫人，他常來這一套，氣焰囂張這一套，很能唬人。但父親終歸是個輕骨頭，吃的是欺軟怕硬這一套，遇到真正凶人，惡霸，他會很快丟盔卸甲，討饒認罰，一些基本底線都守不住，慫到底。我特別怕老吳是個凶人，把父親逼成慫蛋。

「不要衝動。」老吳說。聽聲音，好像不凶，但話一句是一句，一句比一句重，好像也是凶的。「坐下。你坐下！」老吳響了聲音，「我重申一遍，你給我好好坐著，把手放在大腿上，好好回答問題，不准罵娘，不准衝動，不准伸手指我，知道嗎？」

「知道了。」父親坐下，放低聲音問，「那麼是誰反映的，我總可以問吧。」

「不可以。」老吳說，「今天只有我問你，輪不到你問我。你要問也得我問完了，我同意你才能問。」

父親說：「現在我可以問嗎？」

老吳說：「問什麼，你還沒有回答一個問題就想問，有沒有規矩你，嚴肅一點！說，你以前有沒有在城關鎮為日本憲兵隊做過事？」

父親說：「好，我說，我沒有在城關鎮給日本憲兵隊做過事，我只被鬼子拉去當過挑夫，他們用刺刀逼著我幹，我沒辦法，為了活命。」

老吳說：「好，就這麼說。現在你說，是什麼時候，在什麼地方，你被鬼子拉去當了挑夫。」

父親說：「就在街上（禮鎮）南橋堍頭，大樹底下那個人家裡。那天，我一大早就去他家做生活，漆一個大衣櫥，中午嘛，總要休息的，我睡著了，不知道鬼子進了村。醒來我聽見樓下一陣嘰哩哇啦的，像有一群活鬼在吃酒會，我開窗看，發現是一群鬼子，在大樹底下的豆腐坊裡大吃大喝。」

老吳問：「有多少人？」

父親說：「二十來個人，還有兩匹馬、一條跟小馬駒一樣高大的狼狗。他們拉我當挑夫就因為有一匹馬吃醉了酒，去溪坎裡吃水時發酒瘋，亂跑，跌了跤，一隻前腳卡死在石頭溝裡，斷了骨頭，上不了路了。」

老吳說：「馬喝什麼酒。」

父親說：「你是外地人吧？」

老吳說：「外地人怎麼了。」

父親說：「呃，只要是本地人，我們這年紀以上的人都知道這事，鬼子就在那兒吃的中午飯，把豆腐坊裡當天清早做的兩大盤豆腐和藏的兩罈老酒，還有不知從誰家搶來的雞啊鴨的都吃個精光。兩罈老酒其中一罈就是兩匹馬吃掉的，我雖然沒看見牠們吃，但我見牠們時牠們滿嘴酒氣。這你可以問他，」應該指關銀，「他比我大，該見過那匹馬的。這馬因為受傷走不了，鬼子把牠丟在溪坎裡。因為是鬼子的東西，沒人敢去管牠，就一直躺在溪坎裡，像個怪物，吸引四周八鄉的人尤其孩子，都趕著趟去看牠。我們村離街上近，應該人人都見過牠的。」

我特別擔心父親說錯話，但從奶奶的表情和反應看，父親應該說的不差。這會兒奶奶甚至輕聲嘀咕了句：「就這樣說，慢慢說，別激動。」這話顯明是說給父親聽的，但只有我聽得到，好像我是父親一樣的。

老吳問：「你知道這事嗎？」應該在問關銀。

關銀說：「知道。」果然是。「確實，這馬當時村裡人都見過，後來被活活餓死的，死了也沒人敢去管牠，一直爛在溪坎裡，最後被洪水沖走。」

老吳讓父親接著說。

父親說：「然後就這樣，呃，馬躺在溪坎裡不能馱東西了，鬼子就抓我去當馬使。我不肯，鬼子用雪亮的刺刀抵著我脖子，嚇得我尿褲子。那時我才十五歲，還是孩子呢，能怎麼樣，跑也跑不了，打也打不過他們，除非不要命，要命只有給他們當馬使，挑東西。這是唯一的活路。」

老吳問：「鬼子讓你挑的是什麼東西？」

父親說：「馬原來馱的那些東西，主要是鍋灶一套傢伙，亂七八糟什麼都有。」

老吳說：「他們自己燒飯吃？」

父親說：「是。他們一路上都自己搭灶燒飯，興許是怕我們在鍋裡下毒吧。」

老吳說：「糧食菜蔬呢，他們也自己帶的？」

父親說：「有自己帶的，也有去村裡搶的。搶的都是些活雞活鴨什麼的，死的東西一概不要，哪怕是一頭剛殺的豬，丟在案台上還在冒熱氣的也不要。他們就怕我們下毒，要他們的命。」

老吳說：「你們一路上走了幾天？」

父親說：「四天。那時到城關鎮的路不像現在，有公路，都是山路，繞來繞去走，遠得很呢。」

老吳說：「一路上你都見他們幹了些什麼，殺人？放火？搶劫？姦淫？」

父親說：「主要是搶東西，每到一個村子都搶，金銀首飾，銅錢銀元，只要值錢又好帶的東西，都搶，搶了好多東西。你想想，開始只有我一個挑夫，後來有五個，還趕了兩頭水牛，都是給他們扛東西的。」

老吳說：「不殺人嗎他們，鬼子？」

父親說：「我只看見他們殺過一個，本來也跟我一樣，被拉來當挑夫的，第二天夜裡跑了。但沒跑成，被狼狗發現了，一個鬼子騎馬追上去，把他拖回來，綁成麻花吊在樹上，打得死去活來。第二天，吃了早飯，走之前，一個鬼子用刺刀活活把他捅死。那個慘啊，就像在捅一個稻草人，捅了又捅，血射了鬼子一臉，他一點都不怕，還笑，哈哈大笑，一邊還舔血吃，像個畜生。」

老吳說：「既然這麼畜生怎麼可能才殺一個人？」

父親說：「一路上看不到人，人都跑光了。他們像一群犯瘟病的死鬼，到哪裡人都嚇跑了，村子空蕩蕩的，看不到人影，全是畜生，貓啊狗的，最多的是豬啊羊啊。村民上山前把養在圈裡的豬牛羊都放掉了，讓牠們自己找活路，人是確實看不到，只有個別像我這樣不知情，突然從外頭闖回來的，都被他們拉去當挑夫。」

老吳說：「女的也當？」

父親說：「真沒見女的，只有在靈橋村看到一個女的，是個滿臉皺紋的老太婆，我看還有點癡傻，見了鬼子主動上前跟他們打招呼，看他們吃東西還跟他們討。一個鬼子把狼狗放出去咬她，把她嚇得像隻野貓一下竄上了屋頂。」

老吳說：「沒有碰到隊伍嗎？當時不是有支新四軍在這一帶打游擊嗎？」

父親說：「就是沒碰到。當時我一路上都在想，不就是二十幾個人一條狗嘛，我們來隊伍一定能把他們滅了。」

老吳說：「可能新四軍不知情吧，也可能他們在另外的地方執行任務。」

父親說：「我想也是。不過鬼子很狡猾的，經常夜裡趕路，白天睡大覺。」

老吳說：「你再想想，一路上還有什麼印象深的事。」

父親說：「這個……我不曉得該不該說……」

老吳說：「說吧，知道的都要說，不說才不對。」

父親說：「當時是端午節後，天已經很熱，鬼子每次看見溪坎裡的水灣子，或者山裡水庫，都要洗澡，脫得光光的，一點不害臊。他們還用手榴彈炸魚，炸彈一響，水裡白花花一片，都是魚。什麼魚都有，隨便撈。有一次我看見一個小鬼子……啊喲，我、我、我都不好意思說。」

老吳說：「說，必須說。」

父親說：「我看見他拿一條魚，我看不清是什麼魚，反正不是鯉魚也不是鯽魚，有點像黑魚，但又不像，肚皮上白裡透紅的，身子像手臂一樣滾圓，頭也是圓圓的。他把魚的牙齒拔掉，然後居然當著我們面，把自己雞巴塞進魚嘴裡幹那事，一點不害臊，還叫我們看，跟玩似的，你說下流吧。」

老吳說：「太下流了！我活這麼大還從沒有聽說過這種事，真齷齪，簡直禽獸不如！你們想，這種畜生要給他撞見個女的，能不姦淫嘛。」

父親說：「是啊，幸虧路上沒遇見一個女的。」

老吳說：「那後來呢，他們進了城，滿大街都是女的。你們想想，當時中國有多少婦女被鬼子強姦，這個是非常好的證據。繼續說，還有什麼？」

父親說：「沒有了……」

肆

其實還有，至少我聽父親說過，鬼子進城後把那兩頭水牛宰了，吃了。奶奶說，水牛是每個村莊的寶貝，良心最黑的人也不會殺水牛吃。還有，一天下大雨，他們在一座關帝廟裡躲雨，鬼子把那些菩薩砸爛，當柴火燒飯。奶奶說，菩薩是褻瀆不得的，鬼子把它們砸了燒火，簡直該遭天殺。還有，鬼子那條大狼狗，父親說牠當時正懷著小狗崽子，肚皮圓鼓鼓的，每天要吃幾斤肉，父親一路上都沒吃過一塊肉，比一隻狗都不如。還有，還是那隻大狼狗，有一天吃飯時，噴香的肉香把村裡好幾條土狗吸引來，跟大狼狗搶肉吃，一個鬼子拔出大洋刀把幾條正埋頭在吃的土狗一一砍了，劈了，像劈柴一樣。

這些事情我多次聽父親講過，有時是逢年過節跟阿山道士他們這些老輩子講，有時是在祠堂或牌桌上跟他的爛兄難弟講，有時是他吃足了酒一個人在講；不知為什麼今天不講，我想會不會是老吳領導審問他，他緊張，忘記了。我也經常這樣，平時記得清清爽爽的事，只要老師在課堂上把我叫起來問，什麼都講不出來，全吞進肚子裡了。奶奶因此常說我是「洞裡貓」，在家數得清芝麻，出門連冬瓜都數不清。

現在，在地上坐久的奶奶好像累了，站起來跺腳，跺完腳又把我叫到一邊，讓我給她捶背。狗洞太低，地上有積水，寒氣重，奶奶老骨頭了，在地上坐那麼久，背脊骨發冷。奶奶說，人老是從腰上開始的，讓我使勁捶她腰。可一站起來，離狗洞遠了，屋裡聲音不大聽得清，所以剛捶一會奶奶又回去坐下，耳朵對著狗洞，瞇著眼，一副聚精會神的樣子。我跟著在奶奶身邊坐下，屋裡聲音又輕鬆鑽進耳朵。

「那個……」是老吳的聲音，他好像在抽菸，說話吞吞吐吐的，「那個……現在你說說城裡邊的事，到城裡後你怎麼了，還跟鬼子在一起嗎？」

奶奶搶著說：「沒有，到城裡後你就跟鬼子分手了。」

父親像在照著奶奶說：「沒有，到城裡後我就跟鬼子分手了。」

老吳說：「哪一天分手的？」

父親說：「就那一天，我們把東西扛進一棟樓裡，鬼子就趕我……們走了，水都沒給吃一口。」

奶奶說：「對，就這麼說。」

老吳說：「不對吧，有人反映你還留在鬼子軍營裡給他們做事。」

父親叫起來：「誰這麼胡扯八蛋，鬼子把我們中國人都看成賊，怎麼可能留我們在軍營裡做事，做夢！」

老吳說：「別激動，有話好好說。你說鬼子軍營裡沒有中國人，這不是事實，據我瞭解當時鬼子軍營裡有不少中國人給他們做事。」

父親說：「他們是漢奸！」

老吳說：「是啊，現在有人就反映你是漢奸，給鬼子做過事。」

父親說：「笑話！說這話的人要遭雷劈的。我那時才十五歲，屌毛都沒有長出來，夜裡還尿床呢，能做什麼事。城裡那麼多人，鬼子憑什麼非挑我，要輪也輪不到我。當時我們有五個挑夫，其他四個都是大人，要留下做事也該是他們，怎麼輪得到我，我連洗衣燒飯都不會。」

老吳說：「你曉得，我今天不是代表個人而是組織，對組織必須要忠誠知道嗎？欺騙組織就是敵人，政府的敵人，要被鎮壓的知道嗎？」

父親說：「知道。」

老吳說：「你能保證你說的都是實話嗎？」

「保證！保證！」奶奶壓著聲音在我耳邊保證。

「我保證。」父親沒有如我期待的說得那麼堅決有力，不過後面又補一句說得蠻有氣勢的。父親說：「如果我有說一句假話讓天打我，雷劈我。」

老吳說：「如果你說假話不是天打，也不是雷劈，而是政府鎮壓你，人民專政你，把你打成『黑五類』，讓你做牛鬼蛇神，做不了人。」

父親說：「我可以向人民和政府保證，我絕對沒說假話。」

老吳停下來，像喝了一口水，接著說：「那麼好，現在我問你，你自己剛才也說過，你們進城時是端午節後，天很熱，可你回到村裡時是什麼時候。據我們瞭解是中秋節後，天已經涼快下來，這麼長時間你在哪裡，在幹什麼？我再提醒你，必須說實話。」

父親好像笑了一下，說：「這有什麼不好說的，我在城裡，開始幾天在討飯，後來在一個理髮店做小工。我當時是在街上被他們拉走的，身上一個銅板沒有，怎麼回家？路上要走幾天呢，所以我先在城裡討飯，想等攢夠幾天的乾糧後再上路，否則要餓死的。然後有一天就討到那家理髮店，師傅是禮鎮街上的，把我當老鄉待，給我吃了一頓飽飯。他看我能做事，留我在店裡做事，幹雜活，打掃衛生，去江裡拎水，給客人洗頭。一天晚上，師傅出事了，我到現在也不知道出了什麼事，反正那天晚上他頭破血流地回到店裡，急急忙忙帶了些東西就走了，走之前交給我幾塊錢，讓我在店裡等三天，等不到他回來我就走。我等了三天不見他回來，又等三天還是不見。想再等等，房東來催討房租錢，我只有幾塊錢，不想給他就逃走了，逃回來了，路上走了三天。」

老吳說：「以後你見過他嗎？」

父親說：「你是說我師傅嗎？沒有，也不知道他是不是還活著。」

老吳說：「人死無對證，你不是在說故事吧？」

父親說：「我對天發誓，我說的每句話都是真的，只要有一句假話你就專政我。」

老吳說：「不是我專政你，是政府，是人民，是無產階級革命。」

父親說：「反正不管是誰，人在做，天在看，我沒有說假話，說假話就專政我。」

老吳說：「好，今天我代表組織就問到這裡，現在你先出去一會，待會我再叫你。」

父親說：「你有事問我別問他，他不會說我好話的。」應該是指關銀。接著我聽到身旁的奶奶長嘆一口氣，如釋重負的樣子，好像剛才一直是她在接受問題，這會兒總算完了。看樣子她對父親今天的表現是滿意的，莫名其妙地嘀咕了一句：「不錯，沒說錯話。」我想應該指的是父親吧。

父親出門後，老吳其實沒問關銀什麼話，只是檢查了他做的紀錄。畢竟是去公社訓練過的，關銀做的紀錄得到了老吳的表揚。老吳說，記得不錯，但有些錯別字。關銀說，哪些是錯別字，你教，我來改。老吳說，給我筆，我改，你看著就是了。他們忙了幾分鐘，改完錯別字後，又叫父親進去。門開著，奶奶帶著我趁機跟進去，老吳並沒有趕我們。我看到老吳手上捏著好幾頁寫滿字的紙，像個剛收了作業的語文老師。

老吳把幾頁紙遞給父親，問：「識得字嗎？」

父親說：「不多。」

老吳說：「那就算了，我已經看了，記的都是對的。」說著掏出紅色印泥盒，要父親摁手印。

父親看看老吳，按老吳提示，伸出右手，用大拇指沾了印泥，卻沒有馬上往紙上摁，手揚在半空中，猶豫地瞅著，好像手上的紅是流出來的血，叫他有點兒怕，或是厭。一旁的關銀催他：

「摁啊，日本佬。」

父親反而放下手，盯著關銀看。

關銀說：「看什麼看，讓你摁手印。」

這時奶奶一馬當先，搶上前，橫在關銀和父親中間，對關銀說：「我說關銀兄弟啊，你剛才說什麼來著？」嘴上喊的是兄弟，樣子已把他當惡狼，梗著前傾的頸脖子，目光像刀子一樣尖，步步逼近，迫使關銀後退一步。

關銀說：「我叫他摁手印啊。」

奶奶說：「可我親耳聽見你叫他日本佬。」掉頭對老吳說：「吳領導，今天你已給我兒子作了調查，現在請你下個結論，他是不是日本佬？是，我要給他上家法，不是，你要給他說清楚。你去隔壁看，那就是日本佬燒的，今天還廢著呢。你說，這是不是個大事情，要不要說清楚。」

老吳笑笑，看看奶奶，看看父親，也看看關銀，總之是磨蹭一會後，說：「照他剛才講的看，他給鬼子做事是被迫的，也沒有受過鬼子惠祿，不能算給鬼子做事。」

奶奶馬上掉頭對關銀說：「聽到了沒有關銀兄弟，吳領導說了，我兒子不是日本佬，你反映的是錯的，以後別反映了。也不准你再叫他日本佬，否則小心鬼上門，撞南牆。」

關銀說：「誰反映了？」

奶奶說：「你沒反映？」

關銀說：「我沒反映。」

奶奶說：「那就是狗反映的。」

關銀說：「村裡狗多的是，有些狗整天潦來潦去，不正經。」

這明顯是在指桑罵槐，罵父親。父親傻得很，不打自招，衝上去嚷：「你罵誰！」

關銀笑：「反正沒罵你。」

奶奶說：「我兒子也輪不到你罵。」

關銀說：「只有你才能罵，我確實聽到你整天在罵他。」

奶奶說：「我罵兒子你也要管，你是共產黨的村幹部還是國民黨的？」

關銀說：「共產黨的。」

奶奶說：「共產黨不要你這種村幹部。」

關銀說：「你又不是共產黨，誰要聽你的話。」

老吳看奶奶和關銀槓上了，出來批評道：「吵什麼吵你們，事情還沒完呢。」他對一邊的父親說：「你摁了手印再說。」父親摁了手印，他又指著紀錄對父親說：「這是你說的，你說的是不是事實，我回去還要作調查，最後還要向我領導彙報。真正結論要我的領導下，我們領導會給你一個公正的結論的。」

父親問：「你領導什麼時候給結論？」

老吳說：「等著好了，有結論我會通知你。」

伍

送走老吳和關銀，奶奶連忙去隔壁給觀音菩薩燒香，父親則像剛跟人打了一架，很累的樣子，坐在堂前八仙桌前一動不動，一聲不響。屋子裡一絲聲音都沒有。我看見汗水從父親頭髮裡冒出來，順著額頭流下來，流進眼睛裡，又流出來，像眼淚。我給父親茶杯裡加滿開水，父親輕輕摸著我的頭說我好樣的。這是從來沒有過的事，叫我感到好奇怪，好像父親變成了母親。

吃晚飯的時候，奶奶說：「這個領導不錯，眉毛裡有顆痣，是個善人。」
父親說：「可他不是真正的領導。」
奶奶說不管誰是領導，都是因為有人告狀，領導才派人下來調查的。然後奶奶開始教訓父親：「你今天是沒亂講話，可誰知道你在其他地方也沒有亂講話，我還不知道你德行，喝了酒什麼話都亂講，然後就有人告狀，就有今天。」
父親說：「也不知是誰告上去的。」
奶奶說：「就是關銀，不會有第二人。」
母親說：「這家人怎麼老跟我們作對。」
奶奶說：「前世作了對，好比我家跟道士家前世結緣一樣，這是命裡定的。」
母親說：「我看外公（阿山道士）一點也不怕他們。」
我搶答：「因為他家有張天師，專門治壞人的。」
奶奶對母親說：「我們也不用怕。」
我又搶答：「因為我們家有觀世音菩薩。」
奶奶說：「對，我家裡有菩薩，壞人該怕我們才對。」
父親突然打斷我們，憂心忡忡的樣子，問奶奶：「也不知道什麼時候會有結論。」
奶奶乾脆俐落說：「這就要你去跑，去催。領導都很忙的，不知什麼時候才想到你。」
父親熬了幾天，跑去公社武裝部打問情況。連著跑好幾次，回來臉色都難看，像出殯回來，臉上掛一層霜，誰看了心裡都發冷。直到冬至節前一天，我們一家人都圍著八仙桌在忙著做過節的白米餅，大老遠聽到父親用嘴巴敲著鑼鼓，唱著《打金磚》的戲文。那天正好颳大風，下大雪，我們關著大門。奶奶叫我快去開門。我打開門，頓時看見一個人渾身雪白，像個野人又像頭野獸一樣，朝我撲上來，一把將我舉起，舉過頭頂，用嘴巴敲著鑼鼓，呀呀呀地衝進堂屋，見誰喊誰，像隻喜鵲。

奶奶說：「拿到結論了？」

父親大聲說：「拿到了！」

奶奶上前問：「怎麼說的？」

父親把我放下，從胸膛裡挖出一只信封，又從信封裡抽著一頁紙，交給奶奶。奶奶雖沒讀過私塾，但誠信菩薩後，經常去山上寺裡，跟和尚識得不少字，能看大半張報紙。她一邊看著，一邊似乎也變成一隻喜鵲，笑顏逐開地對我們說：「蓋著大紅公章的，真資格的。」

母親問：「上面寫什麼了？」

奶奶說：「是好事，證明他是清白的，沒給鬼子做過事。」掉頭對父親說：「關鍵是要跟關銀去說，跟村幹部去說。」越說範圍越大，「跟村裡所有人去說，要讓村裡人知道，公社給你下了結論，你沒給日本佬做過事，以後不准他們叫你日本佬。」說完把證明紙疊好，放回信封，塞進自己胸袋裡，又對父親說：「就放我這兒，我要證明給人看。」

以後，奶奶逢人必摸胸膛，把證明挖出來給人看。老是重複，可能把她自己都搞煩了，有一天她突發靈感，頂著寒風去了公社。奶奶年紀是老了，但身子骨還是很硬朗，走路昂首闊步，一點也不慢。從公社回來，她一下從胸膛裡挖出兩封信，一封嶄新的，一封舊的，有皺褶。

原來奶奶去公社找到老吳領導，照原樣又開了一份證明，照樣是蓋了大紅公章的。奶奶說：「我講的不錯，老吳領導眉毛裡長痣，是個大善人，給我辦事連對紅雞蛋都不肯收，還送我兩粒紙包糖，真是好領導啊。」

奶奶把新的那封交給母親，要她保管好，舊的那封依然自己留著。晚上，奶奶提早去了西屋，照例跪在佛龕前焚香點燭，例外的是把她留的舊信，連信封和證明一起燒給了觀世音菩薩，一邊說了諸多話，大意是這麼多年來，她一直有個心病，擔心父親當年被鬼子抓走時作過惡，做過傻事。奶奶說：「菩薩啊你知道的，我這個兒子啊老做傻事，我真是為他操碎了心，如這事，我私下跟菩薩說句實話，那次他對吳領導說的不全是實話。他在兵營裡給鬼子做過事我曉得的，他回來時就跟我說過，給他們養過馬，養過狼狗。做事錯不了，鬼子抓人去還不是要他們當牛做馬，給他們做事。但他必須那麼說，不能承認是不是菩薩？你承認了一別人會傳二，傳來傳去話就變了，變成刀子了，所以必須那麼說，不能承認。這也是當初我和他爹定好的，我想菩薩是可以理解的是不是？我最擔心的是他當初沒跟我和他爹說實話，瞞著我們，替鬼子做過事，作過惡。他那時候小，才十五歲，啥都不懂，天都敢拆的年紀，楞頭青，萬一做了傻事，要一輩子還的。所以我擔心啊，一直擔心啊，有人去政府告狀後，就更擔心了。現在政府跟從前不一樣，喜歡翻老帳舊帳，變天帳，搞得我心慌啊。現在好了，政府查清楚了，他是清白的，我也放心了，壞事變好事了，我心裡一直懸的石頭，政府替我放下了。菩薩啊你知道的，我們中國人可以千錯萬錯，就是不能跟鬼子錯，替鬼子燒香，因為他們對我們作過太多孽，仇恨太深。你看這廢屋子，就是他們當年燒毀的，阿彌陀佛……」

我經常躲在退堂裡偷聽奶奶向菩薩禱告，家裡許多私情我都是通過它得知的。一般聽到這兒我就走開了，因為後面全是一通空話套話，沒事情的，只有求菩薩保佑、老天爺開恩什麼的，說完奶奶就要上樓去睡覺。這天晚上奶奶卻沒按時上樓睡覺，母親讓我去看看怎麼回事。我下樓看，發現奶奶坐在蒲團上睡著了，又在笑，發出聲音，閉不攏嘴，有點可怕，像鬧鬼了。我叫醒奶奶，問她在笑什麼，奶奶說：「你爹總算跟日本佬撇清關係，我心裡懷著一窩喜鵲呢。」我說，家裡有燕子，沒有喜鵲啊。「我這是打比方。」奶奶說，「我這幾天夜裡都做夢，都在笑，經常把你爺爺吵醒了。」我說，爺爺不是早死了；有時我覺得奶奶挺糊塗的，盡說瞎話。奶奶說：「有些人死了還活著，像你爺爺一直活我在心裡頭，有些人，像闞金、闞銀、三腳貓（闞鐵）這樣的人，雖然活著卻已經死了，因為他們不像人，像鬼，老害人。」我說，包括所有日本佬那些人。奶奶說：「對，日本佬都不是人，是畜生，所以我寧願你爹當潦坯也不准他當日本佬，當綽號都不行。」

奶奶其實一點沒糊塗，她每天去溪坎淘米、洗菜，跟一群老太婆一起念佛，隔三差五去大姑家跟阿山道士聊天，村子裡的事比誰都知情，包括關金欺負父親（扣工分）、三腳貓誘騙父親上賭桌、關銀對父親做的那些狗頭狗腦事等，都知曉。奶奶認為，父親只是會講幾句日本佬的話，是嘴上像日本佬，而關銀是心思像日本佬。奶奶說，心思像才是真像，關銀才是真正日本佬。

有一段時間，奶奶對誰都這麼講，關銀是日本佬，滿肚皮是鬼子的鬼心腸。只要提起關銀，奶奶甚至從不說關銀，而是說日本佬。那段時間，奶奶有個夢想，希望村裡人都跟著她想，隨著她叫，把日本佬的綽號轉嫁到關銀頭上。但關銀是大隊幹部，治保主任，多數人畏懼他，奶奶叫了半死，不靈光，跟隨的只有大姑一家子，寥寥無幾人。奶奶說，她的夢想像溪坎裡的水，流走了，流去了富春江。

陸

燕子來了，剪著翅，銜著泥，在我家屋簷下築屋，下蛋，孵出小燕子，嘰嘰嘰。小燕子長大了，跟媽媽一道在我家屋頂上練飛行，撲撲撲。冬天來了，樹葉都往地下飛，燕子們都往天上飛，飛過山公山母山（青龍山），飛過西山，飛向遙遠的地方。有一天，燕子又從天上飛回來，在弄堂裡剪著翅，銜著泥，在我家屋簷下築屋，下蛋，孵出小燕子，嘰嘰嘰。這麼的一天，治保主任關銀又一次來我家，像發神經似的，剛踏進我家大門，就衝著堂前大聲嚷嚷：

「日本佬！」

「日本佬！」

「日本佬！」

關銀叫了又叫，聲音越發大，好像真的犯神經病了。

「你叫死啊！」奶奶從灶房出來，看到關銀狠狠罵他，「你才是日本佬！」

關銀嘿嘿笑，對奶奶說：「日本佬他媽，你出門看看，誰來了，都帶槍的！你個老不死的，你兒子完蛋了！」

沒等奶奶走到門口，武裝部的老吳領導已出現在門口，身後跟著兩個陌生人：一個腰裡挎手槍，一個腰裡別手銬，他們身後又跟著一群村裡人。老吳問奶奶我父親在哪裡，父親正好蹲完茅坑回來，一邊還繫著褲腰帶。老吳見了，對挎手槍的人說：

「科長，就是他。」

「銬走！」科長一揮手，對別手銬的人下命令。

奶奶上去攔，被科長一手撥開。科長說：「靠一邊去！否則我把你一起帶走。」說著把右手扶在槍殼上。

奶奶膽子太大了，居然對著扶槍的科長上前一步，挺起胸，威風地說：「你要帶走我可以，但不能帶走我兒子，他下面有四個崽子，少不得他。」

科長沒有更威風，反而放下扶槍的手，軟了口氣，說：「老人家，你不要害他，你兒子犯了大罪，你不要再給他加罪，罪加一等，命都要沒有。」

奶奶問：「他犯了什麼罪？」

科長說：「天大的罪。帶走！」

奶奶還想阻攔，被好多人拉開，他們都是跟著手槍和手銬來的，有我大姑、大姑夫、阿山道士、奶奶的佛門姐妹等，他們死死抱住奶奶，還捂住她嘴，不准她哭叫、罵科長。我看著奶奶的臉色由漲紅變成發白，又變成發紫，同時眼珠子越瞪越大，越來越白，後來脖子一梗，閉了眼，昏過去了。等奶奶醒過來時，父親早被科長他們銬上手銬帶走，據說還是坐吉普車走的。

這天晚上奶奶一直坐在西屋裡沒有睡覺，一會兒對菩薩說話，一會兒對爺爺說話，一會兒自言自語，一會兒又罵爺爺，怪他沒有在天上保佑好自己兒子。入夏的夜，火燒似的短，像苦竹，剛閉眼，即天亮。大清早，奶奶去菜地裡摘了一籃豆角，馬不停蹄去禮鎮街上，找算命先生，要他算一算我父親的前程。先生是個睜眼瞎，七老八十，經歷過清朝，參加蘇浙會戰，據說眼睛就是在戰場上傷的。他瞪著一雙有眼無珠，嗅著新摘落的豆角散發出的青草味，扳著手指，問清情況。根據帶走的時間、銬手銬、坐小汽車等情況，他認定我父親凶多吉少。

奶奶說：「你算一算，他現在在哪裡。」

他撥一通手指頭，說：「在東南方向，兩里路左右的地方。」

奶奶說：「這不是公社嘛。」

先生說：「是的，在公社，關在一間鐵屋子裡。」

奶奶問：「怎麼才能救他？」

先生說：「鐵屬金，金屬陽，要用陰去剋它。男為陽，女為陰，找個女人去救他，男的都別去，去了是燒上澆油。」頓了頓，又說：「你也別去，老為辣，辣為陽，你去是雪上加霜。」

所以，後來奶奶一直沒排自己和我去公社看父親，去的是我大姑、母親和三個女兒。母親帶小妹去最多，因為小妹小，陰氣足，對救父親作用大。她們一次次去，給父親送去衣服、鞋子、臉盆、毛巾、肥皂、乾糧、香菸等；給押看父親的人帶去老酒、米酒、雞蛋、大公雞、老麻鴨。反正家裡好吃好喝的都帶去了，可就是無法帶父親回來，別說帶回來，連個面都照不上。父親被關在公社附近的一個地下防空洞裡的一間黑屋裡，不是鐵屋子，但有鐵門、鐵窗——算命先生說，這也算鐵屋子。母親她們每次去，都只能走到防空洞門口，那裡始終有人守著。據說，父親的罪跟日本佬有關，好像是漢奸罪，到底「奸」了什麼，誰都說不清，是個無底洞，嚇死人。

父親被抓走後，家裡每個人都成了啞巴，幽靈，只見人影，沒有聲音，樓上樓下靜謐得只剩下老鼠和燕子發出的聲音。燕子在白天出聲，繞著屋簷上下翻飛，聞風鳴叫，不亦樂乎；老鼠在夜裡鬧騰，上竄下跳，鑽箱越櫃，肆無忌憚。那段時間，我覺得我們家的日子已經停下來，像船擱淺了。

奶奶說：「我家的日子長了刺，吃水都要戳喉嚨。」

母親說：「也不知道這日子什麼時光能結束。」

奶奶說：「熬吧，他回來就好了。」

母親說：「他還能回來嗎？」

柒

我知道，這問題奶奶回答不了的，因為我聽到她天天夜裡都跪在佛龕前哭哭啼啼，問菩薩這個問題。菩薩一聲不響，黑暗中也不見四周有何物憑空跌落，或兀自出聲。菩薩沒反應，不靈驗，氣得、急得奶奶更要哭了。菩薩啊，你該知曉，奶奶這麼多年在你面前哭過多少回了，太多回了吧，你也不一定記得清，但你一定記得，奶奶每回哭都是因為父親不成器、不爭氣，給她出亂子、丟面子。和以往不同的是，這次哭奶奶盡量不出聲，哭得特別壓抑，是那種咬碎牙往肚裡吞的意味。以前，奶奶哭總是放大喉嚨，大聲哭，阿山道士說她就要哭給村裡人聽，讓好人聽了原諒她——因為兒子出了亂子嘛；叫壞人聽了同情她，以後別去撩她兒子——因為是老潦坯啊，經不起撩，一撩就著，乾柴遇烈火。所以，奶奶這些哭表面是給菩薩聽的，實質是給村裡人聽，是替作孽的父親討饒，呼求父親的爛兄難弟別去招惹他、撩撥他，大家儘早結束潦蕩，回頭是岸。

可這回，父親出的亂子太大，太險惡——可能是漢奸罪，都是手槍手銬押走的，奶奶簡直沒臉皮說。奶奶這輩子最要的就是臉皮，而當漢奸是最沒臉皮的。父親對一個最要臉皮的人做了最沒臉皮的事，你讓奶奶說什麼呢，說了不是脫褲子放屁，更丟人！要說只能私底下跟阿山道士說，自家人，老搭子，知根知底，有拍有合，聊得開，說得攏。阿山道士倒也善解人意，知道奶奶這些日子不好過，日日抽空來陪她坐坐，聊聊，寬寬她心。阿山道士的毛病是，每當這種時候，奶奶有苦有難時，他總要借機數落觀世音菩薩的這不行那不靈，勸奶奶改信張天師，跟他做道士。奶奶最煩這個——趁人之危！每次說起都會頂撞他，甚至吼他，罵他。但這回，道士說起時奶奶居然沒反應——我是說沒反抗，一點反應都沒有，像沒聽見。當時我正在替奶奶捶背，看不到奶奶正面，以為她睡著了，特意欠身去看她。發現她雙眼瞪得比平時大，但又比平時沒光，像一副死魚眼，空洞得很，可以放進去死亡。

果然，奶奶開口就是死神死鬼什麼的。

奶奶說：「他要真犯了漢奸罪，我就啥神都不信了，只信一個神——死神！」

道士說：「這你就不對了，世上沒有死神，只有死鬼。」

奶奶說：「那我信死鬼。」

道士看著奶奶盛著死亡的死魚眼，滿嘴冒著死亡的氣泡，模樣也是一副屍首的模樣，棺材的模樣，一動不動，只有嘴動，多少有些可怖跡象。雖然道士是專門做死人生意的，不怕人死，但這會兒突然起了半身雞皮疙瘩，似乎是怕了。他心有間隙時，總會下意識去撫白鬍子，那鬍子長及胸脯，白得耀眼，是他入道後一直留下來的，撫著它，好比扶住了天師道神的肩，心就實了，眼就亮了。這會兒，他就這樣，將著白鬍子，一把捋下來，心裡就有了底數，嘴上是一副得理不饒人的威信，道：

「你說哪裡去了親家婆，你也不想想，當年他才多大，十五歲，屌毛都沒長出來，一隻黃嘴鳥，能幹什麼壞事！」看奶奶眼睛閃了一下，他喉嚨更響，又道：「聽我的親家婆，少想什麼漢奸不漢奸的，多想想自己的身子骨，這家子靠你撐著，他回來也靠不住，還是要靠你的。」

奶奶驀地抬頭問：「他還能回來嗎？」

回是回來了，只是……怎麼說呢，父親回來的樣子太丟臉！他被剃成大光頭，胸前掛一塊大木牌子，上面打著紅叉，還寫著好多難聽話，什麼「反革命份子」「狗漢奸」「賣國賊」「壞份子」等。這些字我全認得，你不認得也沒關係，校長喊口號時可以聽懂的。我們校長是城關鎮人（暫時在農村磨礪），普通話講得呱呱叫，每次村裡開大會，總在台上領頭喊口號。那天上午上完最後一節課，我們得到通知，今天下午公社要在村裡開批鬥大會，不上課。

中午，關銀一直在廣播裡喊，要大家下午去祠堂裡開批鬥大會。我不知道批鬥的人是我父親，專門趕去看，看到戲台上坐滿一排領導，都是公社來的幹部，我們校長坐在最邊上。來開會的社員像汛期的魚一樣，一撥撥來，很快祠堂裡人多得要死，鬧烘烘的，比過年看戲還要多。我們小孩子、小學生都被擠到半空中，有的爬上梁，有的架在大人肩上，有的像野貓一樣蹲在屋頂，更多的擠在廂房二樓窗欄前。我就在廂房二樓一側，擠在一堆同學間，倚仗窗欄，引頸張目（猶如鶴望）。時值盛夏，炎炎烈日火燒似的，燒得祠堂屋頂的片片黛瓦冒出青煙，加上人多，祠堂裡又熱又悶。我們不怕，無所謂，因為有好戲等著我們看；鄉村生活太單調，任何好事壞事都成了我們樂處。

在我們校長一陣振臂高呼的口號聲中，兩個端槍的民兵押著一個大光頭，從後台衝到前台。從我的位置看過去，大光頭沒有手，只有一隻肩膀，肩膀上勒著一根粗麻繩——手其實被反剪在背後。我也看不到他身子，因為大木牌把他身子全擋掉，只露出膝蓋以下的半條小腿。但很快小腿也看不到，因為押他的人用槍托砸他膝窩子，他不得不跪下去。他跪下去時我興奮地叫了一聲啊，好像我們勝利了。但就在這時，我看到他的目光，我一下認出，他是我父親！

父親什麼都變了，頭頂光了，兩顆門牙不見了，兩隻耳朵出奇的大，兩個腮幫子深深地凹進去，像兩個陷阱，可以填兩個雞蛋。以前，父親有一頭黑髮，長長的，他常用一截鳳尾竹管在火上烤熱，燙頭髮，把頭髮弄成帶捲的；這也是他作為潦坯的一個突出證據，父親確實因此一下從人堆裡獨立出來，英俊，洋氣，神氣，城裡人一樣。以前，我都沒印象父親有耳朵，現在它們像兩隻插偏的綿羊角一樣，斜插在光溜溜的兩鬢，顯得出奇之大，讓他變得像一頭怪獸……雖然我無比認識父親，但我確實無法認出這個父親；雖然我認不出這個沒頭髮、沒門牙、耳朵出奇大、奇瘦、像怪獸的人，可我認識他的目光，那是我最初看見的兩道光……

「爹——！」

我喊了一聲，滾燙，像燒紅的鐵，可聲音只在血液裡流，流不到空氣裡。一種從未有過的孤獨和羞愧，把我變成了廢物，話說不出來，氣都喘不了。我像被丟進黑漆的冰窟裡，又像在熊熊烈火中，難過得恨不得立即死掉。我也憤怒，憤怒得像渾身長滿刀子，恨不得殺死身邊所有人，包括父親，包括我們班主任、校長、同學、社員，會上全部人，一個不剩，統統死光。我不知道後來發生了什麼，反正我什麼都沒聽見、沒看見、沒感覺、沒記憶，等有意識時已經在家裡，在豬圈的稻草堆上坐著，像挨了父親或奶奶打（母親從來不打我）。以前我挨他們打後，要不離家出走，孤魂野鬼一樣，在村子和田畈裡瞎走一氣，要不就到豬圈跟豬傻坐一起，像一隻豬。我知道，這次沒人打我，我身上一點傷痛都沒有，但心裡卻痛得要死，想死，馬上死。我想起父親的光頭，想起那個不像父親的父親，那個被排山倒海口號聲吞沒的父親，那個挨了槍托砸的父親，那個咚一下跪下的父親，那個猛一下看我的父親——目光像一群大黃蜂一樣朝我撲飛上來，逼過來，附著嚇人的嗡嗡聲，嚇得我下意識閉上眼，黑暗中，凝視中，我恍惚看見一團白，雪地一樣照亮我。我凝視好久才想起，這是父親裸露的肩背。

父親被押上台時衣領已被撕開，有一會兒他想抬頭，卻被押的人更深地按下去，肩背好似一把白摺扇一樣敞開，袒露。父親在槽廠做活，不幹農活，有一副不像農民的皮囊，如今經過幾個月黑屋子的浸泡，那肩背的皮面竟像粉了一層厚厚的石粉，陰森森的白，讓我感到一種說不出來的悲哀和恐懼，像被褪毛、剃光的年豬，接下來就要開膛破肚，砍成一塊塊條肉叫賣。我就是這樣被嚇昏過去的，現在想來依然心有餘悸，不知父親在哪裡、是不是還活著。

天空中，一群麻雀嘰喳著從我家屋頂飛過，一點也不帶走我心裡的恐懼和痛苦。

奶奶說，人生無常，苦有常，做人是最罪過的，活著就是受罪。以前我不知道她在說什麼，這一天我知道了。

捌

我以為父親從此不會再回來，他有那麼多罪，那麼大惡的罪，那麼多人恨他，誰會饒過他？一定會被槍斃，屍陳山公山石塘——據說那裡以前是國民黨槍斃人的地方——等著奶奶帶人去收屍。沒想到，母親剛從溪裡淘米回來，正準備和奶奶一起燒夜飯時，父親突然被一陣鑼鼓聲帶回家來。聽說開完大會，公社來的領導走了，把父親交給關銀，關銀押著他在全村敲鑼打鼓遊行一圈，最後來到我們家。

關銀替我父親解開繩子，一邊對我奶奶說：

「告訴你，你兒子現在是真正的日本佬，大漢奸！本來要去縣裡坐監獄，考慮到認罪態度好，犯罪時年紀小，政府寬待他，安排他在村裡服刑，農村管制兩年。農村管制就是必須要接受我管制，我管制不好政府就要把他收回去坐牢。所以，今後他必須聽我的，不能亂說話，不能亂跑動，每天早上要給生產隊收糞，白天打掃祠堂和兩條弄堂衛生，晚上要向毛主席彙報思想，一星期要被我開一次會。」

奶奶說：「那不就成『五類份子』了。」

關銀說：「是的，今後他就是『五類份子』，『黑五類』。不但是『黑五類』，還是『黑五類』裡最黑的一類，『地富反壞右』他一人占兩類，又是『反革命』，又是『壞份子』，不坐牢真是寬大他了。」

奶奶問：「他到底犯了什麼罪。」

關銀說：「你問他，我說還替他害臊，太不是東西了！」

奶奶沒有馬上問，晚上也沒有問，因為父親太累太睏了，又睏又餓，吃完夜飯就上樓去睡覺，一睡睡了一天一夜，直到第二天吃夜飯時才起床。吃完飯，奶奶把父親一個人叫到西屋，棺材前，也是菩薩前，閉了門。我猜奶奶是要問父親犯罪的情況，我也想知道，就躲在退堂裡偷聽。開始父親不理奶奶，只管她問，只管抽菸，煙霧從門縫裡溜出來，薰得我流眼淚。後來奶奶不問了，父親反而冷不丁冒了一句：

「我救了一個日本佬的孩子。」

「什麼？」奶奶像沒聽清楚，「你說救人，救誰？」

父親說：「一個日本佬的孩子，我救了。」

奶奶說：「怎麼你會去救日本佬的孩子？在哪裡？」

父親說：「就在縣城。」

奶奶說：「什麼時候？」

父親說：「就那時候，在鬼子兵營當差時。」頓了頓，「你知道的，我給他們挑東西進城關鎮後，一直被鬼子留下做事，開始養馬，後來那隻狼狗下崽後又去養狼狗。」

奶奶說：「那養馬養狗又怎麼會去救什麼人？」

父親說：「是個男孩，剛好十歲，平時在上海讀書，暑假，就去那裡玩。當時我正好在養狼狗，他經常來看小狼狗，就認識了。」

奶奶說：「然後呢，接著說。」

父親說：「有一天，我們去江邊給狼狗洗澡，他不小心丟到江裡去了，他不會游水，我把他救了。」

沉默一會，奶奶問：「政府怎麼會知道這事？」

父親說：「他託人在找我。」

奶奶說：「誰？誰找你？」

父親說：「就他，我救的人。」

奶奶說：「他在哪裡？」

父親說：「我也不知道，應該就在他們國家。」

奶奶說：「他託誰在找你？」

父親說：「我也不知道，肯定是政府吧。他找我，等於揭發了我，政府就開始調查我。」

奶奶沉默很久，突然說：「查得好！我早知道這個也會揭發你，這叫什麼事，太丟人了哪！什麼人不救，去救小鬼子，你就不能看他淹死。」

父親說：「聽說他還託人給我捎來好多錢。」

奶奶說：「錢呢？」

父親說：「政府沒收了。」

奶奶說：「沒收好，鬼子的臭錢我們家不要。」

父親說：「我也是這麼說的。」

奶奶大聲吼道：「可你當時為什麼救他！」

父親不吭聲。

奶奶像憋足了氣，一口氣罵道：「真替你害臊！什麼人不救去救個鬼子，村裡一隻狗都知道，天下沒有比東洋鬼子壞的人，他們殺了多少中國人，搶了我們多少東西，糟蹋我們多少女人。你總不可能沒聽說過吧，就我們裡面雙溪村，有個女的，鬼子進村時腳崴了來不及逃，就被鬼子強姦了，後來生出個小鬼子，要說那也是她的骨肉，可她硬將他掐死，丟進糞坑。這才叫骨氣！有種！哪像你，好歹不識，善惡不分，居然還跟政府，也跟我和你爹撒謊。你當初就對我們瞞了這事，為什麼？因為你也知道害臊，說不出口，說出來要被罵，所以瞞著，真不要臉！」

奶奶越罵越生氣，從椅子上站起來，在屋子來來回回走，一邊仍是不停地罵父親，也罵自己，罵著罵著哭起來，聽起來很傷心的樣子。我連忙去叫母親。母親給奶奶端來茶，一邊說著安慰她的話，一邊使眼色叫父親走。父親剛跨出門檻，被奶奶發現，又被叫回去。母親對他使眼色，讓他給奶奶端茶。父親照做，遞上茶。奶奶不理，母親勸她喝，說，媽，你以前不是常說，世上沒過不去的坎，會過去的。奶奶說，這回過不了了，天塌下來了。母親說，他改造好就好了。奶奶說，好不了了，你知道現在我們成什麼人了？「五類份子」！牛鬼蛇神！不是人！今後我們都做不成人啦，什麼阿貓阿狗都可以欺負我們，什麼好事都輪不到我們，只配給人家當牛做馬，女兒嫁不出去，兒子討不到老婆，死了還要被人八輩子罵。

奶奶越說越生氣，又對父親嚷：「人做到這份上還不如死，死了叫眼不見為淨，活著是活受罪。真沒想到，我一生世爭強要勝，堂堂正正做人做事，走在弄堂裡連一隻狗都敬我三分，到死了還要背一頂黑鍋，任人欺，遭人罵，明的罵，暗的咒。你說這活著有什麼意思，還不如死，早死早好。要我說，政府根本不用寬大你，就去蹲監獄好了，死在監獄裡才好，連著我一起死好了，早死早好。」

玖

奶奶話是這麼說，做又是另一派，她第二天就找到關銀，要拉他陪她去找判刑的領導評理，結果發現了父親更大的罪惡。父親又是老毛病，不對奶奶說實話，對自己的罪惡避重就輕，掩蓋事實。事實是當時同時落水的有三個孩子，兩個是咱們自己的孩子，一起在碼頭上嬉水；碼頭是木頭搭的，浮橋那種，年久失修，破敗得很——恰恰是破敗，危機四伏，讓孩子覺得冒險，好玩，經常招攬孩子來玩，都十來歲的孩子，不知深淺的年紀。父親跟小鬼子帶狼狗來洗澡時，那兩個咱們的孩子已在那兒玩，見到狼狗既有點害怕，又很好奇，對狼狗打口哨。

關銀說到這兒，有一種故事高潮來臨前的興奮，點上一支香菸，眉飛色揚地講起來：「小鬼子不高興，用鬼子的話指揮狼狗嚇唬咱們兩個孩子。他們被嚇唬後，唯一的報復手段就是用咱們的話罵他幾句，以為他聽不懂；聽不懂才罵，聽得懂是不敢的。哪知道——你兒子該知道，這小鬼子中國話講得好，連上海話都會講。他聽自己被罵後，上前要去打他們；鬼子的德行就這樣，他可以對你放火，你不能對他點燈。一個打，兩個便退，兩人退他便追，一下子三個人都擠到一只角落，扭到一起。那碼頭真是爛透了，至少這個角落爛透了，都負不起三個小孩子的重量，居然垮了！那地方像被洪水咬了一口，撕碎了，三人頓時都被甩到江裡。想不到三人都是旱鴨子，在汪汪洋洋的富春江裡撲騰，喊救命。三個人，救誰？反正你知道你兒子救了誰。」

父親只救了小鬼子。

「如果救了咱們兩個孩子，叫小鬼子淹死，你的兒子就是英雄。」關銀充滿假想和譏諷地說道，「呃，那樣話他現今可能在當人武部科長，最不濟也是我這個位置，當治保主任。如果三個都不救也沒關係，我們跟敵人同歸於盡，這是我們願意的，政府願意。如果三個都救了，或者救了小鬼子後哪怕只捎帶救一個咱們孩子，他都不會有今天的罪，政府理解的。可你兒子偏偏不要我們理解，只救小鬼子，對自己兩個同胞見死不救，你說這是不是罪？好，有罪就有罪，政府有政策的，坦白從寬，只要當時我帶老吳領導來調查時，他把一切交代，請求寬大處理就好了，他又偏偏不要，非要編瞎話，你說這又是不是罪？該不該判刑？」

做了一個按手印的樣子，舉著鼻子（像狗）對奶奶哼哼道：「你當時不在場嘛，那是按了血印子的，消不掉的，你還想要拉我去找政府評理，我倒想問你，你要去評什麼理？這叫什麼理呢？不瞞你說，這理連小鬼子本人都理解不了，你知道政府是怎麼發現你兒子罪的，是小鬼子揭發了他！」

事後大家知道，小鬼子如今當了大老闆，可能是有錢後發現良心了，派人帶著錢到我們縣城，託政府尋我父親，也尋那兩個因他而死的孩子的父母。他要感恩，也要贖罪，感我父親的救命之恩，贖那兩個孩子的死罪。據說他送給兩個孩子家裡一大筆錢——天上掉餡餅！給我家是更大一筆錢——不知其數！但我們的錢被政府全部沒收，因為這錢髒，是髒款，要充公。

說到底，小鬼子對父親的感恩，起的作用是揭發了他的罪惡。

「哈哈，這叫罪有應得。」關銀最後說，一副得意洋洋的樣子，「總之，他小鬼子是發現良心了，我們是發現了你兒子的良心被狗吃了。你如果有良心就不該去為他申冤，這種沒良心的東西，呸！要申冤你自個去，我才不陪你去，丟人現眼的。」

剛才我一直在門外守著，看見奶奶出來，我迎上去，叫她。奶奶沒有睬我，從我身前走過，像沒看見我，或是真沒看見我——因為心裡難過，昏了頭。我呆呆地看著她一步步朝前走去，覺得她比以前縮小了好多，好像剛才她在關銀屋裡一直在被開水煮著，煮熟了，便縮水了，小了。因為縮了水，走路受了影響，好像膝蓋壞掉了，有一腳沒一腳的，隨時可能沒下一腳。就這樣，居然一直沒摔倒，一直走到弄堂口，然後一直走回家，讓我好一陣感動，眼淚都出來了。

是的，奶奶直接回了家，沒有去找領導。

然後一整天，奶奶一直待在堂前，面對爺爺和祖爺爺、祖奶奶遺像，坐在太師椅上，幾乎不動，像把自己也坐成了像。大姑來看過她，阿山道士也來看過她，母親不止一次去給她端茶、叫她吃飯，父親也去叫過她吃飯，我們幾個小輩子更不用說，叫過許多次，奶奶一概不理。對誰都不理。我有好幾次想，她是不是真的在關銀家被煮熟了，因為從那兒出來以後，一個上午，又中午，又下午，又黃昏，那麼久，我始末沒見她出過聲，連氣都沒喘過，一根菸都沒抽過。以往奶奶要這樣生氣，一定會一根接一根抽菸，滿屋子的煙霧，那就是她心裡生氣排出的毒氣。

天黑沉後，我總算聽奶奶出了一聲，沒頭沒腦地罵一句：「這個畜生！」好像從石頭縫裡迸出來的，火星子一樣，倏一下又滅了，卻讓我很振奮。我認為這是個轉折，奶奶又要發作罵父親，甚至上家法，總之是要威風起來，教訓父親。但奶奶沒這樣，而是起身去了隔壁西屋，坐在菩薩前，像是恢復了正常生活。正常，她應該入坐之前先撥旺油燈，點上香，作個揖再坐，這下直接坐了，我理解是氣昏了頭，亂了套。我已經十二周歲，這些事能輕鬆做，看奶奶沒做我就補上，希望得到一聲誇獎——其實我是想聽奶奶開口說話。但奶奶沒說話（仍然），只是輕輕撫一下我頭（有氣無力的），示意我上樓去睡覺，讓我有些被輕視的失望——正是這點負面情緒，促使我走了，不留下。

我平時和奶奶睡在堂前樓上，因為西屋沒有樓板，只孤零零橫著幾根擱柵，我可以透過板壁縫孔看到、聽到西屋樓下的一大半動靜。上床前我特意去看奶奶（從板壁縫），發現樓下一片漆黑，我點旺的油燈滅了，香也死了，電燈更不用說，奶奶平時都節省不開的。但不一會，我適應了黑，我從黑暗中發現奶奶還在老地方，老樣子坐著，仍舊一動不動，一團更深的黑包裹著她，趴在她背上——我發現的是一團黑暗中的更黑，應該是奶奶穿著黑衣服的緣故。我在床上躺下後，沒有往常一樣馬上睡著，我睜著眼，看著窗外月光亮起來。初升的月光淡，軟弱無力，進不了窗洞，進來就被屋子裡的漆黑吞沒了。眼看著，月光像著火似的越燒越旺——從雲層中掙脫出來，最後如水銀一樣亮，從窗洞裡灌進來，鋪在樓板上，照亮一層厚厚的灰塵。有一陣子，我聽到隔壁東屋傳來父親的鼾聲，一浪一浪拍著，我這才迷迷糊糊睡過去。一睡著，我就夢見奶奶在哭，哭聲越來越大，把我耳朵都脹破了。我就這樣醒來，然後好久也睡不著，看著月光一絲絲爬上床頭，鑽進蚊帳。

在我快要又睡過去時，西屋樓下突然傳來嘭一聲，不響，但很重實，接著是奶奶啊喲一聲喊，好像她撞牆了（我以為）。我連忙起床，找板壁縫往樓下看，驚呆了！明亮亮的月光從西牆兩個窗洞照進來，有一路正好像探照燈一樣，罩在席地而坐的奶奶身上；我看不到奶奶面孔，卻能清晰看見奶奶脖子上套著繩圈，斷開的繩子，一頭從背脊上一直拖在地上，像辮子接著尾巴，一頭從胸前甩開去，搭在前方一堆乾柴上。我知道怎麼回事——奶奶上吊了！我嚇壞了！嗚啊嗚啦大哭，一邊大聲喊奶奶，一邊想奶奶今天把自己殺死了，像傳說中的小姑一樣……

拾

小姑不是傳說，小姑像父親一樣真，和父親同父同母，同年同月同日生；因為父親出生不順當，她差點被悶死在胎盤裡；因為父親是獨子，爺爺奶奶尤為重男輕女，她出生第一天起就被父親奚落、虐待，奶水被搶掉——父親吃了七年奶，她只吃了七個星期，然後只吃羊奶、豆乳；因為所有人都重男輕女（學堂不收女生、婦女工錢低、家產傳男不傳女），父親在學堂讀書，她在田地裡割草養兔（長毛兔），賣兔毛掙的錢替父親交學費。據說是因為喝羊奶多的緣故，她打小生相好，皮膚像羊奶一樣奶白細膩，長大「像一朵花」一樣好看，漂亮；因為漂亮，她常被人誇讚，也常被人嘲笑——她的漂亮並沒有給她贏得最基本的尊嚴，連「六指頭」的綽號都一直甩不掉，少女了還甩不掉。人一隻手只有五個指頭，第六個就是多餘的，她就是多餘的，因為爺爺奶奶已經有大姑、二姑，不想再要個姑奶奶（倒想再要一個父親，哪怕是「大奶嘴」）。

不言而喻，小姑在父親的對比、烘托下，尤為是個錯，是個缺陷，是個受氣包，是個被汙辱和損害的；她要找回完整的狀態，和生活和諧共處，必須學會和內心的幽靈共處。出門是「一朵花」，回家是「六指頭」，這就是她的現實；本是龍鳳胎，龍享盡天堂待遇，鳳卻不如一隻雞；雞還能下蛋產肉，補貼家用，一個「六指頭」屁用沒有，只是累贅，這是一種殘酷的現實。

不止是爺爺奶奶如此這般，在我們雙家村和你們什麼村的傳統和文明裡，這是一種普遍的致命的疾病，女人生來只有不幸和愚昧、忠貞、順從。男人樂於利用這種疾病，像商人樂於利用人的無知掙錢。小姑處於一種最危險的狀態（龍鳳胎，天天處於對比中、鏡子中、放大鏡中），處於極邊緣地帶，懸崖邊，好像隨時會裂開、解體。也許，隨著少女的覺醒，她自身越來越痛苦地意識到了這點，所以……所以……我真的不知道，小姑為什麼要在那個月光皎潔的夜晚，踏上那條黑暗的不歸路，儘管我曾多方探聽，卻不曾有任何獲知。

我只知，這是我童年的一個噩夢——或許，更是父親的。

從我記事起，奶奶每年都有一兩次哭著嚷著要上吊，用來教訓父親。當然，每次都被人攔住，勸退。我後來想這是必然的，真正上吊的人就像這奶奶，不哭不鬧的；哭著鬧著要上吊的奶奶，上吊是假，宣洩心中盛不下的憤怒、教訓父親、嚇唬他才是真。但年少的我不懂得這麼深奧的人生，未能及時識破奶奶的死心，差點釀成大禍。幸虧某隻嘴饞的耗子，提前咬爛繩子，成功阻擋了奶奶的死路。當我們衝下樓時，我看到坐在地上的奶奶不停地在喃喃一句話：

「我去年換過新繩的……」

確實，怕舊繩子腐朽，不中用，奶奶隔一段時間（兩三年）會換一根新繩——其實這也是嚇唬父親的一個手段。奶奶不知是耗子的善舉——對她是不善之舉——以為是菩薩不讓她死，氣得窮凶極惡，把菩薩都砸了。奶奶脖子上明顯箍著一道青紅的勒痕，兩隻眼睛血紅，嘴巴張開，似乎隨時要像傳說的小姑一樣，伸出舌頭，很可怕。父親要送她去醫院，奶奶抱住棺材死活不放手，放了手也不肯讓父親背上身，上了身就滾下來，故意滾在剛砸爛的菩薩碎片上，反覆滾。

這是真正不想活命的奶奶！

父親嚇壞了，跪在奶奶面前討饒，說好話，搧耳光。奶奶也許是被勒傷了耳目，看不見，聽不見，任憑父親說什麼、做什麼都無反應，毫無反應。父親在絕望中想到，自罰家法興許能討得奶奶寬心，便去堂前取出那桶鐵釘，對著爺爺遺像嗚啊嗚啦哭著，數起來。

好像管用的。

有些管用的。

至少在我們母子、母女、父子、父女一浪高一浪、此起彼伏的痛哭、哀求下，奶奶終於安靜下來，開始幽幽地哭，壓抑地，本能地，好像一隻迷失的小貓在找媽媽。月亮高懸在空中，天井裡盛滿月光，我們的號啕和奶奶幽幽的泣哭以及父親的哽咽激烈地交織在一起，我感到我們家整棟房子都在搖晃，都在哭。不知什麼時候起，我們哭累了，都簇擁著趴在奶奶身邊，像一窩傷兵哀兵。奶奶沒開口，只用手勢示意母親帶我們上樓去睡覺，手勢裡有一種不容違抗的威嚴，像將軍。父親還在數鐵釘，右手的食指和拇指已經破皮，在滲血。母親叫他去奶奶面前數（守著奶奶），然後帶我們上樓去睡覺。母親安頓我們睡下後，又去樓下給奶奶和父親倒好茶水，上樓前我聽見她在叮囑父親一定要守著奶奶，別睡覺。

「累了就抽根菸，多喝茶水，千萬別睡覺。」母親一再交代。

我知道，母親是怕父親睡著後，奶奶又去上吊，所以我也熬著不睡。我豎起耳朵傾聽著樓下的點滴動靜，一次次感覺耳朵變薄了，紅了，被拉長似的，好像變成了兔子耳朵。一隻隻白色的長毛兔，從兔窩裡蹦出來，從柴窠裡蹦出來，從草地裡跳起來，在我眼前活蹦亂跳，蹦啊蹦，跳啊跳，把我送進了夢鄉。夢裡，我看見奶奶和父親和好了，父親給奶奶點了菸，兩人一邊抽著菸，一邊聊起小鬼子的事。總的說，父親否認了關銀狀告他的那些事（只救小鬼子、不救自己同胞），奶奶也認同父親的說法，兩人你一句我一聲，合著痛罵關銀不是個東西。我聽著覺得很解氣，很稱心；我在夢中安慰自己，這樣好了，我可以睡覺了。於是，我在夢中告別了夢，徹底睡了過去，所謂進入了深度睡眠。我不知睡了多久，我覺得好像剛睡一會會，突然被母親著火似的叫聲吵醒。

我睜開眼，發現天已經大亮，母親在樓下大聲嚷：

「他爹！媽呢？媽呢？」

「他爹！你醒醒！媽呢！媽呢！」

儘管母親再三交代過，要父親千萬別睡著，一定要守好奶奶，但父親還是睡著了。奶奶沒有趁父親熟睡上吊，而是走掉了，像一粒塵埃一樣，被風颳走，不知去了哪裡——也許天上，要我們一輩子去找。儘管我是在樓上板壁縫裡看的，但我還是看得清清楚楚，父親睡得很沉實，很香甜，母親連叫帶喊還用手搖，猛烈搖，他都醒不了，像煞一個裝睡的人，或者死鬼，或醉鬼。

卷下

戊　老師・同學

壹

從年初開始，不知不覺中，我們千年雙家村少見地冒出幾個外鄉人，穿紅披綠，走路唱歌，說話拿腔拿調的。他們是下放到我們村裡的第一批知青，四男一女，都是年輕人，二十來歲，風華正茂。其中之女姓婁，名小青，會吹口琴、拉風琴，後來做了我們老師，教初一年級語文和全年級包括小學的音樂。一般村莊有小學就不錯，我們雙家村既有小學又設初中，是禮鎮的待遇。這就是大村莊，就像大拇指，其他指頭攀比不來的。

婁老師是上海人，具備所有大城市人的優點缺點，皮膚白，模樣俊，聲音甜，吃飯挑食，愛打扮，力氣差，膽量小，戴眼鏡，講普通話，冬天臉上擦雪花膏，手上戴手襪，口頭禪是「噁心死了！」我們在學校裡都叫她婁老師：「婁老師早！婁老師好！婁老師吃飯了沒有？」走出學校，多數男同學就改口叫她「小青菜」。離學校越遠，叫的聲音越大，有時在山上，在田野裡，在弄堂裡，經常唱著歌地叫：

小呀嘛小青菜
拿著那教鞭上學堂
又怕太陽曬
又怕風雨颳
最怕哪　我們看她那大屁屁
大呀嘛大屁屁……

「屁屁」就是屁股的意思。有時，有人會故意把「屁」音發走調，那就變得非常難聽。有一次，白毛就在這麼唱的時候，被他父親聽見。白毛父親是泥水匠，當時正在給一戶人家打灶膛，像隻野貓一樣鑽在人家僻靜的退堂裡，白毛看不見。但他的歌聲嘹亮，可以像燕子一樣越過弄堂，飛進人家屋裡，包括退堂。白毛父親聽見後，很莽撞的樣子，從退堂後窗直通通鑽出來，跳下來，把白毛逮個正著，揍個半死，用大喇叭的聲音——一條弄堂都聽得見——罵他：

「你個下流坯子！看我哪天把你關起來！」

白毛父親白天是泥水匠，一身泥漿，髒不拉嘰，像個勞改犯，到了晚上是治保主任兼民兵連長。他是老民兵連長，新治保主任。老治保主任關銀在年前鬥爭中失算，站錯了隊，被打倒，淪為父親一樣「反革命份子」「黑五類」——可惜奶奶不在了，否則夠奶奶四方叨嘮的。白毛父親身兼兩職，神氣活現，尤其到晚上，神出鬼沒，像隻野貓。壞人一般在夜間出動，像老鼠，像野貓的白毛父親白天像隻病貓，懶洋洋，天一黑，精神頭十足，提一管手臂長的三節手電筒，在村子裡走來走去，照來照去，尋小偷，找流氓，抓壞人，抓了壞人或可疑的壞人就關起來審。

他生氣罵人，總是一句話：「混帳東西！看我哪天把你關起來！」關人是他的特權，他也喜愛用這特權，不高興就揚言要把誰關起來。因此，村裡所有「五類份子」，或正在搞對象的年輕人都怕他，因為所有「五類份子」都是壞人，所有搞對象的年輕人都可能是流氓。

進入夏天後，一天夜裡，白毛父親的三節手電筒照到一個流氓背影。流氓像一隻被茅坑吸住的野狗一樣，一動不動趴在婁老師寢室的窗洞上，當時婁老師正在汏浴。就是講，這是一個大流氓在偷看婁老師洗澡！好不容易巡邏到一個流氓，白毛父親激動得想尿尿，心頭一陣亂，眼前一片黑。流氓倒很機靈，發現有手電筒光從頭上掠過，不假思索，立刻把汗衫反套在頭上，然後像隻喪家狗一樣，夾著尾巴，貼著牆根，用四隻「腳」爬著、刨著，逃之夭夭。白毛父親什麼也沒看清，只看清他屁股，空歡喜一場，毛都沒抓著一根。

明知有流氓，又不知是誰，流氓成了幽靈、魍魎，嚇得婁老師不敢回寢室睡覺。村裡決定在婁老師窗前加裝一盞路燈，給婁老師壯膽子——也是鏡子，照流氓，嚇幽靈。婁老師不同意，說除非是城裡那種路燈，燈泡外面加鋼玻璃罩子的，否則燈泡只是一個雞蛋玻璃殼，一塊小石片即可將它擊碎，不頂用。就是說，我們農村這種路燈要對付流氓派不了用場，好比竹籃打水、白毛父親看見流氓屁股一樣，頂不了屁用場。

斟來酌去，婁老師覺得還是派一個小姑娘來陪她睡最好。消息傳出，不少人爭，婁老師隨便挑。第一個，有口臭，一夜睡下來，滿屋子餿味，被婁老師捏著鼻子送走，說「噁心死了」——這是她口頭禪。又挑一個，先檢查，口臭、狐臭、腳臭都沒有，乾乾淨淨，味道純正。第二天卻又被辭退，原因是睡覺咬牙，咬得嘎嘎響。婁老師說，像身邊睡了隻小野獸，一夜都在啃骨頭，滿屋子粉身碎骨的聲音，嚇死人。

再挑一個，挑到我家小妹。試一夜，婁老師講，小妹睡覺像隻小貓，一點聲響沒有。婁老師還講，我小妹身上光滑又涼爽，像溪坎裡的鵝卵石，而且膽量大，她怕煞的壁虎，小妹敢追著打。總之，我小妹一點毛病沒有，被正式錄用。白毛父親卻建議她換人，理由是我父親是「黑五類」，被政府判過刑，刑期（兩年）剛結束。婁老師問我父親犯了什麼罪，白毛父親詳細介紹了情況。婁老師聽了說：這沒事的，是歷史問題，我無所謂。白毛父親說：但我有所謂。因為他是阿山道士的堂女婿，跟我家總歸有點沾親。遠親也是親，他怕人家說他徇私舞弊，包庇我家，特意上門走訪婁老師，動員她換人，換掉小妹。

婁老師煩，一句話頂掉他：「這是我的事，你別管。」頓一頓，又說：「你只能管村裡人，我們知識青年嚴格說不是村裡人，你今後要少管。」

白毛父親真想說：「混帳東西！看我哪天把你關起來！」但真正說出口的是：「知識份

子是來接受我們貧下中農教育的，你不讓我管我怎麼教育你。」

婁老師說：「我有校長管，輪不到你，除非我犯錯誤。在我沒犯錯誤之前，請你去忙其他的，別待在我這兒，我要備課了。」

白毛父親悻悻離去，心裡很不痛快，接近痛苦。

從此，吃過夜飯，小妹便洗好腳（更不用說手和臉），去婁老師宿舍陪她睡覺，夜復一夜，像親姐妹。日復一日，婁老師對小妹越發喜歡，對我家和我也變得越來越好，有關心，像親眷。母親說，婁老師跟我們家有緣。這話像奶奶說的。母親又說，緣分這東西我們找不到它，只有它來找我們。這也像奶奶說的。只要母親說類似的話，我都會想奶奶，尤其去城關鎮（縣城）坐渡船時，最最想，經常想得流眼淚，可憐很。

貳

開學了，我讀初二，緣分更加找上我，婁老師居然當了我們班主任，教我們語文和音樂兩門課。當了班主任就可以對我更加好，更加培養我，更加像親眷。選班幹部時，婁老師以我做事勤快、愛勞動，提名我當勞動委員。但不少同學——尤其女生——不肯選我，理由不用說是「階級問題」。這個「階級」，分「大階級」和「小階級」，大的當然是家庭問題，我父親的問題，小的則是我個人問題，是我和白毛的關係太好。

白毛因出生時頭上長一撮白頭髮（銅錢一般大），落下「白毛」這綽號。其實全稱叫「白毛男」，是照著電影裡的「白毛女」起的，因為「白毛男」繞口，才簡稱「白毛」。白毛本性頑劣，愛欺負人，父親當治保主任後，變本加厲，走路龍行虎步，一副霸王相，同學大多討厭他，也受他壓迫，恨他。我甚至都沒資格討厭他（我是黑的，他是紅的），畢竟又是遠親，再加上他老子的權威，我平時待他很好，幾乎是他在班上僅有的淘伴。同學們簡單地認為，他的淘伴絕非好人——敵人的朋友就是我們的敵人，壞蛋的淘伴就是壞蛋——我就這麼被「階級」掉了，和班幹部擦肩而過。說實話我很失落，因為父親的原因，我一直低人一頭（說身敗名裂一點不為過），我很需要通過當班幹部這些榮譽來給自己增光添色，或者說染色，而不致於太黑，太被人另眼相看。散會後，婁老師看我情緒低落，特意鼓勵我不要氣餒，說以後還有機會。

我不認為老師說的是心裡話，客氣而已。

一個下午，上體育課，我在操場上踢皮球，十七八個人旋成一團，追追打打，揚起煙霧一般的灰塵。突然聽見有人喊我，抬頭看，婁老師正站在灰濛濛的陽光裡，一手幫眼睛擋著毒辣辣的太陽光，一手打著招我過去的手勢。我抹一把汗臉，快跑到婁老師面前。我說婁老師你喊我，她點點頭問我：你會打火跳嗎？我說會。她讓我現場示範一下。陽光照得我睜不開眼，我轉過身，背著陽光，緊一緊褲帶，就開始打。我雙手不時按地，一下又一下，身子倒立又正立，正立又倒立，旋轉著從婁老師身前飛過去又飛過來，顯得輕鬆自如，走路一樣。我連著打了好多個，直到婁老師叫停為止。婁老師笑吟吟地走過來，掃掉我頭髮上的泥灰，說不錯，不錯，挺好的。我說我還能打，還能打好多個。婁老師說知道，讓我下了課去她辦公室。

下課後，我去婁老師辦公室。門關著，我敲門。門吱嘎一聲，從裡面打開，我看見我的死對頭陸軍神祕兮兮地站在門裡，叉著八字腿，歪著頭，一對老鼠眼賊溜溜盯著我，好像這是他家，不許我進。他甚至把打開的門又關小一半，問我來幹什麼。我說找婁老師，他說婁老師不在。我說婁老師讓我在辦公室等她，說著推開門進去，他想攔也攔不住。走進去，我發現蔣琴聲也在裡面，很是意外。

你聽蔣琴聲的名字大致猜得出，她應當不是我們雙家村人，不是農家孩子。確實，蔣琴聲是城裡人，父母在省城當醫生，暫時寄養在外婆家。她外婆家和我家住一條弄堂，我奶奶以前是她外婆的老姐妹，像親眷的關係。所以，我跟蔣琴聲關係向來好——有人說我們接過了老輩子的友好，天天一起上學、回家，行動一致，身影不離。她外婆交代過我，要我保護好蔣琴聲，不准人欺負她，我也總是滿口答應。蔣琴聲知道，白毛是我淘伴，我倆一個有拳頭，一個有狗頭——同學背後說我是狗頭軍師——我們在班上誰都不怕。或者，我們只怕一個同學，就是她蔣琴聲。

其實我還怕她外婆呢，奶奶不在後更怕了——沒靠山了。每次從她家門口路過時，我總看見老太婆坐在堂前，手裡夾一根菸，腳邊盤一隻貓，在看一些又黃又厚的線裝書。這時候，你腦袋裡說不定會掠過一個奇怪的念頭，以為生活又回到了舊社會，那個吸著菸的老太婆就是十惡的地主婆，而自己則是一個可憐的放牛娃，心裡不免惶恐起來。

我看蔣琴聲和陸軍在一起，心裡有點不高興。我說蔣琴聲，你怎麼跟他在一起，你們在幹什麼。蔣琴聲說，我們來排戲的。排戲？我問，排什麼戲。陸軍不識相，上來插嘴說，排戲就是排戲，不用你管。我沒理他（這是不好的兆頭），對蔣琴聲說：你幹嗎跟他排戲。蔣琴聲說是婁老師叫她來的，又問我來找婁老師做什麼。我說不知道，陸軍又接我話，說婁老師不在，你快走，我們要排戲了。我很生氣，推他一把（兆頭落地）說：「誰要你管！」他看看蔣琴聲，不示弱，也推我一把。這樣我就衝上去對著他胸脯一拳。他還我一拳，但手給我牢牢抓住。他打架真不行的，打出來的拳頭像棉花一樣軟。我把他手反擰過來，準備將他按倒在地。這時門口出現一道紅影，然後是婁老師嚴厲的聲音：

「幹什麼！你們！」

我鬆開手。陸軍馬上跳到婁老師跟前告狀，說婁老師，我們在排戲，他來搗蛋。婁老師說：好了好了，別鬧了，他也是來排戲的。他一下洩了氣，氣呼呼走開去。我朝他做了個鬼臉，心裡十分得意。事實上我有一種預感，婁老師找我一定是有好事，現在我知道，這好事就是讓我來演戲。

參

是一齣反映階級鬥爭、表現人民群眾革命鬥志的戲，劇中有三個人物，一個是不辭辛勞日夜站在祖國東大門放哨的女民兵，一個是人民解放軍，一個是台灣派來的國民黨特務。主要情節是特務想炸掉我們發電廠，女民兵發現後和特務展開激烈搏鬥，不幸被特務用匕首刺傷，使人民生命安全和國家財產危在旦夕。千鈞一髮之際，解放軍叔叔及時趕來活捉了特務，保衛了發電廠，人民群眾一片拍手稱好。

我們三人，蔣琴聲篤定演女民兵，誰演解放軍和狗特務？陸軍說他要演解放軍，我說我不演特務。當然我們自己說頂不了用，我們都眼巴巴看著婁老師，她是我們班主任，又是這齣戲導演，誰演什麼不演什麼，只有她說了算。

婁老師看看我們，走到陸軍跟前，拍拍他肩膀，說：你演特務吧。陸軍根本沒想到婁老師會讓我演解放軍，一時間傻掉，一對老鼠小眼瞪得大大的，還紅了眶，好像要哭了。果然，他哭了，一邊哭一邊大聲說：「婁老師，你沒有階級立場，他不能演解放軍。」婁老師笑了，問他為什麼我不能演解放軍。他一邊擦淚一邊哭訴：「他爸當過漢奸，被判過刑，是個『黑五類份子』，所以他是個狗崽子，不配演解放軍。」我氣得不行，上去踢他一腳，罵他：「你個賊骨頭！經常偷同學東西。你還是個下流坯，經常說下流話，說婁老師有個大屁股。」

婁老師一下漲紅臉，訓我：「你為什麼罵人，還踢人，小心我把你的腳剁了！」回頭對陸軍說：「要演就聽我的，不想演就換人。」

陸軍說：「我不演特務，我要演解放軍。」

婁老師說：「演解放軍要會打火跳，你連火跳都不會打，怎麼演解放軍？你不願演特務就算了，我重新找人，想演的人多著呢。」

陸軍說：「我不演，他也不能演。」

「為什麼？因為他爸的原因？」婁老師自問自答，「他爸的情況我知道的，不影響他演解放軍。再說演戲又不是真的，大家都知道你媽是村幹部，婦女主任，你生在紅旗下，長在新中國，怎麼會是台灣特務呢？演戲是為了批判特務，又不是叫你真正當特務。你連這點覺悟都沒有，說明你不配當演員，我再找吧。」

經過婁老師的批評教育（包含威脅），陸軍才同意演特務。

那天下午，婁老師安排我們背台詞，他只背了一會，明顯有情緒，先走了。我和蔣琴聲背了很久才回家，當然是一道回家的。傍晚，太陽被火燒山（西山）吃下大半個，露出一小半，像一牙剛切開的西瓜，鮮紅，染紅了半個山頭和半邊天。夕陽無限好，只是近黃昏——課本裡寫的，剛學過。蔣琴聲說，夕陽就是殘陽。那麼，我看見殘陽沉靜而溫存的光線懶洋洋地鋪在平靜的溪面上，時而顫抖著，跳躍著，岸兩邊，蘆葦叢中，蕩漾著白色的蘆花，蘆花的絨毛隨風飛揚著，像漫天蚊蟲。在秋天枯瘦的溪邊，你知道，這種蘆花飛舞的情景，像春天的青草一樣使人開心。

我手指著飛舞的蘆花，說：「蔣琴聲，你看，這蘆花多美。」

她格格笑，說：「你是心裡美吧，想不到讓你演個解放軍會這麼高興，我早就演過解放軍了。」停一下，又說：「我知道你為什麼高興，因為你爸是『五類份子』，你演解放軍就給你家揚眉吐氣了。」

現在，蔣琴聲正和我一起走在回家的路上，金燦燦的陽光透過倒掛的柳條鑽過來，打在蔣琴聲臉上，她臉上就蕩漾出一種特別氤氳的紅暈，像搽著一層薄薄胭脂，在殘陽的照射下熠熠生輝。不論是臉蛋，還是手臂、腳踝，她的皮膚乳白得像在緩緩流淌，隱隱發光，即使在黑夜裡也看得到，即使看不到也聞得見。現在，我們倆肩並肩一起走在回家路上，一個是解放軍，一個是女民兵；一個是聰明懂事且勇敢的男子漢（她外婆給我的評價），一個是走路總是頭朝天的小公主，像隻驕傲的大公雞。這常常使我產生錯誤的聯想，好像……好像……我「像」不出來。

阿山道士說：「臭小子，我知道你想講什麼，不可能的，做夢！我早講過，你是地上爬的臭蟲，人家是天上飛的喜鳥，不是一種動物，別不識相。」

我說：「你才是蟲，糊塗蟲，我現在是解放軍。」自從演了解放軍，我開始經常跟大人頂嘴。記得老師講過，近朱者赤，近墨者黑，我現在經常跟蔣琴聲在一起，也許已被染成一個容易驕傲的人了。

以後，我們每天放學後都留下來跟婁老師排戲。婁老師要求我們把所有台詞背得滾瓜爛熟，每一個動作記得一清二楚，這樣才能保證演得維妙維肖。婁老師說只要我們演得好，我們不但可以在村裡演，還可以去公社演，去縣城演。

我暗暗下定決心，一定要去縣城演，至少要去公社演。

婁老師私下（睡覺時）對我小妹說：「你哥像你一樣懂事，演戲比陸軍和蔣琴聲努力多了。」

那段日子，我夜裡做夢都經常笑出聲，白天也經常做著夜裡的夢，臉上忍不住浮現出笑容。我以前從來不知道，一天天的日子原來可以這樣送走，心裡裝滿了甜蜜蜜、喜洋洋的滋味，做每一樣事情都覺得不累、不苦、不難過、有奔頭、有希望。我覺得自己好像一下長大了，邁過了少年的煩惱，走進了青春洋溢的美好時光，有信心去做每一件事，並且做得比誰都好。那段時間，我像隻喜鵲一樣，懊悔自己曾經當過烏鴉；那段時間，我就是一隻喜鵲，天天都想給人報喜，唯一在想到奶奶時心裡才咯噔一下，像大晴天劈頭蓋臉砸一個雹雷一樣，叫人恍如隔世。

肆

一天夜裡，大約十點鐘時候，我家的狗一陣汪汪叫，狂吠把全家人吵醒。父親又不在家——但願沒去賭博！母親只好自己下樓去查看情況。似乎沒情況，我聽母親在罵狗，狗不再汪汪叫，變成嗚嗚呻吟。沒一會，我聽到一陣亂七八糟的腳步聲，從我家門口嘈嘈雜雜地走過，好像把樓下的母親也吸引在看——我感覺。我不知道出了什麼事，本來也想起來去看看，可想到明天要一大早背台詞，覺得還是睡覺要緊，不能去瞎湊熱鬧。這就是懂事，知道什麼是正經事，不貪玩，收得住自己。

第二天早上，我一到學校，陸軍十分得意地告訴我，婁老師給抓走了。我說你別胡說八道，他脖子一梗，像用脖頸對我說：誰胡說八道啦，你去問白毛，是他爸昨夜裡親自把她押到公社去的。我去問白毛，白毛說，確實如此。我說你爸幹嗎抓婁老師，他說她和一個男知青在稻草堆裡睡覺，親嘴，被他爸當場抓住。

陸軍一臉幸災樂禍，朝我做一個鬼臉，說：「嘿，稻草堆裡睡覺，親嘴，真有意思。我敢說，那男的一定也摸了婁老師的大屁股。」嘿嘿冷笑一下，又說：「什麼婁老師，我敢說她當不了老師了。」

我一把抓住他衣襟，罵他：「你個狗特務，整天造謠！」我想再罵，可嘴巴像被鉗子夾住，張不開。我知道他沒有造謠（白毛在身邊，已替他作證），我看著他得意洋洋的目光發怔，好像望著早晨大自然蘇醒時可怕的力量。我想起昨天夜裡狗汪汪叫，那麼多人跑去祠堂門口看熱鬧，想起婁老師平時和那些男知青說說笑笑的樣子，尤其想起有一次婁老師在學校操場上和一個男知青打羽毛球，被逗得咯咯笑的樣子。我感到大地在顫抖，天空在旋轉，太陽在變黑。我突然覺得害怕得很，陽光舔在我臉上，炎熱在迅速增長，心臟在急驟跳動，是一種要爆裂的感覺。

「這下你的解放軍當不成了。」陸軍得意地對我說。

「為什麼？」恐懼把我變成了一個廢物，神志不清。

「這還用說，」他用鼻子對我說，「婁老師不在了，誰還排戲啊！」

我想也是，這是婁老師的戲，婁老師走了怎麼演呢？我茫然若失，我淚眼晶瑩，我要哭了。但我怎麼能在陸軍這個賊骨頭面前哭，我強忍住不哭，心裡卻比哭還難受，比死了還難過。這天下午，果真沒人來叫我去排戲，說明陸軍沒有撒謊，儘管他經常撒謊。

一個陽光明媚的下午，是的，陽光明媚。告訴你，在我們雙家村，一到秋天總是陽光燦爛，天空湛藍。我一向認為南方的秋天比春天美，南方的秋天大地不發黃，樹木不蒼老，天上也沒有成群的烏鴉盤旋。我們雙家村的秋天更是格外爽朗、秀美，陽光在藍天的映襯下整日裡白晃晃、明亮亮，照耀著青山綠水，溫軟的風在疏鬆的樹林間鑽來竄去，田野地裡處處飄逸出淡幽幽的花香，和各種莊稼成熟的氣息。這時候，你不管走進誰家，都能喝上一碗甜濟濟的米酒，米酒的顏色使你想到牛奶，但米酒的香氣明顯比牛奶濃烈。喝了米酒，你臉孔會粉紅，心情會開朗，痛苦會流掉。但是，天好地好，山好水好，米酒香甜，卻總是有不好的事情在發生，有人在心如刀絞。

這天下午，蔣琴聲的小臉蛋塗得紅撲撲的，腰上繫一根牛皮帶，整個是一副女民兵女英雄的威武樣相，從我家門口經過。我追出門，問蔣琴聲去幹嗎。她說他們馬上要去公社正式演出，今天校長要看彩排。我問演什麼戲，她說：「就是婁老師排的戲。」我說：「不是不演了嗎？」蔣琴聲說還要演。我說：「那怎麼沒叫我呢？」蔣琴聲說現在趙老師讓陸軍演解放軍，所以不叫我了。我問是哪個趙老師，她說：「就是體育老師，陸軍的表哥，他現在代替婁老師當我們導演。」

蔣琴聲又說：「陸軍連個火跳都打不直，真沒意思。」

蔣琴聲又說：「哎，你怎麼哭了，你幹嗎哭？別哭！」

我真的哭了，眼窩子像泉眼一樣冒出源源不斷的流線，蔣琴聲怎麼勸都勸不住。她勸了一會兒，走了，因為彩排馬上要開始，來不及了。蔣琴聲走了，我繼續淚如雨下，比流血還傷人，很快沒了力氣，站不住，蹲在地上。後來連蹲也蹲不住，就坐在地上，好像淚水流走我的精血，骨頭都軟了。我不知道我哭了多久，反正等蔣琴聲彩排完，回來了，我還是淚流滿面。

父親罵我：「我死了也用不著你這樣哭！」

母親勸我：「你這樣哭會把自己哭死的。」

可我還是哭，晚上躺在床上，睡著了，做夢還在哭，淚水把篾蓆都洇濕了。第二天早上醒來，我覺得兩隻眼珠子已從眼眶裡脹出來，可眼淚還在止不住流，一波趕一波，流進飯碗裡，吃到肚子裡。你見過一個孩子這樣哭過嗎？我覺得自己已經哭得停不下來，像控制哭的開關已經壞掉，關不掉。像眼睛是個傷口，眼淚是血，只要我活著，睜著眼，血就止不住往外流。我覺得我要死了。我等著死。其實我已經嘗到死的感覺，就是哭的開關壞掉，淚水像血一樣流，止不住。後來蔣琴聲來叫我上學，她說你怎麼還在哭啊。我說我不去上學，我要死了。蔣琴聲說，你這樣死掉最高興的是陸軍，你是被他氣死的是不是？一語道破。我突然覺得我不能這樣死，這樣死太便宜這個賊骨頭！狗特務！我至少要揍他一頓後才能死。

這個想法一冒出，很神奇，眼淚一下子收住，像突然修好了水龍頭。

於是我去上學。我決定要讓陸軍替我哭，課間休息時我跟白毛約好，讓他給我放哨，我則像個解放軍一樣，把陸軍當狗特務堵在廁所裡狠狠揍了一頓。他連手都不敢還，因為他知道打不過我，還手只會讓我的拳頭變得更加凶狠。開始他只是抱著頭叫，大叫大嚷，就是不哭。

我說：「你哭！我要你哭！像狗特務一樣哭！」

他說：「我是解放軍，你才是狗特務！」

我說：「你的解放軍是我的，你就是個賊骨頭，喜歡偷東西，以前偷同學圓珠筆，現在偷我的解放軍。」

他說：「你是狗崽子！小鬼子！不配當解放軍。」

我突然像鬼子一樣想，讓他去死吧，一拳頭砸在他鼻子上，鮮紅的血頓時像昨天我的眼淚一樣，在他臉上畫出流線，蜿蜒而下。凡是賊，都是慫蛋，見了血，就哭了。我在他哭聲的伴奏下，揚長而去。

他一邊哭一邊衝我嚷嚷，威脅我，說要去報告老師。我回頭對他說：「你去報告好了，我什麼也不怕。」我問自己：這狗特務說要去報告老師，你怕嗎？我說：我不怕。我又問自己：你真的不怕嗎？我說：我現在什麼也不怕，連死也不怕。你說一個人在什麼情況下才會覺得什麼都不怕？死都不怕！我想起，奶奶上吊那天晚上我也許就是這種心情。想起奶奶已經離開我們，有人說她跳富春江了，死了，有人又說她人沒死，只是死了心，不想回來受潦坯兒子的苦和罪。到底怎麼回事我不知道，我只知道想起奶奶不在家，走了，可能死了，我心裡就很難受，想哭。

伍

國慶日那天，正式演出在公社禮堂舉行，全校師生集體去觀看。當然，除了婁老師。我不知道，我們都不知道，婁老師在哪裡，怎麼了。有人說她已經被縣公安局帶走，關在牢房裡，天天在坐老虎凳、寫檢查；有人說她被槍斃了，因為人太胖，一顆子彈打不死她，用了兩顆；有人說她被派到台灣去暗殺蔣介石了，如果殺掉蔣介石可以免掉罪行——她犯的是流氓罪，她是女流氓！

村裡人說，女流氓比男流氓罪更大，因為男流氓多，一個罪大家分，罪就輕了。

我聽了心裡更加傷心。我一直想著念著婁老師，希望她能回來繼續當我們老師，這樣我也許還能再演解放軍。我排練這麼久，所有台詞都已經背得滾瓜爛熟，最後卻不能參加正式演出，我心裡非常難過。想到我的角色被狗日的陸軍搶去，我心裡又恨又傷心，使我根本沒心思去看演出。最後決定去，是因為我想看看陸軍這狗東西的火跳到底打得怎麼樣，我敢肯定他打不好火跳的。

果然，陸軍剛上台，沒打完兩個火跳就跌倒，引得台下一陣笑。這是我想到的，我知道他打火跳的水平，基本上是不會打，只會滾。但那天他居然把全部台詞記牢，都完完整整背出來，對答流利，聲音自信洪亮，動作也沒有太大差錯。這讓我感到驚訝，他演解放軍才幾天，這麼短時間，能把解放軍演得這麼準確，一句台詞不漏掉，我確實覺得奇怪。後來我想到，他可能一直在私下偷偷演解放軍，他在扮特務時就把我解放軍的戲文全部背熟了。我真覺得這傢伙厲害！可怕！讓我想到他媽！他爺爺！

告訴你吧，陸軍是阿根大炮的孫子，作為紅房子的人，我們稱得上有世仇。但相對紅房子裡其他幾家說，他家跟我家是最無仇的，所以平時大人之間還有些往來，見面會問個好。奶奶曾說過，這是他媽的惡積的德。這話聽著彆扭，道的卻是實情。事情是這樣，當年爺爺犯傻發飆，要去砸紅房子的照妖鏡，被阿根大炮和五個兒子團團圍住，差點打起來——這是兩家結仇的起點。當時大炮有個兒子沒到場，就是陸軍他爸，老七關銅，因為跟老婆吵架，被老婆捏傷卵子，痛得在地上打滾。因為這事，他爸有了「廢銅」的綽號，他媽有了「朝天椒」的辣名。

朝天椒是一種個頭小卻辣死人的辣椒，把她的表面和芯子都充分體現。從表面上看，「朝天椒」僅有一般婦女肩膀的高度，且精幹麻瘦，腳關沒人手關粗，屁股沒人胸脯厚，下巴刀削過的尖，總體是一個發育沒發足、僵掉的死疙瘩。但骨子裡，她有巨大的活力膽量，天不怕地不怕，不要命，敢拚命，整棟紅房子的人——一屋子鬼——都怕她，更不要說村裡其他人。公社領導看中她這點，叫她當村婦女主任，抓管婦女工作。婦女是半邊天，她管著半邊天，全村婦女生孩子、出亂子、婆媳打架、叔嫂姦情等汙七八糟事，她統管。她也愛管、能管，管得好。我奶奶出走後，家裡向她報告過，她也用組織力量上下找過，四方尋過。開始給我們答覆是說，有人看見奶奶在富春江輪渡上跳江了，後來又說不是，後來又說是的並獲救了，但得救的人在哪兒又不知，沒音訊。總之，亂得很，我們不知該信哪個。我當然希望奶奶獲救並有一天從天而降，但一天天、一月月、一年年過去，奶奶得救的說法更像一個蓄謀已久的陰謀——越來越久，令我越來越心碎。阿山道士說，「朝天椒」一天一個說法，說明她什麼都不知道，只知道騙人，紅房子裡的人都是騙人精。我想也是，陸軍就是騙了我，把解放軍搶給自己演了。想起這些，看著陸軍在公社大舞台上蹦來跳去，我感到一陣陣心痛，像心碎掉了，殤掉了，像他在我心臟上蹦躂。

那天蔣琴聲穿一件綠軍裝，軍裝太長，蓋住屁股，顯得上身長，下身短，不好看，不精神。但是黃牛皮腰帶一繫，兩根鋼管一樣翹起的羊角辮一紮，加上一把長毛紅纓槍，她看上去仍舊有不少女民兵的威武風姿，英姿颯爽。她演得自然比陸軍好得多，但最後一場戲時卻犯了個大錯。按劇情，最後一場戲是解放軍趕來，捉住特務後應該上前去攙起倒在地上的女民兵，她受了傷，被狗特務用匕首在腰上刺過一刀，站不起來，需要解放軍伸出溫暖的大手去把她攙起來。以前我跟蔣琴聲都這樣排演的，可那天陸軍去攙蔣琴聲時，蔣琴聲突然自己站起來，並一把推開他，氣呼呼說：

「誰要你來攙，我又沒死。」

天哪，錯了！蔣琴聲演錯了！

不過，沒人反應過來是怎麼回事，大家都愣著，只有一個人反應過來，並立刻哈哈大笑起來。笑聲讓周圍人一圈一圈站起來看他，說他，罵他。他覺得難為情，羞愧，想閉緊嘴巴吞下笑聲。可不行，做不到，他還是個孩子，還有很多事把握不好，做不到，做不好，哈哈哈……他覺得有隻小松鼠鑽進了胳肢窩裡，正在那裡頭大鬧天宮，哈哈哈……他聽到笑聲從背脊上滾落，灑了一路……是的，他逃跑了，因為怎麼也閉不攏嘴，止不住笑，只好狂笑著衝出人山人海的大禮堂。

你知道，這個人就是我。

是的，就是我。哈哈哈，這個下午對我來說真是過於出奇和完美了，哈哈哈，我又嘗到了死的味道，哈哈哈，笑死人了。我在短短幾天內既嘗到差點哭死的味道，又嘗到差點笑死的味道，好像在水裡，又在火裡，在天堂，又在地獄，有情又無情，有理又無理，一種說不清、顛倒錯亂的味道。我覺得這世界真荒唐，後來我知道，這就是做人的味道，長大的味道。

陸

從替補導演，到替補班主任，這是一條必由之路。總之沒多久，趙老師接管了以前婁老師的所有工作和權力，包括我們班主任，包括全年級音樂課，儘管他根本不會吹口琴、拉風琴，照樣教我們和全年級音樂。他教我們唱各種軍歌、革命歌曲，畢竟他在軍營裡站過多年崗，各種軍歌、革命歌曲都是會唱的。我無所謂他教我們唱什麼歌，我有所謂的是他是「朝天椒」姐姐的兒子、陸軍的表哥。事實上他是「朝天椒」趁婁老師之亂，假公肥私結下的果子。這果子對我有毒有害，意味著我的後台塌了，反之陸軍的靠山立起來了，隨之他的腰桿也硬起來，身邊慢慢圍攏一些人，氣勢闊起來，對我開始公然恨起來。君子報仇十年不晚，他是小人十年太晚，他已迫不及待警告我兩次，說血債要用血來還。我心裡發笑，一對棉花拳頭，誰怕誰。儘管他身邊聚了人，我也不怕，都是小嘍囉，不爭氣的。說實話，班裡真正能打架的只有兩人，就是我和白毛，而白毛是我死黨，我倆同心，日月同輝，天塌不下來。

春節是時間的集市，像發洪水，容易改變河道。

春節後不久，一天下學回家時，蔣琴聲向我透露，最近陸軍常和白毛在一起玩，陸軍揚言要教訓我，叫我注意著點。陸軍說什麼我不管，因為不怕，也管不了，但白毛跟他在一起我得管一管，因為我們私底下結過義，是死黨、把兄弟，他不能當叛徒，叛變我。我找到白毛，問他最近是不是跟陸軍在一起，他冷漠地睨我一眼，說：你管得著嘛。我說我們結過義的，他說那是小孩子的把戲，現在我們長大了，不作數了。我第一次感到事情有些不妙，但沒想到最後會壞到那地步，那簡直毀了我一輩子！你難道有兩輩子嗎？

壞事總是來得快，就在我找白毛談話的翌日下午，在我下學回家的路上，事情發生了。這天我是值日生，要負責打掃教室衛生，蔣琴聲先走了，等我走時學校裡空蕩蕩的；因為白毛的義斷恩盡，我心裡也空蕩蕩的，黯然神傷。我孑然一人，踟躅獨行在回家路上，對即將發生的事情一無覺察。

一切都有預謀的，時間、地點、方式都精挑細選過，地點在祠堂背後的弄堂裡，一口廢棄的水井邊。這是我回家的必經之路，因為地處祠堂背後，這條弄堂較為冷僻。尤其那口水井，從前有個瘋瘋病人曾投井自殺，井就廢了，被填了，埋了一個鬼故事。平時我們一向不在這裡停留、玩耍，多少是怕的。這天，我拐入弄堂，看到白毛和陸軍並另有一個同學坐在井台上，湊在一起，三個人合抽一支菸，好像天不怕地不怕的樣相，好像在向我宣示什麼。跟白毛的反水比（已有所料），抽菸的事更加刺激我，格外刺激！這是借我雙膽也夠不著的冒犯，頓時我有種矮人一等的羞愧。不過我並沒有怕，照樣迎著他們走過去，一邊想著他們可能對我採取的攻擊，比如對我彈菸頭，或者用難聽話刺激我、羞辱我、威脅我。我大致有個盤想，可以吵架，不能打架，畢竟他們是三個，打不過的。尤其有白毛，他的拳頭比我凶，以前我倆聯手，可以在班上稱王作霸，現在分開了，我頂多可以跟他打個平手，加上倆幫手，我必敗無疑。

白毛，我恨你！我心裡罵著，也盼著他回心轉意，至少念個舊情，打起來別摻和，最好打個圓場，和平收場。我一邊走一邊想，用眼睛餘光觀察他們。陸軍第一個起身，順手扔掉菸頭（沒有彈我），衝我喊一聲：

「小鬼子！」

「小鬼子！」

第一聲沒聽清，接著又一聲，我聽得一清二楚。

我有點亂，明知他在罵我，卻沒章法地反問他：

「你罵誰？」

「就罵你！」

他從井台上跳下來，橫在路當中，更加鮮明地罵我：

「小鬼子，就罵你！」

像頭上被猛擊一棍，一時我有些暈眩。我不自覺停下來，嘴裡噴一句：「你他媽的找死啊！」也是不自覺的，好像是埋在我頭腦裡的一座彈簧，只要有人這麼罵我，就會自動彈出來。

相反，他已在此等候多久，要罵的話、做的事已在心裡演過多遍，一句是一句，一步是一步，有先後，有節奏，有聲有色，沉著幹練。他哼一聲，手一伸，指著我罵：「今天要死的是你！」聲音凶，氣勢足，「除非你認慫，給我下跪，討饒。」說著朝我上前一步，手一指，對我下命令：「跪下吧，討個饒，我會給你機會的。」和我的慌作一團比，他一舉一動鎮定自若，帶著威風和瀟灑。

做夢！寧死也不跟你個賊骨頭討饒。我想趁白毛他們還在井台上，先下手為強，衝上去。不料，他居然亮出一把彈簧刀，衝我迎上來，嚇出我一身冷汗。我後退，他步步逼近，一邊嚷嚷：「來啊，上來啊！我早警告過你，要你血債血還。怎麼，怕了？本來你他媽的一個狗崽子、小鬼子，就應該怕我們貧下中農才對，你他媽的就仗著一個女流氓（婁老師）的包庇對我們作威作福，簡直翻了天。」他回頭指揮井台上的白毛他們：「上啊！別讓他跑了，今天老子非要教訓教訓這小鬼子不可。」

白毛他們跳下井台，繞到我身後，對我實行前後夾擊。我手上唯一的武器是書包，正是靠它，我打掉了陸軍手上的彈簧刀，撲上去，把他按倒在地。我還是沒經驗，這種打架，少打多，要打運動戰，轉著圈打，搞各個擊破，不能定點廝殺，更不能顧前失後，失了後，背後受敵是最要命的。白毛——我曾經的把兄弟啊！就是趁我撲在陸軍身上廝打時，從背後猛踹一腳，把我踢翻在地，接著又上前踢我。我滾開，卻滾到另一個同學腳下，又被踢。就這樣，四隻腳左右開弓，前呼後應，我根本招架不了，起不了身，只能消極防衛，抱著頭滿地爬。陸軍起身後，痛打落水狗，對我又踢又踹，下腳力度明顯狠，部位毒，往死裡來，幾腳下來，我已完全失去抵抗力，一身痛，連爬也爬不動。又幾腳下來，連氣也喘不上來，一身麻木。我覺得自己要死了，眼前浮出兩個奶奶：一個在發火，罵我，叫我快起來；一個在號啕，痛哭，老淚縱橫，求菩薩保佑……

己　我・另一個我

壹

我沒死，開始向死而生。

我醒來，心裡填滿一個念頭：報仇！緊接著眼前冒出一樣東西：父親的三角銼刀！我往家裡跑，一路上心頭全是父親和他的刀，那把帶銼的刀，帶角的刀，它曾經讓我對父親充滿鄙夷和敵意，好像這是他的罪證，又是我家的陷阱。一天晚上，我聽母親對奶奶就是這麼講的：他爹最近整天刀不離身，真叫人擔心。奶奶說，他這人就是一把刀，炸彈一樣，一引就爆。母親說，所以不能讓他帶刀出門，要惹事的。奶奶說，知道了，我會繳的。母親說，也不知最近誰惹了他，去搞了這把刀。奶奶罵，常在河邊走總會濕腳，他整天在外面混，總會跟人結梁子。母親說，我真擔心他出事。奶奶再罵，這潦坯！整天叫我們提心吊膽，虧得有菩薩保佑，我們才有今天的安耽日子過。

我心想，奶奶，你們的安耽日子可能到頭了，我今天要去殺人了！

回到家，我翻箱倒櫃找父親的刀。家裡沒有一個人，空的，父親和大姐沒下工，母親也許在溪坎裡淘米洗菜，二姐在鎮上學裁縫平時不回家的，小妹放了學一定去割豬草了……我翻遍樓上樓下，尋遍犄角旮旯，沒找見三角銼刀。菜刀、砍刀、鉤刀、鐮刀當然有，但我嫌它們不是武器，是工具，業餘的，沒殺氣。我要專門的武器，天性是嗜血鬥毆的，捏在手裡殺氣騰騰的。沒人跟我講過這些，但我在這個下午似乎都懂了，包括後來找到一把匕首，怎麼拿捏、怎麼藏身、怎麼拔出、怎麼揮去，都稍微把式一下就會了；好像從前就會，只是經久不用暫時失手了，現在是恢復，是喚醒。

匕首是在父親的工具箱裡找到的，蒙著厚厚灰塵，木頭手柄已破裂，但拭去灰塵，即使在昏光裡照舊透出白光，亮眼，沒一絲鏽跡。我注意到刀面上有一個日語的「軍」字，手柄兩面刻有漢字，一面刻的是：戰利品，一面刻著：贈德貴——父親的名字。我猜它可能是三腳貓送給父親的，證明他打過鬼子，戰場上繳來的。匕首身長不足一尺，兩面刀口，頭部尖銳，形狀像殺豬用的尖刀，只是長寬厚度小一號。我人小手小，小一號反而得心應手，拿在手上，把式幾下，感覺十分靈光，像手如意地有了把柄，有了威力。

我繫緊褲帶，把匕首插在褲帶上，同時感到胯部一陣痛。我這才想起，要照照鏡子，因為剛才頭上火辣辣的痛，不知有沒有破。一照鏡子，嚇一跳，我鼻子四周一片血汙，額頭左側，鼓起一個雞蛋大的包。謝天謝地，這麼大的包——像長了角，居然沒有破，像包的是鐵皮。瞧著這張滿是血汙的爛臉，我復仇的心更加堅定迫切！我簡單處理了一下汙漬，就出發了。考慮到母親隨時可能洗完菜回來，父親他們隨時可能下工，我選擇逆行，走遠路，繞道走。這樣必須從蔣琴聲外婆家門口經過，經過時，我走得盡量快，但還是沒有躲開老太婆的矚目。

你知道，蔣琴聲外婆經常坐在門口抽菸，一邊戴著老花鏡看發黃的線裝書，像個地主婆。這會兒，她沒有在看書，她在拔毛豆，沒有戴老花鏡，老遠就看到我，叫我，問我去哪裡。我說我去割兔草（這是我和小妹每天下學後必做的事，割兔草或豬草），她說你去割草怎麼空著手，你的草籃子呢？我想說小妹幫我拿去了。她不等我開口說，對我招手說，來來來，這些毛豆杆是兔子最愛吃的，你都拿走吧。我說不要，一邊加快步子，想迅速繞過她逃去。她沒戴老花鏡，眼睛雪亮，一下看到我額頭上鼓起的包，叫起來：啊喲我的小後生，你額頭怎麼了，鼓那麼大一個包，怎麼搞的？快過來讓外婆看看。

我不想，想溜走，卻被她攔住。她一點不像老太婆，腳輕手健，動作利索，一下攔在我面前，一把抓住我，你幹嗎走？奶奶又不是老虎，會吃人的，要吃我也不會吃你，你是保護我家琴聲的小後生。這時蔣琴聲也從屋裡出來，看到我頭上的包，問我是不是跟陸軍他們打架了。她外婆看我點頭說是，覺得奇怪，叫起來（她總是大驚小怪），他陸軍怎麼可能把你打成這樣，他不是打不過你的嗎？我說他有三個人，還有刀。要死了，這狗東西！外婆又叫起來，打架就打架，怎麼能用刀？我想我現在也有刀，我要去找他報仇，但我知道不能告訴她。我捂緊衣服，要走。她不准我走，叫我等著，一邊進屋去，說菜油可以消炎止腫，要給我包上抹些菜油。

我趁機跑了，跑之前，我把刀亮給蔣琴聲看，說我現在也有刀，我要去找陸軍報仇。我一路小跑，直奔紅房子，陸軍家。他父親是老七，正好住老小三腳貓隔壁。這個情況一下讓我膽怯起來，我擔心父親在三腳貓屋裡——雖然他說不去了，但父親的話怎麼能信？何況現在奶奶不在了，母親哪能管住他？所以我本來要大聲叫陸軍出來，現在臨時取消，改成守株待兔，門衛一樣，守著他家門。

一直沒人出來，倒是有人回來——他爸下工回家，看我這樣子，問我怎麼回事。我說你兒子打我，我要打回來。他爸在他媽面前是塊廢銅，據說走路都不大出聲的，奴才一樣，在我面前倒變得像塊特製的青銅一樣，聲若洪鐘，說：從來只聽說你打我兒子的，沒聽說我兒子會打你。我指著頭上的包，說：你看，這就是他打的。他爸居然笑，好像很高興的樣子問我他為什麼打我。我說不知道，你去問他。他還是笑，說好的，我回去問問他，你先回去吧。我說我不回去，我要等他出來。他陰陽怪氣說，你看上去脾氣蠻大嘛，比你爹還大。我聽出這話裡有話，但一時也不知怎麼還擊，叫我沮喪。

這天，我整個過程都缺乏章法，亂得很，讓我恨死自己！

陸軍沒出來，倒是我父親來了，手上提著一根扁擔，急沖沖趕來。他一定是剛下工，聽蔣琴聲或她外婆反映趕來的。我感激這種相逢！儘管廢銅一直衝我笑，可我覺得是假笑，嘲笑，是幸災樂禍的笑，笑裡藏刀的笑。父親的及時出現，手上還提著扁擔，我以為是來幫我收拾這傢伙的，頓時壯起膽，對陸軍家大門高聲呼叫：陸軍，你出來！有種你出來！一邊激動地朝父親貼攏，等待收到一個溫暖的擁抱。

結果！

結果！

萬萬想不到，父親青紅不問，二話不說，掄起手，凶神惡煞朝我搧了兩個巴掌，第一個將我已受傷的鼻梁打斷，第二個把我額頭上的「雞蛋」打破，血，鼻血，額頭血，先後像割開喉嚨的雞血一樣噴出來，淌下來，流進嘴裡；我像喝水一樣，一口口吞都吞不下，往胸脯上流，順著肚皮，流到褲襠裡。我傻掉了，完全傻掉！否則一定會拔出匕首捅他。我忘掉身上有匕首，只是普通地罵他：「你混蛋！」混蛋的他又混蛋地舉起扁擔朝我劈過來，要不是陸軍父親出手攔掉，我死定了，不死也廢了，不是斷手就是斷腳，不是駝子就是癱子。

父親，你混蛋！

父親，你王八蛋！

父親，我恨！恨你！咒你死！

貳

父親脾氣急，經常打孩子，兒子女兒都下手，不顧忌。他自小聰明，頑皮，淘氣，常挨揍，巴掌，耳光，爆頭，揪耳朵，撕嘴皮，家常便飯，有時一日幾餐，豐盛得很。甚至，父親專門備有傢伙：篾條、竹鞭，藏在門背後，針對不同年紀和性別，不同冒犯和後果，分門別類操用。操用這些傢伙有設筵會餐的意思，家法的意思——真正家法要成年後才能上，這是成年前的家法，是有儀式和程式的，也有以打立規、教人做人的良苦用心，不像巴掌、耳光那些零敲碎打，性子一樣，說來就來，說走就走，不過爾爾。

記得小時光每次挨父親打，那種會餐、家法的打，吃了痛，傷了心，不免要哭鼻子，鬧情緒。奶奶和母親總是安慰他：「好了，這樣就好了，你又長大一些了。」笑話！哪有這種屁道理，挨打是成長？可她們總是這樣講，一而再，再而三，念經一樣，一成不變。有時心情好，時間空，她們會挖出僅有的見識和慧根，旁徵博引，不厭其煩地把道理畫圓講透。

奶奶講：「天下哪個孩子沒挨過打？」有時母親講。

母親講：「孩子都是打大的，就像嬰兒都是哭大的。」有時奶奶講。

奶奶講：「要想會，頭長塊，不打不成材，打了頭上慧。」有時母親講。

母親講：「子不教，父之過，爹打你是疼你愛你，教你怎麼做人做事。」有時奶奶講。

奶奶講：「不是講人是鐵飯是鋼，哪塊好鐵不是鐵匠一鎯頭一鎯頭敲打出來的。」有時母親講。

母親講：「當爹的不打你，以後出門就要被外面人打，爹現在打你一頓以後你長大了就可以少挨人家打。」有時奶奶講。

她們總是這樣，輪番上陣，一個搜腸刮肚，一個挖空心思，一個動之以情，一個曉之以理。那個理啊，講得比天大，比地重，比火真，比水深，感人至深，誨人之切。你幾乎難以想像，平時老實巴交的她們，這會兒會講出這麼多大道真理，而且講得這麼頭頭是道，這麼語重心長，這麼義正辭嚴，這麼情真意切，這麼滔滔不絕，變戲法似的。年少的他，一直信以為真，挨了打，不以為恥，反以為榮；受了氣，以哭當笑，以苦作樂，心裡在默默感恩父親，感激他父愛如山，情深似海。

可是這一次，就是這一次！父親把她們編造的神話打破了，粉碎的破！稀里嘩啦的，天塌下來，地陷下去，神話死了，鬼話活了，噩夢開始，猙獰上路了。他不知道自己是怎麼回的家，回了家是怎麼熬過要死不活的絕望地帶。其實，他沒有直接回家，而是去了村裡唯一簡陋的醫療所（阿牛郎中開的），因為他刺破了自己胸脯，血像泉水一樣淌。起因是父親要帶他回家，而他瘋了，癲了，寧死不屈，不肯回——誰要回一個混蛋的家？誰願意跟一個混蛋回家？不！堅決不!!他負隅頑抗，死活不從，迫使父親揪住他衣領，像提拉一頭半死的野獸一樣，強行拖他回家。起始他的心思和氣力都在抗拒上，掙扎中，當他氣力耗盡無力掙扎時，手自然掛下來，隨身體顛簸。

這時，他的手發現了匕首，碰到了！

怪了，他這麼癲狂掙扎，這麼劇烈顛簸，身子都散架了，匕首居然沒有掉落，像知道他需要它，等著他去用它。他緊緊攥著它，被它鼓舞，為它害怕——鼓舞和害怕，像一副蹺蹺板，支點是他家，離家越近，害怕越小，鼓舞越大。當他被拖進他家弄堂時，蹺蹺板徹底發生傾斜，害怕落地而碎，鼓舞像一支開弓利箭一樣，刺破天，他看到自己的手亮出匕首，在落日的餘輝下耀眼。

放下我！匕首對著父親，我寧死也不跟你回家！他聲嘶力竭，以為可以嚇著父親。

父親一點不怕，放手，把他甩一邊，又朝他迎上來，說你是想捅我還是捅自己，捅我就往這兒捅。父親對著匕首嘭嘭拍著胸脯，只有要炸裂的憤怒，沒有一絲恐懼，像匕首亮的是他被羞辱和激怒的鐵證。來啊，捅，往這兒捅。聲不大，音不高，色不厲，卻一道道催著，一步步上前，逼得匕首一步步後退。父親縱然是慫人潦坯，在兒子面前依然是錚錚鐵骨，縱橫捭闔的。

匕首歲月滄桑，必定上過戰場，捅過人，見過生死，嘗夠腥風血雨，老辣得很。但操匕首的人是新的，楞頭青，青澀年少，半生不熟。青春是尖的，也是嫩的；是鋒利的，也是脆薄的；是莽撞的，也是膚淺的；是驕傲的，也是嬌氣的；是晶瑩的，也是易碎的；是死鐵疙瘩，也是生鐵芯子。眼看對方步步逼近，目光如炬，他步步驚心，心跳如鼓，後退如倒。他熬不住了，站不穩了，匕首在他手上，不安了，恐慌了，窒息了，最後像逃生似的自動劃出去，劃出一路弧線，往自己胸脯捅去。

這就是少年，尖銳的，驕傲的，驕傲得可以不要命！要不是父親眼明手捷，擋一下，嗜血的匕首一定會穿透他性命。在胸膛面前，匕首離死亡是那麼近，一寸一寸，都是死亡的速度和距離。父親的揮手一擋，趕走了一寸速度和距離，追回了他一條命。不過趕走的也僅僅只有一寸，沒有多一寸，刀尖還是刺開胸脯，順著肋骨的凹槽劃過去，破開乳頭，劃出一條醜陋的弧線，鑽心的疼，割命的痛，昏天黑地，魂飛魄散。他以為自己死了，其實只是嚇死了，昏厥了。

參

奶奶以前常對人講，人心是肉長的，現在他從養傷過程中體會到，肉是靠心長的。他的傷其實不重，雖然創口長，從胸膛起頭，幾乎一直伸到腋下，比匕首還長，但深度有限，最深處不過半個指甲蓋的厚度，大部分只是皮開，劃傷的。這一帶肉少，血也流得不多。阿牛郎中信心滿滿地收下他，給他敷藥、包紮（沒有縫針，不會縫），完了信心滿滿講，要不了一個禮拜，他可以照常去上學。一個禮拜後，傷勢卻越發重，傷口發炎，引起發燒，人神志不清。阿牛郎中上門來看，嚇得臉色鐵青，要求緊急送公社衛生院。阿牛郎中納悶，小夥子年紀輕輕，精神氣旺，免疫力強，一個簡單的皮肉傷怎會越演越烈，收不了場？

告訴你原因吧郎中，他心壞了，冷了，僵了，死了，體現在吃不下飯，吃了就吐；睡不著覺，睡著就做噩夢，睜開眼就流淚。那個淚啊，像通血管的，只要心泵著，就止不住，流不完，流完了又流，流得滿面孔都是，流過脖頸，淌到胸脯，灼燒傷口。就這樣，傷口總在受傷，輕傷變成重傷，發炎引起發燒。眼看腐爛的肉像蘑菇一樣冒出來，他心裡有種莫名的親切、感動，好似迎來救兵。他渴望死，因為尋不出活下去的理由；他想殺死自己，毀掉這具可恥可憐的肉體，現在有億萬細菌從血裡鑽出來，殺出來，做他幫凶，當他援軍，把他胸脯當戰場，像蘑菇一樣見風長，像青草一樣鋪張。他喜歡這種感覺，傷勢越來越重，燒熱越來越高，直到把自己燒死為止。

公社衛生院有更齊備的藥品，關鍵還有能治他心病的乾爹，尤其有二哥。乾爹兩歲時救過他命，然後一直逢年過節走訪、拜年，十多年交情，彼此知根知底，子女也都熟識，認了親眷。乾爹有兩兒一女，老大長四歲，他叫大哥，老二大兩歲，他叫二哥，女兒同歲，叫名字。男女有別，女兒往來少，禮數多，無交情；大哥太大了，夠不著，要仰望，也是交往不來，交情淺；二哥大兩歲，剛剛好，能帶他一起玩，也愛帶他玩，左右是好，是夠得著的好。打小兩人同心同盟，對抗大哥，欺負妹子，交道年年多，交情年年長。只是，二哥這兩年忙，當了學校的什麼頭目，不好好上課，四處亂竄，乾爹正對他意見大，不想理睬他，想親自出馬，把乾兒子心病治好（更不用說傷病）。乾爹自信，憑自己水平包括感情，足以驅散他心底的黑暗，給他鋪出一條光明之路，走出困境，澆滅死心。乾爹的職位（醫生）是見多識廣的檯面，一向愛講道理，大道小理，常掛嘴邊，悔人不倦。他也一向愛聽乾爹高談闊論，從他燦爛的歲月裡，從他歲月的褶皺裡、光輝的陰影裡，汲取泥土的芳香、青草的力量。多少次，他受了委屈，難受，想哭，不想回家，想死，乾爹只要一句話、一把撫摸，甚至一個手勢、一個眼色，他就受到安慰，得到解救。

然而，這一回，乾爹各種花花綠綠的道理講破天，他心裡照舊是空著、冷著、凍著、黑著、苦著；是跌入深谷的感覺，脫底的感覺。他不要道理，不要安慰，拒絕安慰，安慰是對他羞辱、懲罰。乾爹其實不瞭解真實背景，以為只是簡單的一起同學打架，父親暴力壓制出手過重而已，本質上是情有可原的。乾爹照這個思路，按常規套路和道理去安慰他，如對牛彈琴，根本不起作用，拉他不了回頭。活著就是為了等死，再找機會死，這是他現在唯一的心跳、心願；他寧可以淚洗面，讓淚水磅礴，流淌傷口，爛死自己，也不願流出一句話，漏下片言半語。他要把真相帶進墳墓裡，讓自己死得更加冤屈，更加理直氣壯。他為自己在死亡面前表現出來的驚人的坦然和理智感到得意，對乾爹不著調的語重心長反而是同情了，隔靴搔癢的無聊。

三天下來，毫無起色，乾爹才去搬救兵，把老二找來。二哥被賦予重任，是要來力挽狂瀾的，但剛開始表現差勁，不識相，坐下來只講國家大事，從北京講到省城，一路往下，講到他們學校，革命是如何如火如荼，鬥爭是如何血雨腥風，戰果如何捷報頻傳。尤其是兩個禮拜前，在上級領導英明指揮下，縣什麼委員會人事發生重大變動，兩位老傢伙從權力寶座上被拉下馬，提拔了一批年輕幹部，誰誰誰被委以重任，任什麼委常務副主任，主管全面工作，他們政治老師深得誰副主任的器重，被突擊提拔為禮鎮公社的什麼委第二副主任兼人武部長，是個實權派。

乾爹是厭煩兒子革命的，聽了氣從膽邊生，罵他：我沒叫你來講這些！這些對他有屁用場。二哥正講得興頭上，被打斷並批評，很不高興，反過來批評老子：你管我講什麼，要你來講。氣得乾爹乾瞪眼，拂手走掉。乾爹一走，二哥繼續講國家大事，革命故事，說他們政治老師一個禮拜前到他們學校視察，火線提拔他為校團委副主任。講到這，二哥激動起來，一把抓住他的手說，正主任暫時空缺，他實質就是主任，等畢業了這崗位篤定歸他。昏迷不醒的他沒睜開眼，發著高燒呢，卻依然感覺到二哥的激動，手被緊緊握著、捏著，似乎非要他有回音，於是吸了口氣，點了點頭。

多數人高中畢業找不到工作，二哥未畢業工作已找到他，而且他曾經的願望只是畢業能留校當個保安、門衛，現在從普通的近乎卑微的門衛，一下提拔到團委領導，雲泥之別，雞鳳之變，一飛沖天的榮耀，難怪二哥激動。怎能不激動？他學習成績一直不如意，對明天不敢做美夢，如今美夢找到他，落地生根，剛剛結果，像剛出籠的饅頭，還熱著呢，喜悅之情滿出來，頂著喉嚨，當然要一吐為快。所以，乾爹，你別怪他不識相，講空話，這是人之常情，過度的喜悅和悲痛一個樣，要折磨人的，如鯁在喉，不吐不快。

吐了就好了，可以步入正題，言歸正傳。二哥站起來，在病房裡踱步，一邊講，你的事情我已聽說了，我很同情，口氣和樣子都有點領導味道，要我說，一不做，二不休，索性趁機來個一刀兩斷。什麼意思？給你舉個例子吧，遠在天邊，近在眼前，就是這醫院的前任院長，他家的事情。

前任院長留過洋，曾在省城大醫院當名醫，後來搞運動，受擠壓，被鬥爭到這邊。這是十年前的事，那時這兒醫院都提不上，只是一個醫療站，三兩個醫生，方圓十幾公里，幾十個村莊的毛病，從傷風感冒到頭破血流，內科、外科、婦科、眼科以及各種疑難雜症，都是他領頭醫，造就他十八般武藝樣樣通。前幾年成立醫院，他名聲大，醫術高，人緣好，被推舉當院長。後來兩派武鬥時，一位革命小將腹部中彈，找他做手術。中的不是子彈，是鐵砂蛋，打野豬的那種獵槍彈，黃豆一樣，滾圓，又小，鑷子夾不住。院長缺乏經驗，又缺少器具，結果手術失敗，小英雄死在手術台上。都說小英雄負的是輕傷，不該死，是院長別有用心，害死的，故意手術失誤，整死的。害死英雄當然是大罪，於是被抓起來，開公判大會，判了十年刑。他有老婆，有子女（一兒一女），老婆和兒子都跟他遭了殃，工作的丟了工作，讀書的被學校開除。只有女兒，十九歲，長相好，喉嚨亮，剛被縣越劇團選拔上去演青衣，前程似錦，不甘心當替罪羊，公開和父親斷絕父女關係，總算保住前程。

二哥講，這就是例子，你自已想吧，是要死還是……有些話我不好明講的，但我想你連死的心都有了，還有什麼事不可以做的？想想吧，別犯傻了，死是最沒出息的，現在我同情你，但你如果尋死，我瞧不起你。我要跟你講的就是這些，你信就聽，不信拉倒，我要回去上班了。

他剛才一直閉著眼，這會兒突然睜開眼，無力地望著二哥，卻是有力盼著二哥別走，接著講下去。二哥不管他，站起來就走，連一句告別的話都不送，似乎是已經瞧不起他，把同情和鼓勵都收走了。

二哥走出醫院，被正在外面抽菸的乾爹攔住、指責，你怎麼什麼不講就走了。二哥老練地反駁他，老爸你不懂，這時光不能多講，點到為止，讓他自己去想最好。老爸說，他就是想死，這小子！兒子答得堅定，不會的。頓一頓，又補一句：等他傷好了去找我好了，我反正天天在學校，他可以隨時去。老爸說氣話，我看他隨時要死！再說學校不是停課了，你在那幹什麼，不如在這兒陪陪他。兒子說，老爸你別杞人憂天了，我已經給他注入了革命的活力，這個世界是我們的。

確實，二哥雖則來去匆匆，卻有絕處逢生的神力，尤其舉的例子，聽上去跟自己隔山隔水，想起來卻是貼心貼肺，不偏不倚，剛好針對他心，塞得進，含得住，尺寸正好，像榫頭對準卯眼。他感到心裡邊切進一股風，冒出一團水，一種久違的生疏的感覺；風裹夾著熱和光，水帶著聲響，一種冰雪消融的活力生機，把他和過去隔開，回不去了，也是回來了。病房是簡陋敗相的，對面病床上胡亂捲著一團被芯，帶血跡的，像剛送走一個死人，血跡是臨死留下的證據。窗外，暖春的陽光已經厚實，生根結穗似的，斜的滿的灌進窗門，頂上一層昏昏黃黃，像鍍了一條沙沙的金邊；中間一大層明明晃晃，照出浮浮沉沉的揚灰，煙霧茫茫的，有煙火人氣的亂象和世相；下面一層是黏黏稠稠的，像有自重似的，最後都挺不住，趴倒在地面上，有些晦澀晦氣。

他奇怪，自己怎麼會看得這麼細緻，像沒見過陽光似的。這也是回來的感覺，蠅蠅嗡嗡的，顧盼生輝的，輝也可能是灰，絲絲拉拉的，一團麻，理不清，總之是眼裡心中都有物質物理的亂——亂就是回來的感覺！不像之前，眼裡黑，心裡黑，一味的死光死靜，萬念俱灰，萬籟俱寂，像人沒有死，心已從芯子裡爛。現在，他覺得芯子裡鑽進東西，像二哥走出去，其實是走進了他芯子，芯子不空洞，暖起來了。

肆

傷口是一個冤枉，一起人為事故，如兩軍對壘，一方兵強馬壯，占盡天時地利，本是勝券在握，但指揮官吃醉酒，醉生夢死，壓著令旗，按兵不動，對方一群小嘍囉，趁機以小欺大，搞個個突破，作威作福，氣死人。現在指揮官一夢醒來，調兵遣將，發號施令，三下五除二，旗開得勝，寸步失地全收復。

不到一禮拜——第五天——乾爹通知他母親，可以出院，讓她備好錢。當天下午，趁母親回家去備錢，他偷偷溜出醫院，去了二哥學校。二哥很忙，新官上任總是忙的，他交給鑰匙，讓他去宿舍等。他認得宿舍，熟門熟路去。宿舍裡的布置也是熟識的（來過幾次），兩張高低床，四副床鋪，四隻松木箱（各塞在床底下），一張課桌，桌子上排著四隻牙缸（盛著牙膏牙刷），門背後掛著兩排、四條毛巾。

進到宿舍，他發現有變化，四副床鋪，空了一副。

空的是二哥的上鋪，他記得原來睡的是一個黃頭髮，比二哥大一歲，父親是附近林場場長，曾送過他一小袋炒熟的松籽，油紙包著，透出香。他不忍心一個人獨吃，帶回學校和白毛分享，嗑得兩人滿嘴是油，一身是香。現在白毛已成仇人，想起來，心裡不免有些感傷，似乎連著未癒的傷口，引得他有些心痛。但看著那副裸露的床板，和並列在床板上的三隻松木箱，不知為什麼，他心裡竟有一絲兒激動。他知道，箱子（只剩三隻）從曾經的床底下移上來，集合在這副床板上，說明此人已經不在，走了。去哪裡了？問題不在這裡，不在他，而在於自己——他想，這床位能給自己就好了。激動在這裡！一個空床位激發他一個熱望、嚮往，很迫切地，很現實地，拉長了等待二哥回來的時間，最後逼仄到望眼欲穿的境地，心中火燒火燎，像傷病復發。

二哥回來，抽著菸告訴他，住幾天可以的。他第一次看到二哥抽菸，竟是受到安慰的感覺，像吐出的煙霧升騰著某種權威，可以罩著他。他問，可不可以長期住呢？表哥說，這怎麼可以，我可以你也不可以，你不是要讀書嗎？他說，我不要讀書了，讀書有什麼用。二哥講，還有最後一學期，你就初中畢業了。他說，畢業有什麼用，反正上不了高中。這倒是事實，上高中要推薦的，村裡一般只有四到五個名額，像他這樣子，一個狗崽子，即使有四十五個也輪不到。

話沒挑明，但彼此心知肚明，是在控訴他的出身問題：好事總是排不上，競爭不過貧下中農。不光是他，其實二哥也受到牽連。二哥講起，上鋪的黃頭髮去當兵了，本來他體檢也是合格的，但人家三代五房都根正苗紅，而他數到表舅舅這層就黑了，不是對手，初選就敗下陣來，邊都沾不上。講起這個，二哥有種氣不打一處來的痛恨，大膽突破禁忌，對他父親搞賭博的事進行了嚴厲指責和批判。他聽著，覺得句句在理，字字入心，心情就好起來。

所以我不要讀書了。他說，堅定的眼神盯看著二哥，我要逃出牢籠，逃出那個黑屋子。頓了頓又說：我恨死他了，寧可死也不想回家看見他（父親）。

二哥說，但你不能投靠我，我還在以學代工，沒工資，自身都難保，幫不了你。

他說，那我只有去死。

二哥生氣說，你不要老是死不死的，死算什麼，死是最容易的事。他說，第一次不容易，第二次就容易了。帶點脅迫的，讓二哥咬著嘴皮，搖了兩次頭。

經歷這番事，他覺得自己一下成熟許多，心裡排著一個個主意，可以跟二哥平起平坐地講事情，不害怕，不退縮。倒是二哥，退了，怕他第二次去死，同意給他「找路子」。他帶著莫須有的「路子」，回到醫院，第二天出院，上午回到家，一個小時後又離家。中午父親會回來吃飯，他必須在父親回家前離家。母親問他去哪裡，他只用滄桑的眼看著她，什麼都不講，埋頭走，決裂的樣子。

他在家一個小時，做了兩件事，第一件燒掉課本，是破釜沉舟的意思；第二件破開存錢的竹罐，是一去不返的意思？至少是傾囊相助的意思吧。但囊中實在羞澀，一堆硬幣看上去白花花一片，閃爍著他多年美好的記憶，數一數卻不到五塊錢（格外想念外公），與他要漂泊四方的雄心相差甚遠。他想到四隻長毛兔，那一向由他負責飼養，供他上學，可以算是他的財產，現在學不上了，主人要走了，留著也沒人養，早遲要成父親盤中餐。哼！寧願放生也不給他吃。他決定去鎮上把牠們賣掉，讓羞澀的囊中稍微闊氣一些。他走得堅決，義無反顧，左肩右脅挎著書包，手上拎著一隻化肥袋，裡面是四隻活兔子。母親傷心又氣惱地目送他遠去，看到那隻化肥袋像隻小綿羊一樣活生生掙扎著，忍不住罵一句：「小畜生！」語焉不詳，不知是罵他本人，還是被悶在袋子裡的四隻兔子。

說是鎮，其實只有一條破街，沒有專門的菜市場，街上就是市場，沿街不乏有人在賣菜蔬和雞鴨。他硬著頭皮在菜販子邊上站了一個多小時，卻沒有一個人來過問，似乎人都沒有同情心，存心要羞辱他。天氣也不同情他，下起淅淅瀝瀝的小雨，讓本是溫暖的春風生出一絲寒冷，加上肚皮餓，冷得肚子痛，腿打顫。他覺得自己很可憐，心灰意冷地走了，去學校找二哥。

二哥看他帶來四隻活兔，渾身濕漉漉、傻乎乎的樣子，臭烘烘的味道，從頭到腳，整一副灰頭土臉、丟人現眼的熊樣，氣得對他劈頭蓋腦一頓臭罵。要不是後來二哥靈感突發，四隻兔子倒是有好日子過了。學校在鎮子外，山坳裡，圍牆外面就是山林野地，草長鶯飛，二哥要他把兔子丟去山上放生。他不甘心，但沮喪的心情，心灰意冷的樣子，像心死了，不甘的心也死了，不抗爭，不辯解。他順從地拎起袋子往山上走，心更加灰，意更加冷，恨不得把自己也拿去山林裡放生了。他真有一去不返的狠心，好在二哥被突發的靈感驅動，及時追出來，把他和兔子一起領回去。

二哥的靈感是，與其放生，不如將牠們殺了，烹了，做人情。當天下午，四隻兔子被拔光毛，送到刀下，宰了，一隻送給食堂師傅，其餘三隻請師傅紅燒，一分為二；一小份拿回寢室，請兩位寢友美餐一頓。他要住下來，是要兩位寢友待見的，先示個好，討份情，日後可以圖個和睦。這是人情世故，二哥蠻懂的。還有一大份，滿滿一蒸鍋呢，二哥沒有帶回寢室，私藏在辦公室。起初他以為二哥要獨食，第二天發現，冤枉他了。次日一早，二哥帶著一紙包潔白如雪、柔軟絲滑的兔毛和一鍋暗香四溢的兔肉去了鎮上。兔毛是供銷社統一收購的（據說是民族產業，要出口換匯買槍炮，抗美援越），收購價為六十元一斤，天價哪！但兔毛輕，比鴻毛還輕，四隻兔毛總共還不到半兩，不到三塊錢。這差不多是他一年學費，多少年了，就是靠它讀到初中（差一點畢業）。二哥拿出一元，買了一條大紅鷹香菸。這是店裡最好的香菸，因為要去送政治老師，人家現在是公社領導（副主任），必須是最好的。這種人情世故，二哥確實是很懂的。

人一生總有幾份緣，兔子就是他的緣，從前靠牠讀書，如今——他無論如何想不到，他離家時幾乎是賭氣捎上的幾隻兔子，最後派上大用場，幫他擺渡了人生最迷困的時光。一天晚上，年輕的公社第二副主任兼人武部長、曾經的政治老師散步來到母校，會的是管食堂的副校長，抽的是大紅鷹香菸，談的是他的事——他的菸，他的事，有情有義。政治老師不止有政治頭腦，也有人情世故。談得很好，副校長滿口答應，安排他去食堂打零工。盲流的生活總算有了著落，得到通知時，他激動得差點要對副主任跪下來。副主任姓劉，大圓臉，平易近人，特地到宿舍來見他，跟他握了手；他兩天都捨不得洗手，要留著這份激動，也是美好幸福的緣。

伍

他學會了騎三輪車，使斧頭劈柴，用簍筐洗菜、洗碗，每天早晨，黎明的曙光抹亮窗玻璃時，棲息在山林中的黑腹苦惡鳥的叫聲——很清脆——是他起床的鬧鐘。他在暗黑中窸窸窣窣起床，然後出門，迎著越來越亮明的曙光，騎著三輪車去鎮上買菜。嚴格說，是拉菜，菜農早分裝好，也不需要付錢。付錢是廚師長的事，也有人說是副校長的事，到底是誰他不知道，也不該知道。有時，他洗完中午的碗筷，別人在睡午覺，他也要去鎮上拉貨，比如柴米油鹽、剛出窩的油豆腐、新鮮的魚蝦，這些貨早上是提不到的。

一天午後，他照常去提貨，天氣已轉熱，午後的陽光直通通撲下來，有人開始戴草帽遮陽。當然這大多是女人，畢竟天氣剛轉熱，男人沒這麼金貴嬌氣。男人要到三伏天才會戴草帽，那時女人就不大出門了。這天，他提完貨，從店裡出來，準備裝貨上車，一眼看見一個戴草帽的小夥子迎面走來，草帽簇新、淺白，在陽光下泛著光芒。正是這草帽，這光芒，吸引他多看了對方一眼，覺得有點眼熟。於是又看，認出來，竟是劉副主任、劉部長！像被燙了一下，他一時有些暈眩，只覺得血往腦門衝，把腦筋衝亂，一團漿糊，稀里糊塗，人跟木樁一樣，眼看著大恩人從跟前白白走過。

好在劉主任走得不快，待清醒過來，也不過十米開外。他追上去，怪了，一挨近，人又有些暈，手腳發麻，手心全是汗，好像領導是個被引燃的炸彈，嚇得他神志一片白，空洞無力，指揮不了自己，只好止步。於是，又一次白白地看劉主任走遠，恍惚間對方又走出十來米。他可憐自己的膽怯，又恨又憐。他想再追上去，可貨物在車上，怕丟失，只好回頭，騎了車去追。車有三輪，幾腳踏下去，車輪滾滾，生出風，呼呼衝，轉眼劉主任已被甩在車身後。他挑一處冷路，刹車，把車停在路邊，下車，轉身，迎著大恩人上來，雙手不由得握緊拳頭，像要決戰似的。

劉主任！他喊一聲，怎麼會這麼大聲？感覺腦門都被炸開了。

你是誰？劉主任被唐突的一聲喊驚著了，幾乎後退一步問。

我是二哥的弟。一句傻話。

劉主任發現他的手在抖，明白他的大聲和傻話都是因為緊張。對方明顯顫抖的手像在撫摸他，安慰他，劉主任露出笑容，心裡一片明亮。我知道你是誰，年輕的劉主任似乎一下升格為長輩，老練地看看他，又看看車上裝的成捆的粉條和袋裝的麵粉，上前一步，親善地詢問他，怎麼樣，喜歡食堂的工作嗎？

喜歡，喜歡。

喜歡就好好幹，為你這個工作，我親自找過你們學校領導，不容易的。

知道，知道。他應該說謝謝，但緊張仍在折磨他，雙手抖得讓人同情。

也許是同情，也許是看著礙眼，劉主任上去握住他手。握手了，就該掏點兒知心體人的話。純粹是這個，手指揮著嘴，劉主任講，我知道你的情況，我很同情你，出生在一個黑暗又充滿暴力的家庭裡。一個人無法選擇自己的出生，但可以選擇自己的出路，像你這樣的家庭，你這樣的父親，對國家是絆腳石，對子女成長也是絆腳石，正如貧瘠的土壤長不出好莊稼。

我已經跟父親決裂了。他一直不放手，像握著車把。

是嗎？

是的。

怎麼決裂的？看他一時愣著，劉主任剝開他手，一連拋出幾問，你貼他大字報了？你登報申明了？你揭發他罪行了？都沒有吧？決裂是鬥爭，是絕殺，是革命；革命是崇高的，勇敢的，是暴風驟雨，是衝鋒陷陣，是拋頭顱灑熱血，是無私無畏，是一片丹心照汗青，而不是一葉障目，自欺欺人，自以為是。你說你跟他決裂了，有行動嗎？有成果嗎？革命要有行動的，有戰果的，不光是心裡想想，嘴上講講。

劉主任一如既往地慷慨，一對細目炯炯有神，一頂新草帽讓他顯得洋氣，有派頭，又比往常高大，英氣勃發的樣子。他吶吶地聽著，惶惶地泡在陽光裡，不知不覺地，已經汗流滿面，不知是因為天熱，還是緊張，還是羞愧。革命要有行動的，不光是心裡想想、嘴上講講的，他為這句話感到羞愧。似乎，行動的種子就在這天下午埋下，羞愧就是種子，而土壤是並不貧瘠的。

經歷了幾個不眠之夜，他消瘦了，卻並不虛弱，反而更凜然，更精神，因為心底有一把刀刺著，一蓬火燒著。他要去揭發父親的罪行，這是一把刀，一蓬火，是刀山火海，是痛並激越著，躍躍著，像肉中拔刺，註定是痛的，生生的痛，又隱隱埋著痛快，是長痛不如短痛的痛，是痛快的痛。他想跟二哥商量，又怕二哥反對，把他從火海裡撈出來。他已經是死過的人，有了滄桑感，有了承受煎熬的能力。一個接一個的不眠夜，失眠的痛苦灼傷了他的雙眼，但整個人卻更加神采奕奕，精神氣十足，簡直有點光彩照人，像被刀削薄似的，被火燒透似的，失重似的，輕得可以飛揚起來。

這天下午，大廚師傅頭昏目赤，疑是火重，差遣他去鎮上藥鋪抓中藥，老方子，敗火的。他天天來鎮上，有時一日幾回，一條街，哪是哪，一清二楚，熟得像手板心。公社在中藥鋪西邊七八十米，洋橋頭，一棟帶小院的兩層青磚房，院子裡有一棵高過屋頂、枝繁葉茂的廣玉蘭。他抓了藥（金銀花什麼的），心裡七上八下，猶豫著，遲疑不決的，腳卻鬼使神差地堅定、輕快，似乎被裝了輪子，定了方向，兩步併一步，腳底生風，熟門熟路，不知不覺，已經立在廣玉蘭的濃蔭下。正值花開時節，一朵朵肥厚碩壯的倒卵形的白花從寬大的綠葉中綻放開來，襯托出來，怒放著，像文章裡的警言格句一樣扎眼、醒目，散發出濃郁的暗香爽氣。這和他朝夕相處的沉實的飯菜香全然不同，事實上直到這時他才發現自己已兵臨城下，是進是退，是個迫在眉睫的問題。最後似乎還是腳做了主，因為心裡並沒有明確的主意，雙腳卻彷彿在暗中行走一樣，猶豫又大膽地朝樓裡走去。腳是勇敢的，猶豫的是心。有人問他找誰，他不假思索報出劉主任。

屋裡煙霧騰騰，劉主任正在給《革命報》寫稿，這是革命總指揮部的機關報，無論是去年武鬥期間還是前不久與當權派的權力角鬥中，它都是一面旗幟，搖旗吶喊，發號施令，為革命取得節節勝利立下汗馬功勞。勝利屬於革命，屬於人民，屬於《革命報》，屬於一篇篇激揚的戰鬥檄文。這些黃鐘大呂，有一半出自年輕的劉主任之手，作為政治老師，狂飆的時代將他的專業和才華發揮到淋漓盡致。如今他雖身居要職，但心仍繫於此，常忙裡偷閒，特約寫稿，場外援助，不遺餘力。

寫稿子如生孩子，是痛苦的，這時節造訪，就是造次了。劉主任……他怯叫一聲，看到劉主任抬起頭，卻是一臉陰沉，煙霧遮不住。你來幹嗎？劉主任一手夾菸，一手握筆，兩眼低垂，雙目空洞，透出冷，聲音也是冷的。總之是沒有好臉色，直冒冷氣，叫他頓時凍成一隻寒蟬，無語。有事快說，我有事呢。劉主任看他一眼，準備繼續埋頭寫作。這一眼是告別，是分手禮，是逐客令。他不甘心，豁出去了，挺起胸脯，我來揭發我父親的罪行，他有滔天的罪行。

起初，劉主任不認為他能揭發什麼滔天大罪，小屁孩，少見多怪，拿著雞毛當令箭，頂多是私下講過一些反動話，要麼上山偷過樹，水庫裡炸過魚，要麼販賣過一些小東西（聽說他老子以前學過漆匠），搞資本主義那一套。沒想到竟爆出一個大雷：他爹是個老賭鬼！屢教不改，年前還被同夥綁架，關在山洞裡，他媽用兩隻手鐲去贖的命。這麼說，這是一個囂張的毒蛇團夥，順藤摸瓜，說不定能搗毀一個反動組織。想不到，階級鬥爭形勢竟如此嚴峻複雜，在革命洪流已經滌蕩這麼久後，還有這麼大的毒瘤殘留在自己眼皮下。他愧疚了，也振奮了，心怦怦跳，血汩汩流，如臨大敵，其實是喜從天降。他知道，這一仗要打贏，他個人的政治資本將倍增，前途也將更光明。但俗話說，捉姦捉雙，抓賭抓現，馬後炮不行，口說無憑不說，必須到現場，抓現行。所以，劉主任替他出主意，叫他別離家出走，要深入虎穴——明知山有虎，偏向虎山行，勇於在敵人身邊臥底，盯住目標，搞好偵察，不要打草驚蛇，爭取一網打盡。

他有不願，有遲疑，有建議，均被劉主任一一否決並說服。劉主任最後說，說一千，道一萬，這事情你得聽我的，你才幾歲？你跟人鬥爭過嗎？你知道鬥爭的複雜性殘酷性嗎？我告訴你，你必須回家，這是組織下給你的任務，為了完成任務，你回家後必須要做到像什麼事也沒有發生過，你沒有到過公社，沒有見過我，更沒有我們這些交流、談話。俗話說，做賊心虛，做壞事的人嗅覺都很敏銳的，你千萬不要麻痹大意，更不要有牴觸情緒，回家的目的不是原諒他——你父親——而是要收集他罪狀，找準時機給他致命一擊。

陸

他受了鼓舞，暫時嚥下氣，封存了仇恨，回了家。

臥底的日子不好過，像上著枷，人人面前不自在，不放鬆，該說的話不能說，該做的事不能做。甚至，他又回學校去讀書（最後如期畢業了），因為這是最好的掩護，一切復歸正常。他本已脫了韁，放生了，又回到圈裡被養，這日子真不好過，像溫水煮青蛙，熬著過，越熬越難過，度日如年的感覺都有了。好在父親給面子（也是不爭氣），熬不過半月便在一個夜裡露出馬腳：在三腳貓屋裡搞老一套！聚眾賭博那一套！當偵察到這一敵情時，他一邊替自己高興，終於將抓到現行！一邊又替奶奶、母親難過——尤其奶奶，父親曾對奶奶發過毒誓，今生今世決不去三腳貓屋裡。當然，他想，這就是自己父親，把誓言當放屁。這麼想著，他腳底更加來勁，一路絕塵，直奔街上（公社），向劉主任報案。

劉主任連夜帶人出發，卻沒有抓人回去。半夜裡，父親又回家了，可能贏了錢，還哼著小曲。他聽到父親口含小曲回家後，鑽在枕頭下淚流了個稀里嘩啦，好像又被父親羞辱了一頓，同時心裡也有些恨劉主任，怪他行動不及時。

不可思議的是，整個夏天，這樣的事居然一而再再而三發生，他在不同時間、地點報過四次案（跑斷腳跟），每一次都放空炮，像秋後在田地裡放火燒稻草，轟轟烈烈開始，平平淡淡結束，煙霧散盡，風輕雲淡，一切歸於平靜，沒任何後果，連個瘡疤都留不下，土地反而更肥沃。他和二哥都感到意外，也失望，去問劉主任。劉主任一副官僚作風，對他講保密守則，不該問的不要問，不該說的不要說，只管要他繼續執行偵察和報案任務。

二哥對他的義舉是贊同的，行動上也予以各種配合，包括後來初中畢業後出面跟劉主任去協商，安排他在學校做相對固定的臨時工，而不像之前打零工，朝不保夕的。正是這樣，一邊工作一邊偵探，兩邊跑，兩頭忙，好不容易索來的機會都不了了之，被白白浪費掉，令他痛心疾首，也滿腹疑團。他不得不懷疑劉主任被三腳貓收賣了，像以前那些個民警一樣。疑惑的烏雲籠罩在他心裡，一天又一天，他逐漸恨起了劉主任，有時去鎮上拉菜，心裡堵著一口惡氣，恨不得腳下的三輪車變成一輛坦克，開進公社，轟它一炮；回去時候，三輪車又變成靈車，灰頭土臉的，是一種屍重的沉重，經常累得他腿軟、抽筋，恨不得騎進溝裡，來個車毀人亡。總之，都是恨！恨人！恨自己！恨日子！裡裡外外都是黯然神傷、不得好報的日子。他不知道這樣的日子有一天會突然結束，像做夢一樣，劈天劈地來，一點預兆沒有，他也沒有期待過。

時值隆冬。這天午後，剛落過雪的街上還是濕漉漉的，也是忙碌碌的。下了兩天雪，雪後初晴，街上一下忙亂起來，熙攘起來，小商小販要把積壓兩天的菜蔬在一個下午賣掉，買菜的人也是，幾乎空倉了，得趕緊補貨。他照例來鎮上拉貨，時蔬、米麵、乾貨，滿滿當當一車，往回拉。車來人往，地面濕滑，他騎得小心翼翼，左躲右避，走走停停。

不知怎麼的，嘈雜的街上一下靜安下來，與此同時，前面的人車都在往街沿兩邊努力擠挪，騰出一條通道，像前方正抬來一具嚇死人的血屍。他張望前方，看不見什麼，但也學人樣，識相地將車盡量靠邊，一邊繼續張望前方。先看到一頂綠色帽子（像軍帽），然後是人臉、身板——原來是一個繫武裝帶的民警！一馬當先，闊步向前，氣宇軒昂的樣子。他身後尾著一個人，又一個人，然後是兩個人，五個人組成倒Y字隊形，撲面而來，目不斜視，一派肅穆，步步驚心。後面四人雖都著便服，但斷後兩人一身整潔，身板筆挺，目光沉著，只有中間的兩人頭髮蓬亂，其中一人穿著土氣，僂著身，埋著頭，一看就是個農民。走近了，他覺得，後面兩人似乎是押著這中間兩人的，只要他們步伐稍慢，便會喝一聲，催快走，好像訓犯人。再走近了，他看出，確實是犯人，都戴手銬的。

他想起，二哥曾講過年初劉主任帶人去學校抓誰時，銬的老式手銬，現在有種新型手銬，肉面是齒狀帶齒輪的，犯人如果不老實，掙扎，齒輪會自動收緊，越掙扎越緊，最後像牙齒一樣咬住手腕，那一定是十分痛的。他一直盯著手銬，想看它是新型的還是老式的，但視線受限，不是看得很確切，好像是老式的。因為注意力全集中在手銬上，他沒看倆犯人的長相，直到他們從眼前走過，看不見手銬了，他看背影，覺得其中一人有點像他父親。但理性迅速幫他否認了，怎麼可能？起碼一點，如果是父親，他不該從外面帶回來，村莊在裡面，相反的方向。

晚上，二哥向他證實，這人就是他父親——另一人是三腳貓，是從鄰縣桐廬把他們抓回來的。這時，那個熟悉的背影又在他腦海裡重現，他看到一個頭髮凌亂、聳肩縮脖、穿著脫殼棉襖、赤著腳、雙腳不時在濕石板上打滑、渾身透出一股可憐相的身影（背影），在眾目睽睽下漸行漸遠。有一會兒，他出現了幻覺，看見那人回過頭來（確實是父親）罵自己：

你這個畜生！

幾年前，十二歲，他第一次看到父親被剃光頭、押上台批鬥時，他曾難過得想立即死掉，憤怒得像渾身長滿刀子，想殺人。今天，父親的樣子似乎更不堪——大冬天赤著腳，渾身一副可憐相，但他決不會難過、憤怒，更不會惻隱、可憐他。這是他發起的一場革命，革命峰迴路轉，雲開日出，他該感到歡喜才是。但事情如此怪誕反轉，怪得無情無理，轉得他暈頭轉向，他暈傻了，感受不到喜悅，只有震驚（腦震盪了，魂驚魄散），蹊蹺，好奇。當然劉主任會告訴他，現在功德圓滿，可以公開。原來，劉主任以前多次不下手，是因為「甕中無鱉」，都是一簍蝦兵蟹將的小打小鬧，輸贏幾塊錢，抓了也判不了刑。按規律，到冬天大賭鬼才冒出來，所以一直放著長線，等著老鱉大魚上勾，如今終於不負眾望，大魚老鱉一網打盡，他是大功臣。

劉主任說，巧婦難為無米之炊，沒有你長達大半年的祕密盯梢、跟蹤、彙報，我們就不可能燒出今天這桌豪華盛宴。二哥也在場，劉主任掉頭看看他，對他們一起說：不瞞你們說，這次行動由縣公安局統一布置執行，抓到的何止他倆，他倆在其中只是小嘍囉，大傢伙直接帶縣裡去拘押了。最後劉主任單獨握住他手，深情而誠懇地說：感謝你，你是革命的好接班人，組織上會好好培養你的。

送走劉主任，二哥說，這下你父親有苦頭吃了。他脫口而出，他不是我父親，我是革命的兒子。

柒

有革命就有反革命，他父親就是反革命，頑固的反革命，見了棺材不掉淚的。三腳貓也是，據說他們被抓回來後，一直不吭聲，不悔過，不討饒，是破罐子破摔的樣子，也是虱多不怕癢的樣子。三腳貓以為，可以用小恩小惠蒙混過關，殊不知，時代變了，以劉主任為首的新一任人武部和派出所的革命同志，決不吃這一套。要相信，新班子不是草台班子，不是戲班子，不會站在街坊民間的角度，以「莫須有」的證據論罪定罪。新班子是從革命熔爐錘煉出來的政權，具備高溫鍛造過的優秀品質，在刑法面前堅決捍衛刑法的尊嚴和權威，決不冤枉好人，對壞人決不姑息，一切以法律為準繩，以事實作證，以證據說話。這兩人都曾被政府鎮壓過，判過刑，改造過，卻不改過自新，迷途不返，以致親生兒子都忍無可忍，要忍痛割愛，揭發他們。

經過小半年的提審和調查後，一個聲勢浩大的公判大會在公社禮堂隆重舉行。禮堂大得空曠，門前是籃球場兼曬穀場，放在平時，開什麼學習會總嫌它大，來再多的人都嫌少，顯得稀拉，不隆重。這天卻人滿為患，下午兩點鐘的會，中午已擠得滿滿當當，後來的人削尖腦袋、削成筷子也擠不進去，只好散落在門前籃球場兼曬穀場上。後來，穀場上也是烏秧秧的一片人頭，禮堂兩側的窗戶上也爬滿人——大多是孩子——像壁虎一樣挺著、吸著，隨時可能墜地。你不知這些人是從哪裡來的，那多得！像附近幾個村莊的墳墓都空了，溪坎的魚蝦都成妖了，化成人來湊熱鬧。

人大多是來看供銷社一個張姓採購員的，廣播上多次播報過，他是國民黨潛伏在大陸多年的美蔣特務，罪行累累，其中一個罪是破壞軍婚，把駐防在舟山海島的某營長老婆的肚子搞大了。營長是一級戰鬥英雄，擊落過國民黨的偵察機，但最後擊落的是自己，他射出的最後一顆子彈，鑽進了自己右邊太陽穴。廣播稿寫得文采飛揚，詩意盎然（可能出自劉主任之手），但到老百姓嘴裡只有一句話：自殺了。老婆被人睡，自殺必須的，這才是英雄，寧死不辱！否則就是豬狗不如。據說，他死前留下遺書，要求政府嚴懲奸人。因此，人們猜測採購員今天要被槍斃，大家是來看槍斃人的。

除了他，被押上台審判的另有四人，一是前公社書記，犯的是貪汙罪，家裡搜出兩塊手表、兩枚金戒指、一條金項鍊、一副銀手鐲等，折合人民幣四百多元，相當於公社全年的總收入；二是雙溪村小學老師，犯的是政治罪，私自安裝收音機，偷聽美國之音電台，並在課堂上散布反動思想；第三個是三腳貓；再一個就是他父親。從貌相上看，他父親最滄桑蒼老，滿臉蠟黃和皺紋；從罪名上看，他父親不是最大，這從站的位置上可以看出。五個人在台前站成一排，採購員居中，然後是前公社書記和三腳貓，最後才是老師和他父親，最靠邊。每個人雙手都反剪，被麻繩綁著，由兩位武裝民兵押著，胸前掛著硬紙牌，寫著罪名，打著紅叉。他父親的罪名是：反革命、頑固份子、刑事犯。在他們身後兩米開外，擺著一排包著紅色絨布的課桌，坐著五位領導，中間是縣領導，左右是公安局領導（穿制服），兩邊是公社領導，一個是林主任（正），另一個是劉主任（副）。

大會由林主任主持，劉主任負責領頭喊口號，縣領導作重要講話，公安局領導宣讀判決書。判決前，先有一個群眾代表對罪犯進行罪行揭發，首先被判決的是那個老師，揭發罪行的是一位臉蛋紅撲撲的小女生，稚嫩的聲音脆生生的，亮晶晶的，銀鈴一樣，通過高音喇叭發射到空中，「把這片天空中的美國之音擊得粉碎」——報導這樣寫的。然後判決的是他父親，揭發罪行的是他本人。這是劉主任布置的，稿子也是劉主任代寫的，內容他基本上認可的。當然不認可也得認可，但他確實認可，那些話他確實講過，是那天他在劉主任辦公室講的，劉主任當時確實也作了筆記，大同小異。即便「異」的部分他也認同，甚至感覺更貼切，用詞更準確堅定，事情講得更透徹完整。總之，講稿內容沒問題，有問題的是他，他怕上台，更怕與父親同台。

劉主任給他鼓勁，擺事實，講道理：「革命不是嘴上講講的，革命是要有行動的，你在我公辦室揭發是行動，在大會上揭發是更大的行動。從麻雀到大雁，從汙泥到清泉，每一片天空和大地都在唱它自己的歌，何況我們每一個生命？生命的歌就是革命的歌，從行動到行動，從子彈到子彈。一個高貴的生命從來只向革命致敬，只有醜陋的靈魂才委身於輕浮、卑賤、膽怯，從灰塵到灰塵，從露水到露水，經不起風吹日曬。昨天，你已經用行動向我證明，你是一顆金色的子彈，一個英勇的戰士，但這只是萬里長征第一步，明天，我希望你繼續勇往直前，用更大的行動向更多的人民群眾，向全社會乃至全世界證明你的金色、你的英勇。選擇吧！前進吧！我的戰友和朋友，如果你就此止步不前，那就是半途而廢，我會為你痛心疾首的。」

講得真好！既有革命的莊嚴，又有詩歌的優美，一下把他的勁鼓起來，血燒起來。他不再猶豫懼怕，爽快地接過稿子，挺起胸脯，目光堅毅，熠熠生輝，彷彿一顆金色的子彈，推進了正義的槍膛！

儘管私下他排演過多次，稿子已經背得滾瓜爛熟，舉止儀態也練過，但真正上台後依舊緊張得幾乎窒息；人太多了，場面太壯觀，萬千目光盯著他，彷彿是冰，是火，他一下有種置身於水深火熱中的驚惶、慌張。更可惡的是父親，給他火上澆油，雪上加霜，居然在他幾近窒息的緊張中猛然回頭看他，那目光像刀子，像閃電，像子彈，雪亮亮的，血淋淋的，他不知怎麼的，感覺自己像一件瓷器，一下碎了，眼前一片黑，腳下一片雲，昏昏然，搖搖晃晃，要倒地……憑著僅有的意識，身子總算被控制住，沒倒下去，但手中的稿子失控了，掉在了台上。

太丟人了！

台下一陣騷亂，嗡嗡蠅蠅的，火燒似的，整個禮堂也像成了一件被高溫窯火燒透心的瓷器，要裂開來。幸虧劉主任反應敏捷，老練，及時領頭喊口號，口號聲海浪一樣，一浪高過一浪，把火澆滅，把他澆醒。他不記得自己是怎麼拾起稿子，怎麼開始念並念完它的。不用說，他念的沒有剛才的小女孩流暢、動情、動聽，但他受的待遇比小女孩高得多，在他念稿時，縣裡來的所有記者，報紙的，廣播站的，文字的，攝影的，錄音的錄音，拍照的拍照，筆記的筆記，都圍著他，忙得不亦樂乎。記者們把他當作一粒金色的子彈，一位英雄，即使散會後仍然團團圍住他，對他進行深度採訪。

在他被記者堵在後台接受採訪時，會場轉眼清空了。正如廣大人民群眾期待的，最後判決的是採購員，被判處死刑，立即執行。宣判聲剛落地（會議未宣布結束），廣大人民群眾已經自發地像潮水一樣湧出禮堂，爭先恐後，向後山湧去，那裡是刑場——來開會的就是為了這一刻，看槍斃人！這是壓軸戲，是高潮，必須要看的。要不是被記者拖著，他或許也會去看，多麼刺激的事情啊！多麼難得的經歷啊！但現在他被一撥記者圍住，只有日後聽人轉述了。老實說，這個下午他並不開心，首先是在台上表現不佳，其次父親只被判決有期徒刑八年、三腳貓十二年，和劉主任事先預估的「十年和十五年」有一定差距。劉主任講過，判得越重對他越有利，那麼現在這樣（不重）會不會讓他失利？會不會付出了，犧牲了，又得不到回報？這叫他心不安，理不得，心煩，意亂。再次，記者也太煩人，老是問一些自己回答不了的問題。

他深深覺得，要當好一粒金色的子彈真不容易。

採訪終於結束，他和記者一起從禮堂出來，剛才人頭攢動的曬穀場上，居然一個人影沒有，只有滿地垃圾和毒辣的陽光。正是炎炎夏日，陽光潑在水泥地上，像水，冒出一層淡淡霧氣。陽光是攝影師的親人，剛才拍的都在室內，見了陽光、藍天、白雲，攝影師決定給他補拍一張，選好位置、角度，讓他站在台階上，迎著陽光，背負藍天，頭頂白雲。這時發生了意外，母親和多久不見的外公突然從牆角竄出來，殺手一樣，上來就下手——母親一把揪住他頭髮，劈頭蓋腦打他、罵他，外公在一旁助威，叫母親狠狠打，打死他這個畜生。他本可以逃，一個婦人家，一個老頭子，逃得脫的。但他不逃不躲，任她打罵，隨他汙辱，打不還手，罵不還口，像個廢物、僵屍。

母親在村裡是出名的軟性子，好脾氣，溫良恭儉讓，這麼多孩子，幼時都淘氣，常惹得父親大打出手，奶奶則像地主婆一樣凶，三天一罵，五天一嚇，唯有母親捨不得罵，含他們在嘴裡怕化掉，捧在手裡怕丟掉，養蝦一樣養兒育女。母親出手打人，那就是他該死了。他記憶裡，母親只罵過他幾次，打是一次沒有，偶爾氣極了會揪他耳朵，那也算不得打。但今天，溫良恭儉讓的母親和年老力衰的外公都像吃了炸藥，變了人，黑了心，發癲了，一個毒了心狠揍他，拳打腳踢，一個撕心裂肺罵他，左右開弓，前後夾攻，要不是記者衝上前來解圍，他完全可能被打死。

記者趕走他們，回頭看他，正蜷在地上嘔吐，想必內臟受了傷，外傷更是慘不忍睹，耳朵、鼻子、嘴巴、面頰、胸前，都在出血，滿臉是血，渾身紅腫，地上則散落著他被母親扯掉的頭髮，一撮撮，被陽光照得黑亮。記者看著心痛，他卻不痛，一點不痛，即使痛也是痛快的痛，不是痛苦，一點不苦。他甚至覺得有絲絲舒坦，是絲絲甜的滋味。自離家後，母親是他對那個家唯一的愧疚，黑夜裡常爬上心頭，隱隱作痛，暗暗作祟。現在好了，可以放下了，捨得了，那個家終於可以徹底埋葬了。該做的做了，該埋的埋了，一個英勇的決定，一旦開始了，就得幹完它。他心裡一片輕鬆、自在，有絲絲爽的滋味，開心的滋味，隱隱地洇開來。這也是這個下午他唯一感到開心的一件事，好似心如旱地，傷口流出的血如甘霖，潤了它。

捌

開心的事接踵而來。

當天晚上，縣廣播站播完全縣新聞後，以新聞特稿的形式對他大義滅親的英勇事蹟進行了專題報導。第二天《革命報》頭版作更隆重的報導，圖文並茂（刊登他兩張照片），並配發特約評論員文章〈自古英雄出少年〉。全縣兩大輿論陣地連袂表彰一個人，威力大，效果好，他的事蹟迅速發酵，不脛而走，波及四鄉，漣漪八方，是一石擊起千層浪的狀。隨後幾天，劉主任幾乎天天來看他，給他帶來各種紅頭文件、單位簡報、群眾來信，都在誇他，讚他，學習他，向他致敬，不同的人發出共同的聲音：時代造就英雄，革命後繼有人。這時的他，走在大街上不一定有人認得出，但如果報他名字，街上至少一半人會對他啊一聲：「原來你就是他啊，那個英雄少年！」

英雄不是從土裡長出來的，英雄是劉主任精心策劃、用心栽培出來的，劉主任是他茁壯成長的土壤、陽光、雨露。以前，劉主任是他心中的英雄，高不可攀；現在，兩人是同一戰壕的戰友，一條藤上的瓜，心連心，根盤根，共命運。劉主任經常來學校看他，在操場上並肩散步，促膝談天，親密得讓二哥妒忌。有一天，二哥對他發牢騷，講氣話，說你英雄有什麼用，還不是食堂臨時工。他想想也是，第二天他學二哥的樣，對劉主任發牢騷，英雄沒有得到應有回報，還在食堂打零工，一天忙碌十幾個小時，沒時間學習毛澤東思想。

劉主任反問他：「你想幹什麼？」

他想一想，說：「能當學校門衛是最好的。」

劉主任笑道：「你現在是大英雄，當然要配最好的！」劉主任承認，這幾天被勝利衝昏頭腦，疏忽了，沒有及時考慮他切身利益。「我們革命不是為了個人利益，但是組織上應該為個人利益和前途著想，種瓜得瓜，種豆得豆。就這麼定了，當門衛，我去跟校長講，他一定會同意的。」劉主任擲地有聲地講，像那天公安在台上宣讀判決書，空氣都豎起耳朵在聽的樣子。

三天後下午的早些時候，學校辦公室管校務工作的一位老同志（光頭，暴眼）來食堂把他領走，領到校門口的門衛兼傳達室，與原有兩個門衛（早認識，是寢友呢）簡單開了個小會，完了，交給他一串鑰匙和一支裝三節電池的長手電筒，宣布他到崗就位。次日凌晨六點，他首次上崗，頭一回獨自一人掌管這間孤零的小屋子，和沉重的大鐵門。時值仲夏，天亮得早，已經大明亮，但他還是握著手電筒，在大門周邊視察性地走一圈，又一圈；目及之處一個人影沒有，天上沒有飛鳥，地裡沒有牛羊，林間不見野物，世界像是空的。這情景他是最熟悉不過的，以前這個時候他天天要去鎮上拉菜進貨。正是有這個對比，此刻他感到心裡滿滿的，是一種苦盡甘來的喜悅，滿得要漲出來。

他走著，走著，鍍金邊的朝霞迎著他冉冉升起，喜悅彷彿也被包了金罩，更沉實，更飽滿，更輝煌，更迷人。清晨，陽光，藍天，綠樹，青草，鳥語，花香，晶瑩的露珠，泥土的芳香，潺潺的山澗溪流……他沉浸在一切都無比美好的幸福和喜悅之中，忽然明白了，先前那些苦痛，那些付出，那些犧牲，那些折磨，都是為了這一天。

這一天是多麼美好！

為這一天，一切都是值得的；如果有什麼錯，都是可以原諒的；如果有什麼人恨他，都是可以不理不管的。走自己的路，讓別人去說吧！他想起劉主任曾說過的這句名言（偉大的馬克思說的），滿滿的喜悅中又裂變出一種新的喜悅，像火上澆油，火焰哧啦啦一聲，升上了天。他就這樣被滿腔喜悅脹破了，像隻破罐子一樣，癱在地上，粉碎地哭了。後來，他在一本書裡看到，這叫喜極而泣。

他看的書有兩類，一類是以《毛主席語錄》為核心的政治讀物，如《毛澤東選集》、

《紅旗》雜誌、《人民日報》、《解放軍報》以及各類地方油印小報內刊，另一類是少量唐詩和大量的賀敬之、郭小川、郭沫若等人的革命詩作。報刊大多是學校訂的，他先睹為快，看完再分發下去；書籍詩作都是劉主任推薦借給他的。他原先是不愛看書的，後來愛了，首先是受劉主任鼓勵、影響，投其所好，向他學習，向他靠攏；然後是門衛這工作，實在太寂寞無聊，大把大把時間空著，空得人要發瘋，跺腳，擂牆，書鑽著空子來，一下子找到位置，做了他座上賓。

他上崗不久學校就放暑假，平時沸沸揚揚的校園一下冷冷清清，多的時候也只有十幾個人，一半是油印室的。油印室要刻印新學期教材，有時也從社會上接點業務（油印小報、小冊子、紙袋等），好處是每天有兩毛錢補貼，壞處當然是沒暑假。週末，油印室休息，偌大的校園裡只剩三杆人：一個值班老師，一個門衛，一個廚師。晚上，廚師回家了，黑暗又放大了校園，兩個人各置一方，時隱時顯，首尾不接，孤魂野鬼一樣，互相嚇。他不怕鬼，但怕寂寞。值班老師不寂寞的，值幾天班，備課，批改作業，忙碌很，完了回家去。值班老師和廚師都輪流的，唯有他，不輪流，一夫當關。這也不是誰欺負他，是他自告奮勇要的，爭取的，因為他無處可去，沒家了，沒惦記了，學校就是他的家，這扇鐵門就是他的惦記。這沒什麼不好，就是寂寞，無邊無際的寂寞，沒有事，沒有人，沒有小偷，沒有鬼，沒有生和死的浪潮，孤零的小屋像大海深處的一個荒島。因為進出的人少，大門索性關死，只開旁邊的小鐵柵欄門，每天他就幹這一件事，然後就盼人進出，望眼欲穿，望得更加孤獨，寂寞難當。偶爾，劉主任和二哥來看他，跟過節似的，過完節，日子卻更加難過，像黑被白襯得更黑。

寂寞是一把刀，時間是磨刀石，越磨越鋒利。他就這樣，被迫的，像被刀逼著似的，跟書籍產生了感情，愛上了。他甚至開始寫日記，也是因為寂寞，沒人說話，寫日記是對自己說話，和對鏡子說話一樣，但後者有點神經病。他不想神經病，所以每次有衝動，想對鏡子說話時，他就坐下來寫日記。這個過程是痛苦的，但什麼不做更痛苦，他從痛苦中去找新的痛苦，硬著頭皮去看一些書，咬著筆帽去寫一些話。慢慢的，他發現，痛苦在互相廝殺，殺敵一千自傷八百的廝殺，總的說在減少。以後，他會時常想起這個難熬的夏天，他覺得，自己對文字的特殊感情，正是從這個夏天的石頭縫裡蹦出來的。愛一個人，可能會反目，從愛到恨，有時只隔著一句話，一個眼色，一次粗心。愛一本書，一樣東西，一旦愛上，終生受益，像手藝，上身了，永遠是你的僕人。

這個夏天，他也學會了抽菸，抽第一根菸時，他想到奶奶講過的一句話：「旱菸（自己種的土菸，捲好，抽菸嘴裡，用長長的菸桿抽）是老人的拐杖，香菸（紙菸）是有錢人的手杖，抽菸是給自己燒香。」然後他天天抽菸，有時不免會想，這世上還有什麼人會替他燒香祈福呢？沒有了，親人都成了仇人，只有自己替自己燒了。這麼想時，有時他會落淚，淚光裡含著奶奶——僅有不知所終的奶奶，沒有知根知底、近在咫尺之外的母親。像父親在監獄裡無權去嚮往自由一樣，他已經無權去想念母親，因為母親那天毒打他時已經對他下了「判決書」：

「你個畜生，去死吧！我永遠不想再見你！」

玖

開學了，他發現，有人要殺他。

事情發生在新學期報到的頭天夜裡，因為是第一天，同事也是剛報到，還沒來接班，他過的是老生活，一切和往日一樣，到時間出門轉一轉，望望風，回來鎖上門——今天鐵門大開，所以也要關、要鎖——進屋洗漱一下，擦洗汗身子，用擦身子的濕毛巾又擦擦篾蓆，然後上床睡覺。和往日不一樣，他沒有馬上睡著，因為校園裡不時有響聲傳過來，一會兒是一聲冷的尖叫，一會兒是一陣熱的起鬨，他聽著覺得心裡暖暖的，欣欣的，想享受一會兒，有意抵制睡去。當然，還是睡過去了，而且，因為忙碌一天——迎接新生——累了，睡得很香。

半夜裡，他被一陣異響驚醒，聽到小鐵門在咚咚響，聲音清亮，明顯是人在敲，不可能是風吹。這有點兒異常，一般人叫門總是邊敲邊喊，但這人只敲不喊，敲得不緊不慢，有節奏，手上似乎有專門敲擊的硬物：石頭，或者鐵器。他仰起頭，衝窗外喊一聲：誰啊。外邊人咳嗽一聲，加快節奏，猛敲一陣，分明在對他吼：快來開門！他撥亮檯燈，起床，看見那本《紅旗》雜誌還翻開在睡前的那一頁，旁邊放著小開本的《新華字典》，字典旁邊是那包他已抽了三天的經濟牌香菸——如果沒記錯，裡面應該只剩兩支。

他沒有任何不祥的預感，趿著涼鞋，拉亮電燈，從牆上取下鑰匙，開門出去。小鐵門是柵欄門，看出去，外面居然沒有人影！這時他才冒出一絲驚恐，想回屋去拿手電筒，但來不及了，在他回頭時，眼睛餘光掠到一個黑影，從門內的門柱後竄出來，乾脆俐落地對他的腰肚子捅一刀，然後像隻野貓似的往校園裡逃竄，一會兒就消失在黑暗裡。消失之前，他看到對方蒙著紅色頭罩——好像一塊紅領巾，中等高的個頭，身材勻稱，腳步輕快，年輕人的樣子。

起初，他並不覺得痛，以為只是挨了一拳，沒有受傷。突如其來的襲擊把他嚇得有些神魂顛倒，他還在想，對方身上怎麼有股氣味，一種生石灰的氣味。還有，他半夜三更趕來揍自己，青紅皂白不問，只揍上一拳就走人，好像在刷任務似的，抑或是搞錯人了？他覺得這可能性很大，因為他沒跟學校裡任何人紅過臉，大多數人認都不認得，怎麼可能仇恨到這地步，熬夜來揍他？一定搞錯了，他這樣想著回到屋裡，燈光像照亮了他的痛，他下意識低頭看，壞了！血已經染紅半件白背心，滲透短褲，從褲腿邊滲出來，順著大腿內側往下探。這時他才感到開腸破肚的痛，痛得像被截掉雙腿，一下軟倒在地上，血隨即也淌到地上。他用手捂住傷口，血從指縫裡冒出來，既燙手又洶湧，像開了鍋。他嚇壞了，於是大聲呼救，喊叫，叫得昏過去也不見動靜。在昏厥之前，他猛然想到屋門口有隻電警鈴，開關的拉線就在床頭。他不知道自己是怎麼爬到床頭的，但聽到警鈴響了，那是他最後一絲意識。

如果早一天，學校夜裡空的，只有一位值班老師，老師對警鈴不一定敏感，如果老師睡得死，聽不見，他只有等死。希望繫在一個人身上總不牢靠的，從學校到最近的鎮醫院（他乾爹的醫院）有將近三里路，即使老師沒睡著，來救他，沒幫手，要人沒人，要車沒車，一個人弄他，十有八九也是死，死在半路上。刀子從腰肚邊進去，深入十幾公分，刀尖剛好挑破肝臟輸出來的一根動脈，如果不能在一個小時內得到搶救，他必死無疑。好在已經開學，一堆人聽到警鈴，管食堂三輪車鑰匙的師傅也回校了，他在第一時間被送到醫院搶救，總算保住性命。

劉主任當天在縣裡開會，沒有來，第二天來的時候，帶了派出所民警。這不是一個普通的性命，這是一個英雄榜上的知名人物，家喻戶曉的，他的性命連著革命的尊嚴和聲譽，不能等閒視之，必須查個水落石出。而他，此時其實已知道兇手是誰，是醫生告訴他的。醫生一般喜歡誇大病情，昨天晚上，醫生來查房時特別指出，他的傷勢有多少嚴重，其中提到他的傷口是三角形的，創口大，粉碎型，難癒合。為什麼會這樣？因為捅他的刀子非一般刀，而是一種專業凶器，刀刃呈三角形，且刀面一般都帶銼，俗稱三角銼刀。當醫生這麼說時，他鼻子猝然聞到一股生石灰味，這也是那天晚上他從凶手身上聞到的氣味。憑著三角刀和生石灰味的特殊視角，再去回望那個消失在黑暗裡的年輕身影，他一下認出那人是誰：

是他二姐對象！

篤定！

他想，一向對自己疼愛有加的母親都要將他往死裡打，更何況大姐、二姐、小妹，她們從小就是自己冤家，他享盡了獨子的養尊處優、稱王作霸，她們受盡了因他而天生矮人一等的欺凌、白眼、不公。三姐妹中對他最恨的是二姐，因為大姐大了，井水犯不著河水，反而好處；小妹認了，年齡和性別都處弱勢，自認倒楣；唯有二姐，年齡相近，境遇卻有雲泥之別，天地之差，令她積冤甚深。以前有父母罩著，有冤不能伸，現在他成了全家叛徒，冤到頭了，可以伸張正義。當然自己畢竟是個姑娘家，不宜也不一定有能力報仇，所以派出對象下手，並配給凶器——父親的三角銼刀！

他見過二姐對象，二十來歲，是個泥水匠，一身蠻力，估計人也是蠻的，二姐指使了就上，不究竟，不躲閃。他們一定早想下手，只是想避開風頭和視線，嫁禍於人，所以一直熬著，熬到這一天，羊圈裡擠滿羊，他就混進來，迫不及待的，多一天都等不得。他行完凶往校園裡跑，就是想轉移視線，混進羊群，找替罪羊。想不到，這頭披著羊皮的狼不但凶殘，還狡猾！陰險！如果劉主任早一天來查問，自己如實反映情況（年輕人，往校園逃），民警極可能被誤導，去師生中找凶犯，說不定還釀出冤假錯案。現在好了，他心知肚明，就看自己要不要絕情，扒下他羊皮。他猶豫著，鬥爭著，痛苦著，在民警打開筆記本時，心裡還是空的，亂的。靈感，在民警開口問第一個問題時從天而降，他把從凶手身上聞到的生石灰味改成油漆味，這樣避開了真凶——他不致於絕情，公安也不致於去師生中尋凶，避開了冤假錯，堪稱完美。唯一不足是給自己留下了恐懼，他擔心二姐對象捲土重來，這恐懼像潮汐一樣總是趁黑而來。於是，當傷癒出院後，他做的第一件事是去五金店買了一把殺豬刀，一尺多長，刀尖像筍尖一樣尖，握在手裡，沉甸甸的，血自動往手柄上湧，像通血的。

拾

當他拿著用報紙捲的尖刀再次回到學校門衛崗位後，原先優哉游哉的狀態一去不返，身心都變得繁忙起來，心裡有了敵情，有了警戒，有了狗洞，黑黝黝的夜闌裡有了神出鬼沒的幽靈、鬼魄，風聲雨絲裡有了卑鄙，有了流氓地痞，有了陰沉沉的晦氣，月光投在窗簾上的影子，被鑲入月黑風高的夢裡，書本裡的字字句句，一針一線似的，被細細密密地織進心思裡，都是心事、煩憂、疑懼。這樣，心是夠累的，又空又滿的累，像隻風箱，風進風出都是力氣。而身子，是實實在在的更累，因為他開始練上拳腳，沒有師傅，器具倒是一系列，擴胸器、臂力棒、石鎖、啞鈴、槓鈴、吊環等。門衛室張羅這些器物名正言順，是務正業，可以明明地收羅，你採一樣，他尋一件，有心就有了，慢慢的就結集了。他天天練，空了就練，越練越來勁，練出門道了，生出感情了，哪天不練反而骨頭脹，肌肉瘦，心癢。一年後，他去參加入伍體檢，衣服脫光，一身腱子肉暴露出來，把全場人驚呆了，那肌肉，那身板，結實得子彈都打不穿。

入伍有規定的，年滿十八周歲，他嚴格講還差幾個月。但有劉主任替他周旋，上面打招呼，下面出證明，給他補上幾個月，小菜一碟。大問題是他胸前和腰肚上的傷疤，那是再厚實的肌肉也蓋不住的，如果不講政治，在僧多粥少、淘汰率高達百分之九十的嚴峻現實面前，兩道疤就是兩把刀，都是要他命的。如果不講政治，鎩羽而歸就是他的命。醫生是不講政治的，也不講審美，眼睛只用來挑刺，對他厚實的胸大肌、漂亮的人魚線、八塊勒形的腹肌視而不見，對兩道疤是放大的看，看了又摸，摸了又問，到頭來就舉起「刀」砍下去，在他體檢表上打下一個猙獰的叉，結束了他光榮參軍的步伐。好在劉主任兼著人武部長，想幫他，便去同負責招兵的軍官講政治。講政治，這兩道疤是有革命榮譽的，一道凝結著他敢於向反動家庭宣戰、追求真理的豪邁勇氣，一道體現了他愛崗敬業、敢於和階級敵人殊死搏鬥的犧牲精神。

軍官當然是講政治的，聽了他的榮譽故事，抽出時間，叫上隨隊軍醫，在下榻的招待所接見他，對他兩道疤進行複查。衣服脫下來，肌肉亮出來，軍官和軍醫的眼睛都綠了，像摟草瞅見兔子似的。軍醫看了、摸了、問了兩道疤的情況，軍官旁觀旁聽，不等軍醫彙報，心裡已經有底，有話頂上來，有施令的衝動，便上前對準他厚實的胸脯擊一拳，爽爽直直地發布軍令：

「這身板，百裡挑不到一，守一扇學校大門太可惜了，應該去守祖國的大門！」說著一把握住他手，是施恩的快意和慷慨，「行了，你的情況我都瞭解的，回去等通知吧，我會第一批錄取你。」

玻璃窗上蒙了一層灰，伸在窗洞裡的一堵粉牆，和一頂綠色樹梢，既清晰又模糊，像浸在水裡。水——！他感到自己的手躺在一隻巨人手裡，熱烈得軟了，化了，化作了水，盛到眼眶裡，滿滿的一眶，心底是一片滿滿的、被釋放的恐懼和委屈。這一刻，他徹底有一種被掏空又填滿的感覺，要不是軍官適時放開手，保不準他會倚上去，趴在他肩頭，放聲哭。但軍官很忙的，也很粗心，忙和粗心是連在一起的，注意不到他眼眶裡的波瀾，更不會去注意他心裡的波瀾。他俐落地放開手，對軍醫一揮手，大步流星走了，如外面排著一火車人在等他握手。

九天後，一個初冬初冷的日子，他和縣裡兩百名新兵，會同省內其他縣市的新兵，在杭州城站火車站登上一列新兵專列。天色向晚，綠皮火車像一條巨型長龍停靠在月台上，款款深情，遲遲沒有鳴笛啟程，為告別送行的人留足時間。他沒有告別的人，又是縣裡名人，縣裡但凡來送行的家長，都想認認他，是敬還是不恭，居心是猜不透的。他不想猜，更不想當熊貓被人圍觀，早早鑽進車廂，尋好位置坐下，做起觀眾。放眼望去，人頭攢動，有的三五成群，有的成雙成對，有的整齊列隊，有的圍成一圈，有的孤單散落，有的穿來梭去，哭的哭，笑的笑，唱的唱，跳的跳，沸沸揚揚的，嗡嗡嚶嚶的。

他只看著，茫茫地看著，無依無托，無思無想，不悲不喜，心空如洞，血涼如水，木木的，像一個孤魂，如一片落葉，任憑風吹著，光照著。光是晚色的霞光，黃黃亮亮的，蓬蓬鬆鬆的，從一邊（西邊）居高臨下壓過來，正好向著他，從各人的腳杆裡鑽出來，貼著地面淌，水一樣的。有一會兒，他的目力完全鑽到人的腳杆裡，在捕捉腳杆與腳杆間撲朔迷離的光影變幻，似乎在逃避什麼，又幾乎是自然而然的。突然，他的目光一下被拉起來，一個熟悉的身影從腳下往上亮出來，亮出一張粉嫩的圓臉，紅撲撲的，撲面而來。他沒有一下子認出她，又是一下子認出來了：

是小妹！

他小妹！

她怎麼來了？來幹嗎？他像看見了自己尾巴，頓時慌起來，縮回頭，只怕被她看見。他知道，她一定在找自己；他更知道，自己一定不能讓她找到，找到就捅婁子了。他想自己是因為拋棄了反動家庭才破格參了軍，她來找我送我說明什麼？我跟家裡沒有徹底決裂，或者明裂暗不斷，藕斷絲連。這不給他潑髒水嘛，找麻煩嘛，明明是裂過芯了，斷到根了，她神經病，給他來惹是生非，添堵！

他心裡堵得慌，眼睛盯得緊，注意她會不會發現自己。她的樣子像是沒發現，不知情，左顧右盼，時而遠眺，時而回眸，心是亂的，目光是散漫的，沒有方向，無焦點，即使走到他的車廂邊、車窗外，依然在遠眺亂瞅。她第一次從車窗外走過時，他看著她漸行漸遠的背影，心中憤憤不平地想，為什麼這麼多人偏偏要多出一個她！他希望她就此別過，不要再出現，再回來。但她偏偏又回來，老樣子，顧顧盼盼，望眼欲穿的。她是羞澀的，膽怯的，只用眼睛找，不開口問，似乎承認自己是根見不得人的尾巴，不能驚動他人；又似乎相信這樣一定能找得到他。就這樣，她一遍遍找過去，又一遍遍尋回來，亂得像無頭的蒼蠅，可笑又可憐，可悲又可恨。

起初，他如吊在懸崖上，心眼裡被跌落的恐懼填滿，她擠不進來，即便近在咫尺也遠若天涯，黑影一樣，只有綽約的輪廓，見不到容貌。後來，他料定她已尋不見自己，便放出膽子察看她。他已有一年多沒見她，分明覺得她個子高挑了，見身段了，面孔粉嫩了，有光色了，嘴唇嘟嘟的紅，像憋著一腔話，憋紅的。天已經風冷見寒，她穿的是一件單薄的嗶嘰布秋衣，看上去讓人替她冷。她頭髮紮成兩條辮子，但不知什麼時候一根辮子脫了紮頭繩，頭髮散開來，叫風吹亂，後面看有些難看，是狼狽相。她手裡時而拎、時而挎的是一隻藏青色的布袋子，塞得鼓鼓脹脹的，不知是什麼東西。他想，會不會是一件她給他織的新毛衣——她從前說過的，等她掙了錢，要給他織一件新毛衣。

天色見晚，陽光同落潮的水一樣的，逐漸退出月台，月台上甚至有些暗色，人也逐漸稀落了，嘈雜、嗡嚶的聲相隨即被轉移進車廂。他心情越發放鬆，有一群人在替他作掩護，她卻必定越發急焦了，腳步明顯加快，又顯明乏了力道，顯出一分飄，但目光照舊繃得緊，彈得遠，追著什麼；在黃昏暗色的襯托下，她的眸子甚至放出一道明光，更亮了。終於，一聲哨響，刀切似的，把遠行的人一齊喚進車廂，月台上只剩下送行的人。這些人又都被車窗吸著，分頭簇擁在各個車窗外，駐足引頸，一下把她孤立出來；她照舊在穿來梭去，照舊是一副追尋的目光，照舊是單薄的衣裳、負著鼓鼓囊囊的布袋，而頭髮則被風吹得更亂蓬蓬了。

隨著又一聲長哨音，火車不可思議地哐當起來；它停了這麼久，你以為它是不會動的，卻是一聲哨音推得動的，一動百動，一哐當連著兩哐當、三哐當……逐漸有了速度，有了離別的眼淚和喧囂。似乎是配好的，幾乎每方車窗外，總有那麼一兩人，大多是年輕姑娘或年老的婦女，似乎是被咣當聲牽著、引著、吸著，會跟著車輪小跑一會——從車上看下去，前後連著一排，壯麗成一景。他終於如釋重負，以為不會再見到她，她卻又在跟跑的人流中冒出來，她跑得比誰都快，而且久，一方方車窗都在追，都在探，都在望。那麼多人，只有她一個人一直在持久地跑著、追著、望著，望穿眼，跑斷腳。這幾乎又是一景，但更像亂世中的一景，她在跑動中披散的頭髮、拖地的布袋、狂躁的步伐、絕望的神情，徹頭徹尾透著一身風捲殘雲的悲涼和淒慘。

這一刻，出現在多年後的回想中，他是每每要落淚的，但現在遠不到時候。

現在，他落下的不是淚，而是心。這心，剛才一直懸著、吊著、懼著，現在可以，終於可以，完全可以，徹底放下。他想，即使她插上一對翅膀，也絕對追不上自己啦。為此，他感到歡欣，喜悅，激動，是躲過一劫的滋味，芯子裡是慶幸，是感恩。這滋味——歡欣、喜悅、激動，隨著火車加速而變得更加熾熱、強烈、濃厚，當火車駛出城區，行駛在開闊的錢塘江上，落日的餘暉華美地鋪張在金色的江面上，彷彿在有意襯托他欣喜激越的豪邁心緒心境，使他一下有種醉的感覺，失控了，淚水禁不住奪眶而出，刷刷流下來。這淚是早在眼眶裡含著的，那天軍官握他手時就含著，一直蓄著，都滿到邊口了，早在伺機開閥洩洪，這一刻可謂恰逢其時。

這一刻，是從他兩次瀕死的傷口上長出來的。

這一刻，是他用父親的八年牢獄之災換來的。

這一刻，是他用親人血水、淚水澆灌養大的。

這一刻，是他多年後要羞愧死的，但現在還不到時候，遠不到！

現在，他覺得，這一刻是頂點，也是起點，是天幕，也是壕塹，把他的過去和將來徹底隔開了。因為隔開了，所有過去和過不去的，都過去了，他要的就是這一點、這一刻——把過不去的過去隔開。火車越往前開，開得越快，他覺得隔得越開、越遠，遠到合不攏，回不去，一去不返。為這一刻，他情願流乾每一滴淚，一輩子的！當然，這是喜悅的淚，幸福的淚，激動的淚。這一刻，他是多麼喜悅啊，幸福啊，激動啊，多得他年輕的心盛不下，撐不起，包不住，甩不掉，連飛奔的火車也甩不掉的，像窗外漫天漫地的金色的晚霞，又如滾滾車輪下源源不斷的鐵軌。

庚　我們．長恨歌

壹

我回來了，既是從「他」回到了我，也是從一個黑色家庭來到一個紅色大家庭，革命的大熔爐。紅旗飄飄，軍歌嘹亮，我在這兒必將更明亮。我頭上插著對反動家庭六親不認的大紅旗，心裡舉著對革命事業豪情滿懷的紅纓槍，嘴裡背著毛主席語錄（一整本倒背如流），肚皮上刻著反動勢力妄圖暗殺革命小將的榮譽傷疤，皮下鼓著敵人子彈擊不穿的肌肉。我是用這個年代的紅色意志鍛造的標本！楷模！一身上下，從頭到腳，表面裡子，都符合廣大革命群眾的審美。我是時髦，是弄潮兒，是時代的號角，走到哪裡無不受到愛戴追捧。尤其在軍營，一片被濃縮、強化的革命前沿陣地，我的美被成倍放大，紅更加紅，紅得發紫，美加倍美，美到令人驚豔，令人眼花。

瞧吧——

紅色尖兵
先進個人
五好戰士
學習雷鋒標兵
優秀共青團員
預備共產黨員
學習毛主席語錄積極份子

這些榮譽，合配著這些職位：文書，副班長，班長，代理副排長，副排長，排長，副指導員……諸如此類，多數戰士一輩子的金色夢想，一輩子都可能得不到的功名，我只用了不到五年時間，盡收囊中，包攬一身。

我的大體會是：只要主義真，思想紅，敢於鬥爭，樂於奉獻，用毛澤東思想武裝自己頭腦，將無產階級革命進行到底，天下沒有攻不破的堡壘，美帝蘇修都是紙老虎，牛鬼蛇神只是小把戲。小體會是：越努力就越幸運，有付出就有回報，像農民耕田種地，種瓜得瓜，種豆得豆，一分耕耘，一分收穫。相比農民躬耕田園，我的收成來得快又多，像在池塘裡抓魚，又如在甕中捉鱉。我不靠天，不靠地，不靠山，不靠水，靠的是一顆紅心，一顆赤子之心，和一腔勇於凜然滅親的大無畏熱血。

熱血是不是有涼的時候？

有的，正如月有陰晴圓缺，我有被陰影籠罩的時候，暗自神傷的魂不守舍之刻，孤寂難眠的漫漫長夜。這時候，我會想念奶奶、母親、大姐、二姐、小妹，她們都是我至親、血親，打斷骨頭連著筋的；有時我也會想起父親，想自己算不算孽子、我該不該這麼待他、他有沒有在恨我、奶奶會不會在天上罵我，甚至罰我。但總體說，這些都是零星偶發，彩虹閃電一樣，來得少，去得快，羞愧、懊惱、懺悔更是如影子一般飄渺。無論是天時（年齡）還是地利（軍營），都遠未到我審視自己過往得失的境遇。軍營是年輕人拚搏戰鬥的沙場，是催人奮發向上的熱土，我恰逢其時，恰得其所，滿心歡喜，熱烈得如剛出閘的洪流，唯有奔騰的豪邁，向前！向前！根本無暇回眸凝思。

說實話，頭些年我跟雙家村無一絲半兩瓜葛，那個生我養吾的千年古村，彷彿一塊巨石沉入大海，對我來說，是樂見其成（沉）。我只有聯繫過兩個人，一是公社劉主任，二為二哥，都是我恩人，他們也以我恩人自居，便逐漸疏遠下來。恩情是有重量的，俗話說百步無輕擔，負重而行總是行不遠。我們之間的通信在維持一年左右後，無疾而終，然後有兩年時間，我和家鄉音訊全無，無到令我不安，莫名地暗生疑懼，似乎處於一種危急狀態，吊在崖壁，命懸一線的樣子，隨時會墜崖，粉身碎骨，死無葬身之地。

有一個人就在這期間突然冒出來：蔣琴聲！給我寫來一封長信。她在幾年前（初中畢業）回到省城讀高中，高中畢業後又以知識青年下放到我們村，一舉雙得，一邊接受貧下中農教育，一邊照顧老邁的外婆。我們不曾有過私情，片言隻語都沒有，但好感、曖昧或許有一點，尤其她在公社禮堂裡贈我的那個世紀仰天長笑，是我今生這世收到的最感天動地的禮物，感動得我願意為她死。

她在信中首先陳述，她是怎麼有我地址的。有一天她在禮鎮街上看到一頂佩五角星的軍帽，那時街上穿軍裝的人多了去，佩五角星的軍帽卻難得一見，她馬上想到我，即使發現不是我，依然上前攀談，向他打聽我。他是當年兩百名新兵之一，知道我和他是乘同一列火車去參軍的，只是下了火車後各奔東西，被分到不同部隊。但總歸是在同一支大部隊裡，所以信心十足，滿口應諾回部隊後一定打聽到我地址告訴她。她也從他來信中大致瞭解我在部隊的英名業績和光輝前途，表示非常高興並熱烈祝賀。然後筆鋒一轉，問我：你知道我今天去幹嗎了？

去參加我奶奶葬禮了！

奶奶失蹤已快十年頭，因為是「朝天椒」（紅房子裡的冤家）提供的一面之詞（從渡船上跳江自殺），加上確實不曾有進一步的證實，哪怕一隻鞋、一片衣服都沒搜到，阿山道士一直激勵我們別放下奶奶。他說，奶奶一生信佛拜菩薩，決不會這麼不要臉地走，連個葬禮都不要，這麼潦草地了結自己。生死是天大的事，這是天大的失節之事，是求神拜佛者的大忌，奶奶這麼要體面，這麼正派、正義、守道之人，絕不可能走這「黑路」。阿山道士堅信，一再強調，並反覆安慰我們，奶奶絕沒有死，只是暫時消失，興許躲在某處在修行求道，某天得道了自會歸來。但這一天遲遲不來，終是不來，他等到了恨，等到了絕望，等到了自己大限之逼近。

就這樣，他選擇這個日子，給奶奶舉行了隆重葬禮。

這天是中元節，七月半，俗稱鬼節。據說這一天出殯，如正月初一出生一樣，乃黃道吉祥，生而有福，死而有靈，是最易成人得道之吉日。道士提前三天通知奶奶的各路親人親眷信眾，把奶奶早備好的壽材新漆一遍，將奶奶穿戴過的衣裳、鞋子、圍巾、帽子等，用過的枕頭、棉被、門栓、筲箕、棉絮等一系列物件，做了一個奶奶的遺體（筲箕做頭、門栓為身），然後以最莊重、隆重的方式做道場，行法事，入殮、出殯、哭喪、安葬、安魂，樣樣齊備周全，陰陽得法。蔣琴聲告訴我，出殯時我母親、兩個姑姑及一眾後輩哭得死去活來。意外的是，她聽到哭聲中有人在代我哭喪——以死者孫子之名——口口聲聲呼叫著奶奶，訴說著自己不可名狀的悲痛。

蔣琴聲寫道：「那是個極其蒼老殘破的聲音，上氣不接下氣的又哭又喊，顯得格外悲悲切切，慘不忍睹，叫人撕心裂肺，肝腸寸斷，害得我也不由替你哭起來。後來我外婆又叫我替她哭（她外婆和我奶奶是老姐妹），說真的我也哭啞了喉嚨，回到家就禁不住想給你寫這封信。」

那個替我哭的蒼老聲音是阿山道士，我們雙家村所有死者都由他送入冥府，你不知道他這輩子曾多少次替死者做過道場，送他們上冥路。但你知道他一向不哭的，哭也是假哭，他把這當工作，當生財之道，做得風生水起，絕不會痛哭流涕，這是唯一次。正因此——前所未有！他的痛哭激發了當時道場上包括蔣琴聲在內的眾人悲傷、痛哭。「哭聲像洪水一樣大發，一度亂了場子。」蔣琴聲最後寫道，「我認為，這足以彌補你奶奶沒有遺體的遺憾，只是我不知你會不會為此遺憾，由他人代哭？」

我針對這點給蔣琴聲回信（這是我入伍三年多第一次給雙家村寫信）：

我非常遺憾。非常非常！因為奶奶是世上最疼愛我的人，也值得我一生去愛，但我卻錯過了她葬禮，錯過了她一生中最重要的一次哭。我心中充分領受了阿山道士和她的恩情，萬分感謝，只是不知該如何感恩，如何還他們情。

在下一封來信中，蔣琴聲告訴我，在送走我奶奶後的第四天，道士先生也踏上了不歸的冥程。他本是風中殘燭，哪能受得了這麼大悲大痛？我想，他是深悉死亡暗道的人，他該明白，自己是受不得這大悲巨痛的。我進而想，興許他這是有意為之的，為的是給奶奶補一個體面，給自己一個善終。

給我什麼呢？

一個警示嗎？

貳

蔣琴聲直到一九七七年底考上大學（金華，浙江師範大學中文系）才離開雙家村，其間我們一直保持通信，信越通越勤，像河流似的，越往後流量越大。她向我講述了雙家村所有與我有關的人和事，甚至無關的也說。她說（寫道）：「你在外越出息，越往高處走，雙家村就越是你的家鄉，這裡的一切都跟你有關。」但我更寧願無關。有時我以為，她是站著說話不腰疼；有時，我覺得她一直沒變，至少在我面前，依然那麼驕傲，那麼好為人師，那麼想指導我人生，教我如何追上她。後來（一年後）我小妹也加入她的行列，和我嘀嘀嗒嗒起家裡的陳芝麻爛穀子。說實話，我確實不想知曉，但她們確實讓我知曉了，我家裡家外的情況，兩位姐姐的起落浮沉，和母親及小妹自己的含辛茹苦。

總的說，我家裡的人一個個在離散，秋風掃落葉一樣，落葉被風捲著，掃著，由不得自己不離不散。最先離去的是外公外婆，他們雖有三個女兒，卻一直最疼愛我母親，因為她最為不幸，嫁了個潦坯為夫。他們平時不大來我們家，因看不慣父親，話不投機半句多。但那天後，他們搬來我家住，忙上忙下，顧左顧右，成了家裡頂梁柱。那天，父親去坐牢，回不了家，我被母親開除「家籍」，家裡從此無男性，他們不得不頂上來。

小妹說（寫道）：「那天外公回家時，雙手沾滿了母親打你時濺的血，一隻手像在血水裡浸過，另一隻也有不少血漬，都已乾透，結痂。他不用水洗，用平時擦鼻涕的手巾擦拭，蘸著口水擦，反覆擦，擦得很絕望的樣子，拭得乾乾淨淨，然後把擦髒的手巾和母親血漬斑斑的外套一起丟進陶盆，灑上煤油和石灰，點火燒了，燒成灰燼後又摻上水，把它們倒入豬窠裡，一邊對豬講，這人是你們投胎的，今後就讓你們陪他吧。」

外公就這樣拋棄了我，把我當豬處理了，詛咒了，有儀式，有法度，有講究——從阿山道士那兒學的嗎？據說，石灰和煤油都是法物，是咒符、鎮器，要的是我不得好活，永遠困在水深火熱中，不得投胎轉世，不得做人載物，只能做孤魂野鬼，一身無術，一生無友，務事敗，任人欺，永世不得翻身，不得變法。外公生性和善溫厚，這已是他刻薄的極限，窮凶極惡了。

外婆自進我家門後，一直沒出過門，天天在屋裡院內、樓上樓下忙碌，擦桌掃地，洗衣滌被，洗菜燒飯，菜地裡種菜、拔草、除蟲、摘菜、割蔥，豬圈裡給豬餵食、清掃豬窠，幹不完的活。幹完了活，她哪兒不去，誰都不找，只待在豬圈裡，跟豬說話，更多的是罵，罵我，好像我真成了一頭豬。如果說外公恨我，外婆就恨死了我；如果外公恨死我，外婆就恨不得要扒我皮，鞭我屍。這就是我外婆，比外公凶，因為凶而孤獨，而脆弱，而經受不了生活的打擊，不久便病翻了，臥床不起，茶飯不思。預感來日不多，外公帶外婆回自己家，去等死。靈得很，只一個多月就等到了，相隔六小時後，外公也撒手西去，像有上蒼安排，兩人修成正果，結伴歸天。

小妹說（寫道）：「外公外婆對自己的死是有預感的，在他們回自己家前幾天，他倆經常待在豬圈裡對兩頭豬罵，說他們死了不准牠們通知那畜生（我），說你（我）早死了，他們不要一個死鬼來送葬，晦氣！」

我自然不知他們死，知道也不會去給他們送葬。外公外婆，你們多慮了，老糊塗了，你們不知道，這個你們一向最疼愛的外孫，此時正鬥志昂揚地奔赴在革命的康莊大道上；他是從革自己父親的命起家的，外公外婆的死又算得了什麼？你們的死正好給他鋪平道路，可以輕裝上陣。革命讓他深深懂得一個道理：一個人無法選擇自己出身，但有權並可以選擇自己出路，既然自己出身在一個黑暗的反動家庭裡，他必須一刀切，斬斷情緣，大義滅親，趕盡殺絕，不遺後患。這是一種致命的疾病，他卻利用這疾病，讓它變成槓桿，令人絕望地撬起一條不歸路。

第二個走的是我大姐。大姐本是年輕漂亮，遺傳了小姑的美貌，要臉蛋有臉蛋，要身材有身材，是村裡有名的「一枝花」。我在村裡時，曾多次無意間聽到一些輕佻後生對大姐的背影講下流話，口水滴答流的樣子。也仗著漂亮，雖然家庭倒灶，聲名狼藉，卻照舊有不少追求者——這叫色膽包天嗎？面對不少追求者，大姐自有選擇權，最後選的是個異鄉人，安徽人，出省了，家在路遠迢迢的黃山腳下。但其實又是沒家的，因為他家不種田地，「種」蜂蜜，是一戶祖傳幾代的專業養蜂人，四鄉為家，尋著花走的，跟著蜜蜂飛的，像盲流，如候鳥。那年，嫩黃的油菜花開滿山野的時候，這戶人家老小三代，拉著三輛雙輪板車，有些浩浩蕩蕩，更是嗡嗡嚶嚶的，出現在我們村莊外頭，在田野裡搭起帳篷，擺出蜂箱，早出晚歸，漫山遍野追尋著花花世界。

大姐也是「一枝花」，被一隻「大蜜蜂」追上了，「大蜜蜂」比大姐小一歲，但打小跑四方，見多識廣，膽子大，嘴巴甜，會哄人，懂追人。不出一月，車隊開拔的時候，隊伍裡多出一個人，就是大姐。

難道大姐真是被「大蜜蜂」的甜言蜜語哄走的？當然不，據小妹說，儘管當時家裡倒灶了，但追大姐的年輕後生仍舊多，排成隊的。自古及今，重金之下必有勇夫子，美人面前必有傻小子，不計得失的，不講門戶的。那麼多追求者，她偏偏捨近求遠，選一個外省人，挑一個浪跡四方的「大蜜蜂」，小妹說，就是因為她討厭被熟人嚼舌頭，她要在流浪中忘卻家庭罪名，洗乾淨自己。

無疑，這是聰明的選擇，只是對母親和二姐和小妹不公。

小妹說（寫道）：「大姐走，村裡誰都不知道，像做賊似的，讓人嚼夠舌頭，也讓我們耳朵受夠折磨，被各種流言蜚語磨起繭。」

大姐走後，家裡只剩小妹和母親。二姐本來就少回家，她是裁縫，十二歲去鎮上學藝，小十年下來，已是鎮上數一論二的裁縫師，名聲在外，不愁生活。小妹說，自父親坐牢後，二姐一列不接自己村的生活，是躲的意思。惹不起，躲得起。她有這個條件，可以用剪子、針線把自己裁成、剪成、縫成跟這個家名存實亡的關係，長年不回家，偶爾回也是來去匆匆，公事公辦的樣子。她回來僅一件事，給母親交錢。母親每個月都要去探監看父親，一百多公里路程，轉兩回車，搭一趟輪船，來回盤纏全靠二姐供。她是家裡當時唯一見得著收入的人，也是唯一讓人忌憚的人。

一次，蔣琴聲找我二姐去做一件的確良襯衫，發現左右袖子釘反了，蔣琴聲很生氣，找上門，指責二姐說：「都說你手藝好，就這水平，不怕人笑掉大牙。」二姐做人的水平頓時體現出來，既不窘也不迫，只是哈哈笑，說：「還不是因為你長相好，想多看你一回。」不少人說，我二姐最像父親，長得像，人也像，眼睛會笑，嘴甜，哄人的水平比針線活好。不同的是，她打小沒人寵，不像父親被寵上天。家裡的地位她最尷尬，上面有姐，下面有弟妹，她怎麼說都是多的，尬的，所以打小吃冷眼，坐冷凳，得不到顧惜，所以早早（十二歲）被送出門去自謀生活。因此，她生活能力特別強，能吃苦耐勞，有主見，早早在外面自己找了對象，對家裡則沒有特別深的感情，包括對我也下得了手。我見過她的泥水匠對象，是個沉默又冷漠的人，有些凶蠻，不過在二姐面前只是個奴才，一切言聽計從，唯命是從。這也是父親的水平，把母親哄得情願為他死。

小妹說（寫道）：「直到那時我才知道，二姐是家裡唯一靠山，雖然她不在家裡待著，但對那些想欺負我們的人來講，她又是無時不刻不在的。她把父親的三角銼刀送給她對象，讓他別在腰上，端一張冷酷的臉，在村莊裡走一圈，連狗都避著他。就這樣，替我和母親撐起一頂保護傘。」

眼看好端端一個家，坐牢的坐牢，決裂的決裂，死的死，逃的逃，凋零成不像樣，母親也不想撐了。大姐走後不久，她很決絕，賣掉家裡所有牲畜和值錢的家當，捲起鋪蓋，帶著小妹，去了父親坐牢的縣，在監獄附近鎮上擱下來，討生活。這樣至少可以節約去探監的盤纏，一個月一次，以前要花光二姐起早摸黑掙來的血汗錢，現在可以省下來，攢起來，給她將來備嫁妝。母親的這個選擇，是破釜沉舟，拚命了，拚了命也要確保父親活著出來，重振家業，並指望小妹能招婿上門，給咱家傳遞香火。

「只是我們實在太苦了。」小妹說（寫道），「開頭半年，我們過著比叫化子還要可憐的生活，住沒有窩，吃沒有下一頓，天一亮就四處討生活做，掏糞坑，掃大街，做保姆，拉板車，到工地裝貨、卸貨，去醫院賣血、給病人當護工，等等。總之，除了沒有要飯，只要能吃到飯，我們什麼事都做，什麼罪都吃。」

直到後來，因為經常去監獄，認得一個管事的獄警，是個厚道人，可憐這母女倆，定時給她們排一些被褥洗，算是有一份相對固定的收入，日子才一點點好過起來。所謂好過，不過是不忍饑挨餓而已，體面和尊嚴是一絲沒有的，連鎮上的狗都瞧不起她們。狗還有主人和熟悉的狗友，她們什麼也沒有，人生地不熟，天涯淪落人，如喪家之犬，流浪野貓。這裡是海邊，是平原，連空氣和月亮都和山區不一樣，認不得她們，她們也不認得它們——空氣是那麼黏稠潮濕，跟待在豬圈裡似的；月亮是那麼圓大綠亮，跟鑽在鏡子裡似的；遠方的地平線是那麼遠，月光陽光都追不上。

參

紅旗依然飄飄，軍歌依然嘹亮，風景依然這邊獨好。

一九七五年七月一日，建黨五十四周年之際，我紅色嘹亮的生命又迎來一個好日子，里程碑的一天。這一天《解放軍報》第三版刊登一篇千字短文〈生的偉大，死的光榮〉（毛主席為劉胡蘭之題詞），記述一位叫張中軍的山東籍戰士，在一次回鄉探親途中偶遇一老鄉家著火；百年老屋，乾柴烈火，一下子火浪滔天，他奮不顧身一次次闖入火海，幫助鄉親把困在火海裡的一家老小六人救出。正當鄉親們為這家老小脫險慶幸之際，他又一次衝進火海，卻沒有活著出來，屋頂塌下來，一根橫梁正好劈頭蓋腦擊中他頭部，名副其實的滅頂之災！事後鄉親們發現他身體已被燒焦，但裝在鏡框裡的毛主席像卻安然無恙。原來他最後一次闖入火海是為了去救毛主席像，生命最後一刻，他牢牢抱著毛主席像，匍匐在地上，用胸脯和生命緊緊護著毛主席像，其情其狀感人肺腑，催人淚下。

這位「生的偉大，死的光榮」的革命戰士是我連一排三班副班長，一個月前剛由我作為入黨介紹人（之一），介紹入黨。事發第二天，團領導派我趕赴事故現場處理後事，我於是收集到不少一線素材，回部隊後我把收集的情況寫成四千多字材料，上報團部，團部領導像打了場勝仗，將材料當供品上報師部，師部又上報，一級級報，最後不知怎麼的竟然在《解放軍報》刊登出來。刊印的文章不足千字，「老母豬」被一個叫曾念的記者壓縮成一隻「小豬崽」，但這記者有良心，沒有抹殺我，把我名字落在他之後，並賦我一個「特約通信員」頭銜。儘管以前我的名字多次上過報，但這次我是以作者名義上的，不一樣。這個「不一樣」給了我不一樣的人生。

不久，我被團政治處調到宣傳股當文化幹事，寫材料，搞報導，當通信員，儼然吃的是筆桿子的飯。吃得似乎有模有樣，可圈可點，不到一年被軍機關相中，調到宣傳處當專職新聞幹事。軍機關是個大院子，小社會，軍人、家屬、孩子、小商販、理髮的、務工的，加起來上千號人，社會上有的，如商店、澡堂、菜場、幼稚園、儲蓄所、理髮室、醫院，樣樣有。除了監獄，其他幾乎都有，包括媒婆。一天，我去理髮，是夫妻店，一對中年夫婦，女的管洗吹，男的管刀剪。女的眼尖，見我進門就問，新來的？我點頭稱是。她開始像員警一樣盤問我，部門，工種，年紀，級別，老家……問到底，角色出來了，有沒有對象？一聽沒有，她來了勁，一定要給我介紹。我心想，你一個理髮的能介紹什麼人？拒絕了。後來發現，院子裡一半姻緣都是她牽頭的，她是靠山吃山，做媒婆，占盡天時地利人和。

又一次去，她不管我拒絕，摸出一張照片（黑白，繪了彩），李鐵梅的圓臉，鳳眼，紮一根獨辮，目光朝下，似乎含著表哥（地下黨）的祕密。我心裡也有祕密，想找個革命孤兒，這樣門當戶對，不會低人一頭。她不知我祕密，還跟我炫耀，說其父是我們軍醫院副院長，拿九級幹部工資，嚇得我乖乖夾緊尾巴，收起虛榮心，婉言謝絕。總之，過程是複雜的，結果是好事多謀多磨，照片裡的人最後走進了我的家庭生活，戀愛，結婚，生子。她的名字無關緊要，年紀比我小半歲，工作是照相館攝影師。

無疑，我是高攀了。

這得益於時間，也許晚幾年，她會嫌棄我，另攀高枝。一個六親不認的人怎麼可能愛人和被人愛？這是正常邏輯。但我們相識於一九七五年冬天，也是整個非常時代的冬季，撥亂反正的春天尚未來臨，我的紅色身分尚有餘威。我至今記得，她父親知道我出身後，說了這麼一句話：

「一個不愛毛主席的人，怎麼可能愛毛主席喜愛的人？」

我的履歷足以證明，充分證明，我熱愛毛主席，而他們深信自己是毛主席喜愛的人。換句話，我們是一家人，同心同德，志同道合，定能相知相愛，風雨同舟，白頭到老。愛情的真善美不是在花前月下卿卿我我，而是在人老珠黃時仍舊手牽手，心連心，至死不渝。我抓住了時代的尾巴，騎上了一匹白馬，命運待我不薄。

順便提一下，內人父親係我同鄉，蕭山人，同是浙江杭州地區人。這是我們確定戀愛關係的一個援助，將來轉業回鄉不致於左右為難，甚至勞燕分飛。在軍營裡，老鄉是個實實在在的名詞，親人、親眷一樣的，帶著感情色彩，具有一種責任性。

就在我和未婚妻確定戀愛關係之際，河北唐山發生大地震，之後不久的一天，即一九七六年八月三日，父親刑滿釋放。父親沒有因為表現好而早一天出獄，也沒有因為表現差而多一日刑期。儘管母親在監獄做洗衣工，消息靈通，但出獄那天，母親和小妹還是在監獄門口足足等夠三個小時，才見到父親拄著一根臨時拐杖（笤帚柄），扛著一隻印有監獄字型大小的破麻袋，蹣跚著搖擺出來，像極一個吃敗仗的傷兵。母親一見這樣子就哭了，父親卻笑，一邊像八年前一樣呵斥她：

「大好日子你哭什麼！沒事，我這是急性關節炎，早晨才發作的，可能下午就好了。」

父親在監獄裡幹上老本行，做漆工，工房在地下室，長年潮濕，冬天陰冷，幾千個日子下來，濕氣像木屑被肺葉吸入一樣，從腳底滲入皮肉，在膝關節匯合，時不時因天氣陰晴和身體勞累發作。歲月總會在你身上刻下記號，這是八年牢獄留給他的永久性記號，隨著年歲見老，它將變得越來越囂張，像掉髮和白髮一樣。現在父親不到六十，尚不見老，血氣足，他有信心對付，拐杖都是臨時湊的，因為很可能下午它就被風熄滅了。倒是母親的手，讓他奇怪，這手跟八年前完全不一樣，又粗又大，四處皸裂，握在手裡，糙得像一塊老樹皮，被銼刀銼過一樣。

父親想問，你這手怎麼啦？但馬上知道這是為什麼，每天洗上百套被褥，一雙鐵手也會被磨破，長出老樹皮一樣的老繭。父親少見地撫摸著母親的糙手，罵道：「他娘的，真是苦了你了老婆。」一下把母親的苦水盆掀翻。母親的淚刷刷流，一邊哭訴：「這叫什麼苦，這是我福氣，靠它總算把你熬出來了。可恨的是我把家熬敗了，幾年沒回去，家都不成家了，小妹人也餿了，這才叫苦吶。」確實，那年小妹已二十三歲，背井離鄉，人生地不熟，要家沒家，要親沒親，要體面沒體面，連一個對象都沒談過。在鄉下，這基本上是昨日黃花，焉掉了，要當肥料葬了。

老天有預謀地下起瓢潑大雨，像是要澆滅母親的淚水和父親的怒火——母親以為，父親知道她把孩子餓成這樣，一定氣得要死，要火冒三丈罵她。其實，父親已不大有母親懼怕的怒火和躁性子，父親在監獄裡見了世面，受了教育，眼開放了，心寬大了，盛得下母親倒出的所有苦水。他聽了母親訴的苦，一點不生氣，反而安慰母親：「沒事的，我聽人講過，否極泰來，意思是苦頭吃完了，就有甜頭嘗了。」說罷，勇氣十足地丟掉笤帚柄，一手拉著母親，一手拉著小妹，衝進雨林裡，像要洗乾淨一家人的苦水，開始迎接甜的生活。

小妹說（寫道）：「那時候我覺得，有父親真好。」

肆

從後來推算時間看，父親出獄的同一天，我正好坐在火車上，帶著剛戀愛的甜蜜，欣喜地趕往省城，去參加軍區宣傳部組織開辦的一個新聞幹事短訓班。既是短訓班，時間當然不會長，只有一周，認識的人倒不少，幾十個，都是筆桿子。這些人中有一個人特別的，是當紅詩人，我早在家鄉時就聽劉主任講起過他，後來又在《解放軍報》和《人民日報》上多次拜讀過他詩作。我曾無數次想像過他的尊容，大個子，國字臉，長相英俊，舉止瀟灑……事實上卻是小個子，老頭子，五十來歲，又矮又小，骨瘦如柴，弱不禁風，像個老病號，走進教室時像被風吹進來的，擺著兩隻手，沒有腳步聲。因為人矮小，小號軍裝都顯大，像借來的樣子，穿在身上顯得一點不精神，失去軍裝的威風。他的兩隻眼睛分得很開，而且左眼似乎有點斜視。他身上唯一見精神的是額頭，方的，飽滿，亮堂，有力，跟他的年紀和萎靡的神情形成明顯落差。

他是來給我們上課，端端正正坐在講台上，臉像石頭鑿的呆板，目光斜視，身體像機器似的動作單調，周而復始，一根接一根抽菸，一篇接一篇背自己和毛主席的詩。不多久，教室裡菸霧彌漫，菸灰落滿他衣襟和桌面，菸屁股滿出菸缸，像有一桌人在抽菸。他背詩時經常背完一段，突然停下來，要我們接下一句。這一下把我從幾十人中凸出來，因為只有我句句接得上，對答如流，像跟他排演過。作為對我的獎勵，下課後他單獨把我叫到身邊，陪他往外走，一邊走一邊問了我些情況。他有隨從，是一個年輕的小戰士，一張娃娃臉，喜氣洋洋的，手上拎著一隻黑色公事包。分手時，他從小戰士拎的公事包裡取出一本他的詩集，簽了名，送給我。我激動得不行，又受到鼓勵，主動向他索要通信地址。他用有點斜視的左眼對小戰士揚了一下眉毛，小戰士心領神會，拔出鋼筆，在我筆記本上寫下一個位址。這似乎不是一個位址，而是一片土地，以後我就因為這個位址開始寫詩，寫的詩投給它；它也彷彿像一片土地，詩種在那裡，活了，長成了鉛字，長出了身價。

命運再次告訴我，它待我真不薄，儘管我薄待了那麼多人，但命運是大人，不記我這小人過。再說，很確鑿，那時我薄待人的感覺也沒有從心底長出來，那時的我沒有故鄉，沒有親人，沒有親情，對家裡的情況一點不顧念，不關心，並不以為恥，反以為榮。歲月終於不會饒人，但「終於」之過程是緩慢的，艱難的，求不得的，察不見的，水滴石穿一樣，風起青萍之末一般。

與此同時，父親、母親、小妹一行三人從監獄回家，家裡的變化之大令他們以為走錯了家門，走進了地獄——比牢房更可怕！黑乎乎，髒兮兮，灰濛濛，臭烘烘，陰森森，蜘蛛在門前窗口縱橫交錯，老鼠屎尿在地上成攤作堆，飛蛾爬蟲可以用手一把把抓，甚至有一隻死貓腐爛在天井裡，陣陣惡臭彌漫開來。像當時多數家庭一樣，我家在飯堂和堂屋前廳均貼著毛主席像：飯堂是一小張，毛主席坐在盤椅上，笑容可掬；堂前是一大張，證件照那種，只有上半身，大背頭翻出大額頭，下巴上一粒痣，炯炯有神。這幾乎是我最早的記憶，慈眉善目的毛主席像菩薩一樣，天天居高臨下看著我們吃飯、玩耍、做作業，髒了要擦拭乾淨，舊了要換新，真的當菩薩一樣待。

但這些年——六七年——我家成了老鼠的極樂世界，野狗野貓偷情撒歡的野地，牠們屙下的屎尿在黑暗中滋生出各式各樣的蟲豸，蟲豸生生不息，日叮夜啃，大軍團作戰，幾年下來，家裡千瘡百孔，滿目瘡痍，木頭被啃得血淋淋，鐵器被鏽得掉渣，窗簾毛巾這些布料被噬得碎屍萬段，連貼在牆上的年畫、獎狀、對聯、報紙等，因為是用米湯漿糊貼的，也都被啃得底朝天，風捲殘雲。別以為毛主席像可以躲過劫難，躲不過，兩張毛主席，一張沒了鼻子，一張缺了胳膊，只能和其他畫像一視同仁，付之一炬。父親在監獄裡認得一個獄友，因為燒毛主席像被判入獄。可以想像，在燒毛主席像時父親和母親一定膽戰心驚的，即使不擔心被人揭發（極祕密，不可能有第三隻眼），也擔心遭天譴。母親本是打算得空去街上再買一幅毛主席像回來頂上，但那段時間實在忙，一個破爛的家要重新開張，百廢待興，時間都不知去哪兒了，只知道可憐的一點點錢都去了哪兒：去了灶上，去了碗櫃，去了米桶，去了豬圈（買豬崽），去了鐵匠鋪（打農具）。沒錢，又忙碌，大事就這麼被耽誤了，等稍為緩過勁來，一聲驚雷震天響，毛主席永垂不朽！

天塌下來了，但日子得照常顧，柴米油鹽醬醋，樣樣不能缺，愛恨情仇悲歡離合，時時處處在生發，在起落沉浮。多年以後，母親對我講，自燒了毛主席像後，她內心一直有種不安，隱隱覺得犯了忌，擔心遭天譴，想不到他——父親——就是狠心的老天，對她下了這麼一手毒手。

父親在回家後的第一百五十一日這天深夜，給母親留下一封一百二十三個字（不包括標點符號）的信，大意是他實在厭倦過這種日子，像牛一樣辛勞，像狗一樣下賤，像黃連一樣苦，像深淵一樣看不見底，他生來不是這塊料——當牛做馬過苦日子，所以他走了，不知去哪裡，不保證還會回來，讓她們權當他死了。我後來見過這一百二十三個字，沒有一個字表示歉意、不安、負罪感，只有牢騷、欺騙、無恥。他說他不知去哪裡，其實是知道的，他去了日本，去找那個把他視為救命恩人的日本大老闆了。

大老闆其實一直通過一位旅居上海的日裔華人（是在滬求學時的老同學）在找他，並在監獄找到他，然後一直關心他，八年裡數次到監獄探望過他，贈錢送物。只是謹慎起見，保險起見，埋名隱姓，所以母親和小妹並不知情。當然，首先是父親不想讓她們知情，你不知道父親是為了保密還是欺騙，我更傾向於欺騙。我不能說父親早有預謀要拋妻別家，遠走日本，但父親不愛母親，不愛小妹，不愛大姐、二姐，不愛奶奶，不愛我，不愛這個家，這是他的本性！或是德行，至少是陋習吧。他沒有愛他人包括愛親人的能力，他是一個在愛面前的笨蛋、廢物，一個不合格的混蛋＋壞蛋！不合格是因為他貪生怕死，不夠狠，不徹底，不敢玩命。

一個母親用八年忍辱負重堅守、幾個月辛辛苦苦恢復起來的家，父親卻說走就走，不辭而別，不明去向，著實傷透了母親的心。小妹告訴我，母親一天沒開腔，木頭一樣坐在床前，手上捏著揉成一團的信箋，然後大病一場，好不容易才緩過神來，沒氣死。得知這一情況後，我的第一感覺是未名的欣喜，像意外收到一份厚禮——其實它並非未名，而是有名有實，不過是我不便出口罷了。有些話只能心想，只能意會，不能出口，出口就寒磣了。我和女友商量，決定回家去看望母親，小妹和我女友一致認為，這是我爭取母親原諒並回到她心中、回到這個家的好時機。

於是，我帶足禮物和心意，回到闊別八年多——真正叫闊別——的雙家村，期待和母親相擁相泣，言歸於好，一切重新出發，從頭開始。在十八個小時的鐵軌道上，我千遍萬遍喊著「媽」！我不得不承認，母親，儘管你放棄了我，但我從未放下過你，你一直是我的最敬最愛——也許也是最憐愛，為了補你的缺、滿我們母子之圓，我願嚥下所有情緒，接受所有屈辱。但母親把自己關在臥房裡，別上門栓，拒絕見我。我隔著破老的板壁，像個孩子一遍遍喊著媽，請求她原諒。她說：你要我原諒，必須先找你父親認錯，他原諒你後再來。我真想說：媽，你真傻！但說出口的是：媽！都這時候了，你還護著他。她說：任何時候他都是你父親。難道現在也是嗎？我忍不住說：媽，你真傻，你那麼苦等他八年等到了什麼？他心壞了，中了那日本人的邪！那時我們已知道他在日本，做了那個大老闆的座上賓，據說天天有肉吃，有酒喝。母親說：還不是你把他毀成這樣？你的狼心狗肺讓他徹底寒心了，做人托不住底了，就脫底了。

我無言以對，正如她說的：是一種徹底的寒心。我本是想來爭取她同情，結果成了她對我的批鬥會。我心裡充滿了委屈，憤然又不得不默然退下。母親繼續施加威嚴，透過樓板厲聲命令小妹，不許在家裡接待我，更不許留我吃飯過夜。我只好離「家」出走，像奶奶出走那天時的茫然，不知所措。小妹說，你去大姑家吧。我不知去向，卻又知不想去大姑家，我想既然母親那麼恨我，去找大姑豈不給她找麻煩、添是非嗎？我決定去找蔣琴聲，這些年她一直在給我通信，彷彿成了我至親。弄堂一成不變，依然那麼逼仄、潮濕，充塞著難聞的異味。母親臥房臨著弄堂，在經過前窗視野時，我回頭看見，母親立在窗前在窺視我。這是我回來後、也是八年多來第一次目睹母親身影，我立刻止步向她揮手示意。她倏地消失，一團黑影一樣，幽靈一樣，讓我懷疑是幻覺。我也懷疑母親變了個人，那麼決絕、威嚴、得理不饒人的母親，我從未見過，彷彿已變成了奶奶。

一九七七年冬季，全國恢復高考，蔣琴聲正請了病假，帶走了外婆，去了省城，躲在父母屋簷下備考。我又吃了一個閉門羹，偌大一個村莊無一處我可以訴一聲苦，歇一下疲憊至極的、坐了十八個小時列車、其中一半時間都站著的雙腳。村裡和鎮上都沒有客棧，我在大源溪邊走了一圈（只為了避人耳目），天昏漸暗才回到村莊，最後被寒冷趕進大姑家。大姑是父親的大姐，是又一個對父親無原則、無保留慈愛、寵愛、溺愛的女人——莫非是長女如母？我在對我照樣冷漠和不滿的大姑家擱了一夜，次日一早，逃似的離開了村莊，可謂落荒而逃。

伍

那天晚上，大姑全然是母親的替代，說的每一句話，表的每一層意，我都聽到了母親的聲音，心跳聲。大姑說：「都說子不嫌母醜，你怎能嫌父親壞？壞也是你老子！你的根！你的底！斷不開的。」這話母親以後也會說。大姑說：「都說家醜不可外揚，你非把自己家醜捅上天，這叫什麼人？天底下沒見你這種人！」這母親下午就這麼罵過。大姑說：「你做人脫了底，就別怪人家不把你當人看，母親不把你當兒子看。」這個母親下午已經這麼做，我已深有體會。

不管是當天的大姑，還是以後的母親，她們總是說，我是父親的骨肉，父親是給我生命的人，不管怎麼——不管他怎麼混蛋，我都不能背叛他，何況他不是混蛋，只是有些不好習氣，不是太自重而已。不自重也不能怪他，要怪奶奶，自小溺愛，所以骨子裡他一直沒長大，一直是奶奶的孩子；因為是孩子，所以我們要體諒他、寬待他，像待孩子一樣待他。而我把他當罪人看，惡人待，舉報他，加害他，她們絕對不能接受，無法忍受，即使被父親出走日本的背叛深深刺痛、傷害，也不能原諒我、接受我。她們視我為孽種、惡魔，比父親還沒有道德。父親沒有偷，沒有搶，賭博贏了錢還拿回來養家糊口，如今去日本也可能是為了去掙大錢，哪天回來重振家業。

總之，我失算了，滿懷期待而來，結果鎩羽而歸。

好在，我的人生並沒有因為母親和大姑她們對我的刻薄而變壞，跌宕，蹣跚。我依然信心滿滿，喜事連連。首先是不久，一九七八年元旦，我和相戀兩年多的女友不出意外地完了婚。請容我插一句，新婚之夜，我被醫生的女兒搞得跟傻子似的，她在黑暗中遞予我一個油膩膩的玩藝，說避孕用的，我想當然地將它丟進嘴裡，當藥吃，把一隻井底之蛙、一個談性色變的愚昧時代演得淋漓盡致——也許稱得上是個國際笑柄。然後夏季，我新婚妻子參加高考——所以要避孕——斬獲當地文科狀元殊榮，毫無懸念地被上海某名校錄取。當然，我一個注水的初中生，高考是高攀不了的，我高攀的是高爾基、高玉寶、曲波、奧斯特洛夫斯基，他們沒有上過學照樣當了作家。這是一片不需要學歷和文憑、只需生活和經歷可以耕作的田地，給我了莫大的鼓舞和勇氣。

是的，要憑生活和經歷，誰有我的生活？我的經歷？父母姐妹都還活著，卻已是孤兒一個；胸脯上挨過自己一刀，腰肚裡挨過至親一刀，上一刀下一刀，都是衝著我性命來的，但我依舊活著，活得好好！甚至是我們雙家村至今最好的。這是什麼經歷？死裡逃生？險象環生？醉生夢死？生不如死？不管怎麼講，這種經歷總是當作家的最好課程吧，何況我好歹已在報刊上發表不少文章，雖然大多是新聞報導，但也有少量詩作，苗頭是冒出來了的。不過講這些幹嗎？講這些我可以單講一部書，問題是跟「他們」相關嗎？這裡要講跟「他們」相關的事。

好吧，講「他們」相關的事，必須要說我收到妻子的第一封信。我和妻子約定，每星期通一封信，有事講事，沒事談情，互訴思念之情。她寄來的第一封信超常的厚重，一看就封存著千×萬×——是千頭萬緒？還是千嬌百媚？我希望是後者，更擔心是前者——一粒精子在我們嚴防死守中依然穿越天塹，落地生根，這類事舉不勝舉。這樣想著，我的手不由抖起來，額頭不由冒出汗，彷彿信有千斤萬兩的重沉。所以，當封口揭開，露出一張報紙的邊角時，我頓時如釋重負。

報紙是上個月的老報紙，八月十一日的《文匯報》，到我手上之前明明白白已被無數人捧過、摸過、看過、折過、藏過，有紅墨水在上面畫過圈，有黑墨水標過記號，有藍墨水寫過評語，也有鉛筆畫過圈、標過記號、寫過評語，還有貌似口水、汗水的跡斑，還有莫名的汙漬、破損等，令人遐想，看過這張報紙的人排成的隊伍彎彎曲曲，在我們軍訓的操場上排出一條長龍，人頭攢動。

可以不誇張地說，這是一張驚世駭俗的報紙，驚在有一篇小說《傷痕》發在副刊上，一石激起千層浪。作為新聞幹事，我早先睹為快，妻子因在休假（準備上大學），資訊不靈通才沒關注到。當然，另一個原因是——更直接的——我擔心她看了後聯想到我似曾相識的經歷並跟我探討，所以有意對她按下不表。果然，她返校看到它後就來跟我囉嗦了，一是希望我好好看，二是希望我認真想。想什麼？她表達得比較婉轉而誠懇，大意是我也許應該像文中主人公王曉華一樣去「撫平傷痕」，不妨「放下仇恨」，給父親書信一封。妻子說，他孤身一人漂在異國他鄉，一定渴望回到親人身邊，享「天倫之樂」。

我的第一感覺——直覺，很強烈——不可能！不需要！仔細想，冷靜想，捫心想，反覆還是不可能！這天晚上我幾乎鑽空了腦袋，一直在昏天黑地想，越想越覺得怎麼可能？見鬼！憑什麼！王曉華的問題是王曉華自己的，她母親那麼好一個人，有知識，有道德，有水平，而且那麼疼愛她，從來沒有打罵過她，而我父親呢？如果做人問題且不講，那麼講罪行，王曉華母親是冤假錯案，父親冤嗎？錯嗎？他的罪我不是聽人講的，是親眼看見的，是千真萬確不會錯的，我揭發他、政府判他刑，是罪有應得，他怎麼可以和王曉華母親比？更怎麼可以把我和王曉華比？王曉華問題是自己作出來的，我的問題是沒有問題，在大是大非問題上作出了正確選擇，理智選擇。

這一夜，前半夜我都在追思想前，後半夜在給妻子寫信，想也好，寫也好，我都分外感到氣惱，覺得孤獨。我不可思議，妻子怎麼會把我和王曉華相提並論，我幾乎冒出了一絲蔑視她的情緒，令我頓覺慌張。我知道，任何決裂都是從蔑視開始的，蔑視的毒瘤一旦發作就是絕症，我和父親就是這樣的。我已經失去一個家庭，不想再失去一個；我要捍衛妻子的尊嚴，不能讓蔑視她的毒素蔓延在我身上。最後，我像逃跑似的，膽小怕事地溜出房間，半夜三更去散步。

九月中旬，天涼好個秋，我卻不寒而慄，感到冷，感到身心兩空，整個人像成了被清冷月光網住的一個影子。好在後來我想到，自己當初向妻子陳述跟家庭決裂時是有些不實之詞的，對父親罪行有些避重就輕，對自己的革命精神有些誇大其詞。也許正因此，一邊輕，一邊重，才導致妻子出現誤判。歸根到底，問題出在自己身上，膽怯，虛偽，對最愛的人不夠坦誠，對父親的黑暗和罪惡未能如實坦白。在足以引起幻覺的清冷月光裡，我嚴肅地教訓自己：你該蔑視的是自己，你妻子是天底下最好的，像王曉華母親一樣有知識，有道德，有水平，而且那麼愛我，你必須要保護好這份愛。

我這才安心下來，好像是終於保住了妻子的貞潔似的。

這一夜，我被折磨得筋疲力盡，好像來的不是她的信，而是她人，閃亮的身體，久別的欲望，把我掏空了。在我這麼多年的「孤兒」生涯中（小十年），這是我第一次毫無預兆地被和父親決裂的傷痕襲擊，以前即使想起都是一閃而過，像在行駛的車上，從車窗玻璃裡瞅見自己，幻覺一樣的。這一次是戰爭一樣的，搞突然襲擊，並且有幫凶，並且幫凶是自己最親愛的人——正是這一點讓我措手不及，受了傷，經受了折磨。不過傷口癒合得不錯，妻子後來完全同情——也是同意——我的立場，在最近一封信中，她一本正經地對我重抄了我們戀愛初期她斟字酌句出來的一句話：

我愛你健美的肌肉
更愛你醜陋的傷疤
因為你的肌肉是從傷疤上長出來的

以後，妻子再沒有對我提父親的事。

再提是小妹，一九八三年的一天，她突然出現在我們軍營裡。多年前，她從蔣琴聲那兒得到我地址，給我寫來第一封信——應該也是她第一次給人寫信吧，字不像字，像爬蟲，錯別字連天，顛三倒四，狗屁不通，像煞父親走過的人生路，也如她後來的姻緣路。我連猜帶測，大概知道她在講什麼：父親在獄中受到教育，變好了，她也知道我在部隊發展得很好，入了黨提了幹，有了出息，所以希望我回家看看母親，也去監獄探望一下父親，和父親修復關係，讓全家過團圓日。且不說父親沒有變好（哄我的），就算變好，當時我也不想修復關係，和一個勞改犯父親。我就是靠和父親決裂才「有出息」的，豈能過河拆橋，出爾反爾？

所以我回信告訴小妹，兩句話，一句是：你別做夢了，你歪歪扭扭的字是拉不直我回家的路的，第二句：請你照顧好母親，我沒有恨她，等著她有一天同意我回去看她。

也許正因第二句話吧，我們一直保持通信，幾年下來她的字倒修練好了，但我和母親的關係依然沒有修復，以致在那種極端情況下——父親拋棄她——依然不肯原諒我，連面都不給我見。從那以後，她也不給我寫信了（該是絕望了），只在前年春節給我來過一信，寥寥數語，外加一個大紅「喜」字，通知我她結婚了，對方何方人士，姓甚名誰，做什麼事，住什麼屋，隻字不提，也不提母親任何事。她知道，母親傷了我的心——那次——何嘗又沒傷她心？

順便提一下，這些年我跟蔣琴聲也完全斷卻了聯繫，她像我妻子一樣，上了大學，結了婚，生了孩子，人生一堆大事，一哄而上，無暇端著「過去」了。所以，這些年，我和家鄉基本處於真空狀態，天各一方，互不相關。

陸

時間到一九八三冬天，小妹像尾蛇一樣悄無聲息地潛入我所在的城市，又像個推銷員一樣照著地址向我一路逼近。這天午後，我還沒進辦公室，同事在窗戶裡告訴我，有個女的剛給我來過內線電話，她住在我們部隊招待所四〇二房間，讓我去找她。是誰，同事沒問，只是聽口音像從我家鄉來的。我想過很多人也沒往小妹身上想，即使我敞開四〇二房門，小妹立在我面前，我也沒認出來。

我看到的明顯不是一個鄉下女人，她穿一件藏青色呢質大衣，長過膝，敞開，露出一件波浪起伏的藍白雙色毛線衣，依稀可見一條金項鍊，手上戴著一金一銀兩戒指，腳上蹬一雙黑色方跟包頭皮鞋，衣帽架上還掛著一條紅色羊毛長圍巾。這些是一個月前她男人——我從未謀面的妹夫——去香港出差給她買的，她第一次穿，渾身散發出簇新和豔俗的光芒。雖然穿著考究時髦——豔俗在當時就是時髦，但仔細看，她腰軟含胸的樣子，粗糙的雙手，直短厚密的髮型，還是擋不住鄉氣透露出來。她坐了十六個小時的火車，又轉了大半個城市，滿臉憔悴的神情，焦急的心情，一副要速戰速決的蠻相。我問她你怎麼來了，她昂著頭，氣勢洶洶回答我：

「因為有人死了，他生養了你，你總不該不去收場吧。」聲音底氣足，似乎並不疲憊。

「誰？」我首先想到是母親。

「爹！你爹！」她對我吼，口氣和凶相居然跟父親如出一轍，不同的是，眼裡噙著豆大的淚花，「估計電報是叫不動你的，所以我直接來了。」

我說：「你來也沒用，我不會跟你走的，他在我心裡早死了。」

她哼一聲，問我：「知道我為什麼挑這房間嗎？這是最高一層，跳下去貓都要死。你不跟我走我就跳下去，死給你看。」她走到窗前，打開窗戶，「你現在就想，想好了告訴我，走不走？不走你就等著給我收屍。我已經買好我們回去的火車票，今晚一點半鐘，我等你到十二點，你不來我就跳樓，跳樓前我會寫好遺言，請你收屍，送我回家。我們是一個娘胎裡出來的，這個面子總要給我吧。」風從窗裡灌進來，吹亂她頭髮，她平靜地用雙手捋好頭髮，拿夾子夾好，一邊冷笑道：「我活著時的話你不要聽，死了總要聽一句吧，可別讓我葬在這鬼地方，做孤魂野鬼，整天來纏你。」

六年不見，小妹已完全變成另外一個人，這個人的口音、聲音，還有後頸上那塊褐色胎記是我熟悉的，可以毫不懷疑她就是那個一直死守我母親（包括父親）、一直給我寫信希望全家團圓的小妹。除此外，從穿著到身材，到眼神，到講話口氣、用詞、手勢，到強悍幹練的樣子，包括之後一路上花錢的樣子，都是我做夢也想不到的。她好像重新生過、長過，那個家庭給她灌入了新的魂湯，也給她灌滿了錢袋子。我們坐的是軟臥車廂，兩個人的車票要花掉我一年工資。一路上我都在苦思，這究竟是怎麼回事？如果人變成這樣是可以理解的，畢竟我們是一脈人，身上流著父親血氣，天性是悍的、蠻的、尖的，何況她吃過那麼多苦，被火燎過，被鹽醃過，生活一鎚子一鎚子把她敲硬實了，老辣了。我在外頭其實一直被寵著的，戴著革命的花環，志滿意得的；得到的多，約束也多，慢慢地反而斂起野性，蠻子變乖了，雅了，貴了。她別看披金戴銀，穿戴富貴的，骨子裡是一個光腳，鬥我這個穿鞋的，有的是下三濫的招式和傢伙。我火冒三丈認了輸，被她拖著走，卻認不下一個理——她從哪兒搞來的錢？

小妹像懂我的心思，自話自說：「別瞎想，告訴你吧，我既沒有偷，也沒有搶，也沒有行騙，我只是把自己賣了，賣給了一個二婚頭。我這歲數一婚也沒人要了，有二婚頭要也不錯，何況人家還有錢。」

我明白了，也明白了有錢的妹夫已經在上海替我辦好所有相關去日本的手續（有日本大老闆在上海老同學協助），將在上海火車站直接接我去機場，然後飛日本東京，父親在那兒等我去收場，他死了；別問我怎麼死的，我不知道，暫時還沒人知道，小妹也不知。妹夫開一輛黑色伏爾加來火車站接我們，這在我們部隊是軍長的坐騎，雖然是輛二手車，但依然可以開得很快，很拉風，以最豪的速度和風度把我送到虹橋機場。往後還有八年時間，小妹對我講到妹夫總是自豪的一句話：

「他人很好，也很能幹，我真是撿了個大便宜。」

一九八三年冬天的我妹夫，不胖，偏瘦，臉色略為蒼白，留著兩撇小鬍子，不喝酒，不抽菸，不愛說話，文文弱弱的一個中年男人（比小妹大十八歲），但目光遊隼一樣閃亮、堅定。他繼承了父親的精明和膽識，又有母親吃苦耐勞的秉性，在改革開放春風的沐浴下，靠在富春江裡挖沙起家，迅速成為一個先富起來的人，一九八一年起開始南下，遊走在福建石獅和深圳、東莞一帶，走私各類電器發了洋財，後來又回鄉辦造紙廠，後來又搞建築，後來又搞股票，後來又搞投資，後來又搞上市。總之，在金錢這個競技場上，他總是比別人嗅覺靈、膽子大、運氣好。他是錢的親兒子，命裡帶來的，一脈相承的，又是錢的避風港，錢到了他手裡，總會生出更多的錢。我最後一次見他時他已是千萬富豪，現在你不知道他有多少錢，也許他自己都不知道，因為太多了，也因為太多的錢在股市上瞬息萬變，蝗蟲一樣，算計不了的。

就這樣，一個為這個時代造的人，這個時代的幸運兒，暫時陰錯陽差做了我妹夫，小妹因此沒有恐懼，沒有憤怒，沒有羞恥，有的是自豪、驕傲、富有，有家有業，有房有車，有兒有女——龍鳳胎，我家有龍鳳胎基因——兩個孩子像春天一樣明媚可愛，丈夫每天晚上回家，白天出門掙錢，掙的錢悉數進了家門。她覺得自己很幸福，也希望別人幸福，至少是自己親人，應該苦盡甘來，別被過去的陰影纏住，將幸福生活擋在玻璃的另一邊。她一直試圖湊合我和母親的關係，儘管母親明令禁止，照舊在祕密活動。這次母親本是差她去日本替父收屍，她私自決定由我去，因為她覺得這是我回到母親身邊的唯一機會。我深以為然。三姐妹，真正心中有我的是小妹，她伸手牽我總是出奇不意，又恰到好處。

柒

日本大老闆有個中國名字，叫宋良塚，這幾乎是他身上唯一的日本標籤——把「塚」字植入名。除此外，姓也好，相也好，穿著也好，甚至音容笑貌、儀態舉止，都和上海街弄裡的一個人無有異別。他也會說上海話，會唱越劇，還會吊幾句京劇，普通話更不用說，四音比我標準，用詞比我考究，愛用「之」「汝」「方才」等字詞，古意彰顯。他自稱祖上是江蘇常熟人氏，宋是祖姓，家族中曾有長者在杭州徑山萬壽禪寺（徑山寺）出家，多年任職禪堂首座，太平天國早期寺院被燒，大批和尚、職員淪落民間，一小眾東渡日本京都，投靠東福寺。東福寺認徑山寺為法脈祖庭，對來自祖庭的和尚及信眾慷慨相助，「首座」更是被器重，留在寺內新闢禪堂，弘揚佛法，倍受禮遇。太平天國既不太平也非天國，戰亂不斷，民不聊生，家人陸續逃亡日本，投靠「首座」長輩。說來其家族在日履歷也就百十年，不出五服，加之其父叔一輩「侵華」期間，多人多年在華服軍役，中國對其家族而言，「實乃相去不遠」（其原話）。

「吾必須言明，」其接著道，「不論是吾父或是吾叔，都未曾在中國作過惡，殺過人，他們不過是卑賤地從命而已。」

我忍不住頂撞他：「據我所知，你父親當時是駐紮在我縣的大軍官，你在上海讀書，在杭州生活，養尊處優，儼然是一個大少爺。」

他說：「首先，吾父並非大官，管掌的不到二十個官兵而已。這你可以查史，當時駐紮在汝縣城的是支何部，官兵多少，長官係誰，為人如何。其次，即使為大官仍乃卑賤矣，因是被迫，不得已為之。這你也可以查史，當時天皇頒令，凡吾等之輩，即不出五代之日籍華裔，年滿十八（後降至十六）、不屆半百（後升至六旬）均須赴支那服役，為興建『大東亞共榮圈』盡綿薄之力。吾父、叔本是學界人士，吾父悉心研究佛門禪學牛頭宗一脈，吾叔乃數百小白鼠之頭領，潛心鑽研抗生素科學前沿，一夜間均被強行列入名單，不日便被拉上某軍列，開拔沙場。」

他略作停頓，看我無反應（似乎理解，又似不屑），接著道：「初次見面，吾沒信心令汝理解一個獨特的家族，但有初見便有再見，如同汝父，在如此堅壁清野的時代我們依然音訊不斷，以期相見，何況今時。卑末自信，汝終將信吾言：日本軍國主義發動的侵略戰爭向世界犯下滔天大罪，尤其對中國更是罪行累累，孽不可恕。但，並不是每一位軍士均有罪，若有一個沒有，乃吾父，兩個，則是吾父和吾叔。先輩在此，不敢妄語，請受卑末一禮，納吾忠言。」

他本是端坐於方寬偏長一些的棗紅色案台前，此刻起身對我低眉作揖，亮出一圓圈頭髮稀拉的平頂，像一個年輪。我不知所措，慌作一團，胡亂還禮，無章無法。復落坐，他繼續一邊向我誠樸進言，一邊對我展示茶藝，循循有序之道，款款有形之相，可觀可賞。我一直沒喝，他把盅中茶施捨，又施滿，勸我趁熱喝。

他道：「恭敬不如從命，既來之，則安之。」

我抿一口，一口吞了，他笑道：「囫圇吞棗，可惜了茶。」

接下來一陣子，他一直在向我傳授禪茶古法，自古及今，各道各派，洋洋灑灑，興味盎然。說真的，我聽得半懂不懂，不免枯燥索然。但年輕的我，目力強，記憶好，雖不懂，卻都攝入眼裡，記在心中，事後均得印證。記得，當時其身後有一面堂堂畫像，掌壁正中，他向我介紹道，此乃其家族在日興盛之基石，即「首座」長輩；畫像兩邊各垂掛三目大字，右為「範正宗」，左為「行直道」，影印在沙色絹絲上，字體正大飄逸，筆走乾淨磊落，飽有佛法正典之光。多年後我知悉，此乃徑山寺第四十代住持虛堂智愚禪師之墨寶訓示。當時我實無心聽這等孤僻老事，聽得坐立不安，也就失禮了，請他言歸正傳，談我父親。我說，我得通知，說他死了，讓我來收屍。

他一時僵在那，不知從何說起，有些秀才遇見兵的尷尬無趣。

我又頂一句：「聽說我父親曾是你救命恩人，他拋棄我們來投奔你，死了你總要對他親人交個底吧。」我發現自己對他是頗抗拒的。

我的這一頂，像頂到閥門，一下打開其話頭，話也通俗，不如前言，咬文嚼字的。他乾脆說道：「是的，你父親救過我，但我救不了他。你看，這就是底子。」他把案台上一本黑色講義夾，往我這邊一推，講義夾像裝了滑輪，倏地滑到我面前。此時我才發現，寬大的案台上，鏡面一樣整潔，除了他推給我的講義夾，別無另物。

我拿起講義夾，展開看，是厚厚一遝電腦針式捲筒打印紙，上面密密麻麻碼滿字符，字是數字、漢字，符是日元、人民幣、美金幣符，總之，像一份什麼財務清單。他隨即對我道明，這是我父親這些年來記在他名下的各類費用清單——果然是清單，把我父親的性命清算掉的帳單！

大老闆確鑿名不虛傳，旗下有近萬名員工，涉及金融、保險、房產、旅遊、教育、影視等多項大產業，小項涉及幾十種，包括酒店、影院、藝術拍賣、寺院、劇場、展館、公交路線、鐵路新幹線，包括夜總會、賭場、情色場所等，可以說三教九流，無所不包。父親剛來時，大老闆為示好，或親自，或派隨從，陪他四方遊歷，順便也把遍布島內各地的下轄機構走個遍，認個門。作為大恩人，也是少時玩伴，美好記憶的一部分，大老闆只想對父親討好，比奶奶還順從、驕慣他。奶奶對父親還有要求，觸犯家法要上刑，有時還以死相脅，威逼利誘，逼他改邪歸正，走正道。大老闆無所求，只想給予、感恩、示好、禮敬，配他車房，許他特權：凡在轄下消費，均記其名下。只有一樣不許，就是賭博，因其知悉父親因此坐過八年大牢（曾派人多次探望），且其深悉，此乃無底洞，金山銀山都吞得下的。

總以為，一個有家室之人，為人夫、為人父的，年紀也過了半百，不會太無規踰矩，不識好歹，不成體統。殊不知，父親是如此爛！如此昏！如此混！如此脫底！如此不堪！如此厚顏無恥！如此屢教不改！他長年泡在酒場歡店，日裡夜裡吃喝玩樂，沉迷酒色，狎妓、嫖宿，日復一日，樂此不疲，執迷不悟，叫人匪夷所思。

他說：「我本是閱人無數，少有驚駭，但汝父在墮落這方面的天才令我震驚懼恐。」

言及此，我忽然開悟，其為何開場說了那些，繞那麼遠，古佛心燈的，好似一場清談雅會。實質是父親這些作為太汙濁，他不堪說，羞於說，也羞於我聽（他以為）。但他又不得不說（我也不得不聽），所以先溜個彎，兜個風，放鬆一下，潔淨一下，沖一沖正場的爛汙穢濁。這是迂迴，是熱身，是欲擒故縱，是以退為進，總之是為父親的種種爛汙、斑斑劣跡鋪的路，墊的底。

不等其言畢，我已忍不住掩面而泣——他一定以為我是痛心而泣，其實我是喜極而泣。唯有我自己明瞭，那種熟悉的感覺——意外收受大禮的感覺，回來了，而且更強有力，更徹底飽滿。稍後，當大老闆出示相關證據，人證物證一應俱全，證明父親最後是死於過量嗑藥後，這種感覺又被爆了一次；我像收到了死裡逃生的頂禮，不知是驚險，還是驚喜，總之把我擊穿了，抽空了，虛空得我差點跪下來。我在心裡喊：

「媽，你聽見了沒有，這絕對是個混蛋！你可以原諒我了吧？」

至少我原諒了自己。

當名副其實的大老闆宋良塚將桃木製的朱漆骨灰盒移交我時，我沒有忘記索要那個講義夾，和嗑藥致死的醫生診斷書。

捌

父親的葬禮無可挑剔的隆重、熱烈、氣派，悲喜交集，陰陽合配，稱得上完美無缺。首先，該來的人都來了，唯一我妻子因孕身八月，行動不便，加之路遠迢迢，不敢造次，其餘無一缺席，甚至臨時來了不少看熱鬧的——多半是因為我破天荒回來的緣故。人多勢眾，場子暖得起來，辦事容易出效果，聚得攏人氣。其次，大姑夫已接過父親阿山道士的衣缽，自家人辦事貼心貼肺，樣樣周全，禮理足額，不耍滑頭，只添彩頭，像一齣戲文，被排場得考究，好戲連連。再次，妹夫有錢好辦事，關鍵是好面子，託山公寺大和尚出面，請來九善男、九信女（都是居士），在我家天井堂前擺開兩大桌，日夜念佛誦經，為亡者守靈度魂，念誦之聲潮音一般起落，生生不息，經久浮沉，那聲響，那生相，獨有一分莊嚴和法力。大姑夫到現場看了，感嘆道：「這排場，活人看了都想死了，因為這一定是送去天堂的。」正在西屋守靈的母親聽了，好像父親已經升了天，有了靈，禁不住伸手去抱住冰涼的桃木骨灰盒，激動地說：「他爹，聽見了吧，你去的是天堂，放心走好了。」說著嗚嗚泣哭起來，淚水滴在光滑的朱漆桃木上，像滴在彩色玻璃上，隱隱約約反射出光芒，彷彿真通了靈，有了氣，在吸納呼出。

三天守靈，七夜送魂。

出殯那天，一路途中，由母親領頭三個女兒回應的哭喪，本是個過場，做做樣子、壯壯聲勢的，哭給地府鬼魂聽的，一般都是真聲假哭；真哭是受不了的，一路哭下來非把你哭出病，曾經還有哭死的例子。從知悉父親死，到見到骨灰盒，又經報喪、守靈、入殮，到出殯這天，母親已經一個多星期沒合眼，一直在悲痛中，氣力衰竭，能不能一路走下來都叫人擔心，所以事先大姑夫（道士先生）再三交代她不能真哭，只要起個頭、做個樣子就行。但母親一上路、一開腔就是真哭，涕淚交加，如泣如訴，時而泣不成聲，時而悲歌當哭，那訴的事，那泣的血，迅速把三個女兒都染了，都跟著真哭了。反過來，三個女兒的悲傷又給母親火上澆油，添了訴不盡的悲苦。

大姑夫作為領頭道士，有特權，眼看母親腳跟浮起來，臨時把殯葬隊伍叫停，給母親歇腳，喝水，補氣，嚴肅地勸她別哭了。大姑夫對這個小舅子早傷透心，這會兒忍不住嘟囔一句：「他不配你這麼哭。」母親居然較真，回敬道：「他千錯萬錯總沒有討第二個老婆，我不哭誰哭？」再上路，繼續哭，勸不住，哭得死去活來，人仰馬翻，把我都染了，想起奶奶死無葬身地，墳裡是一個假託，我悲從中來，淚流滿面，哽咽不止。後來村裡人都認為我知錯了，都說父親死得值。

不出所料，母親果然哭出病，昏在床上兩天三夜不醒，不停呻吟，說夢話，講胡話。母親是出名的軟性子，平時極少罵誰，這回把平時的不罵都補上了，罵天罵地，罵活人，罵死鬼，罵祖宗。總之是張口就來，見甚罵甚，有甚罵甚，親人親眷，熟客生人，牛鬼蛇神，沒有不罵的。罵父親最多的一句話是：「你這畜生，叫你不要吃酒你非不聽！」這是針對我和小妹合謀的謊言罵的——母親理解不了嗑藥的意思，再說嗑藥死實在難聽，丟人，所以我們才誆她，說父親是喝醉酒導致酒精中毒死的。

我們美化了父親，但真正美化父親的還是母親，她在昏迷中用夢話、胡話回顧了父親大半輩子，從見他第一眼，到潦坯，到日本佬，到賭鬼，到監獄，到日本（拋棄她），到入殮的最後一眼、哭喪的最後一程，母親一路翻牌下來，居然沒翻父親一張爛牌，沒真正罵父親一句話；一路念叨下來，都在替父親開脫罪名，找替死鬼，把父親潦倒、輕浮、賭博、坐牢的一生之錯之罪都轉嫁到他人身上，命運頭上，父親不過是時不濟，命不好，替人受過，被人毒害。

不用說，我是害父親的凶手之一，害他坐了八年大牢，罪惡排名在第二；排第一是日本鬼子，從大鬼子抓他去當挑夫、幹苦力，到「小鬼子」最初害他當「漢奸」，到最後騙他去日本、害死他，這是一根長長的、命數裡的罪鏈子、苦鏈子，罪苦了父親一輩子。列入凶手榜單的還有「雙蛋」、三腳貓、關金、關銀、某某、某某等七人（後三人我不知其名，聞所未聞），他們在父親不同的人生階段扮了相同的角色，就是拖他落水，落井下石，拽著他回不了頭，上不了岸。

持續的高燒也拽著母親上不了岸，儘管喉嚨越來越嘶啞，卻依然勁頭不減，扯著嗓門替父親申冤、辯罪。高燒讓她變得越來越糊塗又激進，除了顛三倒四地罵我們這些罪大惡極的凶手、幫凶外，母親甚至把爺爺、奶奶、小姑，包括自己也都列入了父親的害人名單，罵爺爺死得早，罵奶奶太寵他，罵小姑太作死（一個丫環命，非把自己當小姐待，一點委屈受不了，早早作死，害他受活罪），罵自己生了三個女兒（而不是三個兒子），沒讓他多子多福有面子。諸如此類。幾十個小時裡，母親全然是生命不止，胡話不停，顛來倒去講啊，聲嘶力竭說啊，像中了邪，毫無理性、純粹自殺性地顛倒黑白，混淆是非，像一隻被鐵線蟲控制的螳螂。我簡直無法理解，難道這就是所謂的緣嗎？命嗎？宿命嗎？使命嗎？我時常覺得母親真可憐，有時又覺得可憐的是我。

玖

父親頭七，母親還軟在床上，起不來。

因為部隊給我的假有限，做完父親頭七，等不到母親下床，我就必須返程，臨走我去床前跟母親道別。母親沒有看我，只對我說：「聽說你要做父親了，他生來沒有爺爺，像你一樣，但我希望他別像你。」說罷閉了眼，驅我走。我不能說生氣，但確實很失望，尤其想到前兩天她在昏迷中潑的胡話，對我極盡不公甚至汙辱的謾罵，加之，妹夫停在門口的車已經發動，引擎轟轟響，催人走，我沒有再說什麼，掉頭走了。事後這一直成我心病，總覺得我和母親分別過程太潦草，我連母親的手都沒握一下，一句作別的話也沒說，甚至嘔著氣，不歡而散的感覺。我在心裡反覆著我們分別的情景，母親說的話，母親閉的眼，我掉頭走的樣，希望時間能倒回去，給我一個重新分別的機會。我覺得，至少我要從這次離別中獲知，母親是不是可以或者已經原諒我，或者永不原諒。我渴望原諒，雖然當時我並不覺得自己有錯。我常悄悄對自己說，對鏡子說，父親用事實一再證明，我沒有錯。

妻子知道我心病後，給我支一招，說等她生了兒子後（畢竟是醫院長的女兒，已事先知道是兒子），請我母親來帶，如果她肯來就說明原諒了，否則唯一孫子都不肯帶，多半說明沒原諒。我跟小妹商量，小妹說這是個好主意。不到兩月，母親得到通知：當了奶奶，並邀請她來幫我們帶孫子。兩天後，小妹在電話上告訴我們，母親猶豫了一個晚上，總算答應下來，並著急要出發，一點也不忌憚未曾謀面的城裡媳婦會不會嫌棄她。

小妹說：「她又把這當使命看了，所以無所顧忌。」

我想從小妹口中探聽，母親是不是已經原諒我，故意用戲謔的口氣問她：「她不怕把孫子帶成我，讓她恨？」

小妹說：「你別得意，有苦戲在等著你唱。」

母親在小妹護送下第一次出遠門，二十幾個鐘頭的輾轉顛簸沒有累垮她，一系列的「第一次」像一劑劑興奮劑，將她精神調旺，勁頭十足。我在月台上見到她時，和三個月前病榻上的她作比，簡直年輕十歲，容光煥發、炯炯有神的樣子，叫我一時不敢認。小妹說，快叫媽媽啊。我叫媽，媽沒看我，只嗯了一聲。小妹說，快幫媽拿東西啊。我看媽手上拎著一隻標有「香港」字樣的帆布袋，看上去鼓鼓的，有些重量。我想接過來，母親不讓，說：「這不能隨便給你。」

我不解，看小妹在對我使眼色，更加不解。

我從岳父醫院借了一輛北京吉普來接母親，母親卻不肯上車，說先不回家。我說，不回家去哪裡？小妹說，去招待所，她前次住過的地方——她不想擠在我們的鳥籠裡（也擠不下），同時對母親說：「去招待所也得坐車，你以為是去禮鎮啊，走得到的，還遠著呢。」小妹一邊扶母親上車，一邊衝我指指母親手裡提的袋子，對我悄悄說：「我電話上不說過了，有苦戲等著你呢。」

我多少預感到，這是一齣什麼戲。這是母親原諒我的一個儀式，必須舉行，否則母親不會跟我回家。我分明覺得，母親的行為裡、目光裡，越來有奶奶的果敢、執著。我把母親安排在招待所一個房間，讓小妹服侍母親洗塵，自己則去服務台給妻子打了個電話（營區內線），說明情況，免得她擔心，我沒有按時回家。等我回到房間，母親已經洗好手臉，盤好髮髻，坐在木沙發上，見我回去，有意挺直腰身，正襟而坐，示意我坐在她對面板凳上（中間隔著茶几）。看我坐下，並坐定，她開口道：

「你父親走了，今後我就是你父親了。」

我嗯一聲，沒有開腔，一旁的小妹提醒我：「要開口說，是的。」

我便說：「是的。」

母親接著道：「你該知曉我家祖上定下的家法，兒子犯了錯，父親有權行使家法，教訓兒子。」

小妹看我沒有表示，又提醒我：「要開口說，知曉。」

我便答：「知曉。」

母親深吸一口氣，提高聲音道：「你爹千錯萬錯都是你爹，你害你爹坐了八年牢，天上地下、陽間陰府都是你的錯。你犯了錯就要受罰，照家法罰，今天我把家法帶來了。」話音未落，只見一旁小妹上前來，一把拉開放在茶几邊的帆布袋，從裡面拎出一隻朱漆木桶，放在茶几上。這木桶我陌生又熟悉，熟悉的是它形狀，形似我家放鐵釘的馬桶，陌生的是它簇新的漆色，赤紅朱漆，飽滿油亮，一副豔俗鄉氣，也是一副出嫁的喜氣。在我老家，紅馬桶是女兒出嫁的必備嫁妝，紅色是喜慶的象徵，馬桶是有吃有喝的寓意——有吃有喝才有馬桶的用途。

小妹用手抹掉馬桶蓋子上的一些莫名塵屑，一邊說：「你該認得它吧？我找漆匠刮了膩子，重新漆過。你看，跟新一樣的。」

我認出來，它就是那隻長年置於我家堂前閣几櫃裡的漏洞百出的破馬桶，裡面盛的是家法的刑具：十斤上百歲的鐵釘（洋釘），曾經不知多少次把父親的十指磨得血淋漓。現在歷史將重演，母親要扮奶奶的角色，對我行使家法。這場面母親大抵在心裡已經盤算至少幾十個日夜，要說的話一清二楚，不遲疑，不囉嗦，言簡意賅，邏輯縝密，像法官，也像奶奶。

母親說：「我跟你奶奶信仰了一生世菩薩，素來不說誑人瞞騙的話。今日我誓個言，人在做，天在看，你爹在看，如果你不認這個錯，我就不認你這個兒；如果你認錯，必須要受家法罰，既是要你長記性，也是要討你爹一個原諒。認了錯，受了罰，我就跟你回家，去抱孫子，心甘情願給你當老媽子。」

小妹插嘴說：「媽說了，你不認錯，她不認你，但孫子照樣認，這叫隔代認。」

母親接著說：「這個法律都是認的。」略作停頓，又說：「家法也是法，反正我把家法帶來了，你看著辦。」說著對小妹示意一下，小妹迅速又從布袋裡掏出一隻裱著父親遺像的相框，遞給母親。

母親再次挺了挺身子，用雙手將相框端著，置於腹前，對我說：「你爹在看著你，如果你認錯就來吧，自己打開蓋子，裡面有十斤鐵釘，對著你爹數五遍。」

馬桶是洗過、補過、漆過，煥然一新，但盛的鐵釘或是因為規矩，沒有清潔過，依然塵生其間，不少鐵釘上依然殘留著父親的血漬——想必也有淚痕。我遲疑著打開馬桶蓋子，彷彿揭開了過去時間的蓋子，一下看見父親血淋淋的指頭，耳邊蕩起父親哽咽的聲音，頓時我渾身如觸了電，心如刀絞，腦袋一片空白……

我不想回憶、也回憶不起當時的情景，只記得不知從什麼時候起，小妹突然撲通一下跪在母親前，驚呼了一聲「媽」，替我求饒：「他細皮嫩肉的，哪數得了五遍？你看他手，全破了，就數到這兒吧。」

母親說：「家法就是家法，不能變的。」

但後來還是變了，變通了，她把父親遺像直接放在木沙發上（靠在靠背上），然後親自和小妹一起幫我數、數、數、數……所有的一切彷彿都有了意義、價值，值得大聲講述，永久回望、回憶。這不僅僅是個人的生平和經歷，也許我們從來不屬於個人，只是過去某種的繼續和回應。就像其他事情一樣，這事就發生了，就這樣發生了，我猝不及防，又似早有防備。

拾

我沒有印象，我是如何尷尬地把母親和小妹帶回家的。也許並不尷尬，因為那時並不像今天，有公寓樓，單元房，一家人可以親密在一套房裡；那時我們住在筒子樓裡，一間間房像格子一樣的獨立、狹小，一層樓一間公用廁所，走道上光線陰暗，混亂，放著大人小孩的自行車、蜂窩煤、灶具，人行其間，或置身於房間，都不自由，不舒坦，不親近；人被逼仄的空間、擁擠的物具擠壓著、排斥著、遮蔽著，也許可以輕鬆藏匿身體的某一部分，尤其是手，揣在口袋也好，戴副手套也好……對了，作為醫院長的女婿，我家裡有的是各式醫用手套，我會不會戴手套呢？

沒印象，不知道。

只記得，母親第一眼看到我妻子，叫了一聲「城裡媳婦」，我妻子聽成「這裡幸福」，然後妻子說：「是啊，有了孩子，家裡就幸福了。」一邊把孩子遞給母親，「來，奶奶抱抱。」母親接過孩子，慌張得像個小姑娘。當她低頭看孩子時，眼淚刷地流下來，兀自說一句：「對不起，孩子。」我想這是不是在替我道歉呢？因為我的手一時抱不了他。這是我當天被家法罰後的唯一記憶。就是說，我不記得自己手指頭流的血，只記得母親也許是替我流的淚。

事實上，母親的淚本身就比我的血更值得記牢。

小妹第二天就回了老家，那時她是一個成功的鄉鎮企業家的內當家，和一兒一女兩個幼兒之母，忙得很。我母親第一次一個人被滯留在城市異鄉，第一次和城裡媳婦朝夕相處，第一次在窗明几淨卻促狹的筒子裡過日子；這裡沒有蜘蛛網，沒有老鼠屎，連鋥亮的皮鞋都嫌髒，不能穿著進門，加上我們疏遠多年，開頭一段時間母親彆扭死了。我也不自在，凡事小心翼翼，諱莫如深，像兩個間諜狹路相逢，心懷鬼胎，又心照不宣，忌憚得心慌。好在有孩子，有忙不完的事情，有層出不窮的花樣湊合我們。孩子是最好的黏合劑，小傢伙的哭哭啼啼和屎屎尿尿，輕而易舉地破除了我們間的尷尬和忌諱和間隙，一個月下來，我和母親已心無芥蒂，無話不談，好像是小傢伙的啼哭教會了我們講話、交流，小傢伙的屎尿擦亮了我們生鏽多年的母子情，母子情深的記憶從昏睡中甦醒，溫軟的微風越吹越暖。我驚嘆於親情的力量，猶如幼時驚嘆石板的壓力敗給小草來自季節和草根的力量一樣。

一天夜晚，趁妻子去公共澡堂汰浴（這是軍營特色）、小傢伙熟睡之際，我像餓餓的小傢伙鑽在母親懷裡奮力吃奶一樣，撲在母親懷裡酣暢淋漓地哭了一場。母親一手抹著自己的淚，一手抹著我的淚；一會兒是這隻手，一會兒是那隻手，反覆交替，上下左右，有點兒心亂手忙，又彷彿是別有用心的，是要用彼此的淚去堵對方的淚。自始至終，母親只講了兩句話，不斷重複：

「這就好了，我死也可以瞑目了。」

「這就好了，孩子爺爺都看得見的。」

以後，母親的後一句話時不時會從我心底冒出來，有時我會被它嚇一跳，有時我會覺得可笑，有時會覺得煩，更多時候是一片混亂，茫然，不安，五味雜存，黑咕隆咚，七零八落的感覺。小傢伙一天天長大，從哭哭啼啼到咿咿呀呀，從爸爸媽媽到爺爺奶奶、外公外婆、叔叔阿姨，所有人、所有童書、所有兒歌都千篇一律地這樣教著、叫著、唱著。如實說，每每聽到「爺爺」兩字，總讓我感到分外孤獨。

母親離家時，隨身帶著一團從我家屋後山上挖的黃泥巴，覺得人不舒服，頭痛腹脹腹瀉什麼的，她不吃藥，擰一撮黃泥巴丟在鐵鍋裡煮沸，然後兌水喝，喝了就好了，比我家藥箱裡任何藥都頂用（作為醫院長女婿之家，藥箱從不缺好藥）。小傢伙滿周歲時，不知是斷奶還是季節原因，一個星期腹瀉不止，吃藥打針都不管用，母親背著我們給他餵了兩次黃泥巴水，當晚止住，靈丹一樣。後來又試過一次，還是靈光，母親遂把祕密公開，嚇得我們後怕死。後來大膽試，試一次靈一回，屢試不爽，搞得我們既驚又喜，無語又無解。母親由此得到啟發，說：「他是我們雙家村人，我把他帶回家去養，你們這麼忙，我在這裡也拘束，你們就放心吧。」

我們不放心，母親也不放棄，過一個星期讓小妹來說。小妹給我來電話講：「我讓他們住我家，如果你住的是房子，我住的就是宮殿，如果他們在我這兒你還不放心，你就找不到放心的地方了，只有含在嘴裡了。」

小妹就是這樣，說話直截了當，攀高摸底，言之鑿鑿，現在更是滿嘴一股捨我其誰的豪氣，說穿了是銅臭味，財大氣粗，目空一切，唯我獨尊。我知道，小妹住的是小洋樓，大院子，占地兩畝多，魚池、假山、樹木、花草、小徑，各就各位，各顯其能；屋子裡，樓上樓下，地毯、空調、電話、電視、沙發，應有盡有，都配齊的。妻子聽了這些，對我說：「那你還有什麼不放心的，讓她來把他們帶走吧。」一個星期後，孩子已經在小妹家魚池邊對金魚說：「吃，吃，吃，吃……」我估計等我們去看他——至少半年後，他已經不會說「吃」，只會說「起」了。

我過於樂觀了，哪隔得了半年？第二十一天，我同時接到電報電話（電話並不可靠，要碰對時間才接得到），有急事讓我趕緊回去——電報寫的是：事急速回。糟了！我想一定是孩子出事了。我和妻子連夜啟程，二十多個小時的一路上，一口飯都沒吃，心像被火車的呼嘯聲呼出來，一直吊在嗓子眼裡，但我們還是嫌列車速度不夠快。次日黃昏，列車在金黃的夕照下徐徐開進杭州城站，車輪尚未停穩，還在滑行，我一眼看見月台上，小妹抱著我分別才二十二天的兒子，小傢伙一臉燦爛的笑容，被夕陽照著，像鑲了金邊似的，我和妻子頓時都心花怒放，淚奔了。

容不得淚下來，我轉眼想到，是媽出事了！

走出車廂，看到小妹少見凝重的臉色，要哭似的，我更是確信母親有了什麼不測，脫口而出，問小妹：「媽病了？」

小妹搖頭，說：「媽好的。」

妹夫在一旁寬慰我：「別擔心，家裡都好的。」

那我就納悶了，我心想，你們電報電話火急催我們回來，難道就讓我們來看孩子？我不覺得此刻我要安慰，我要見事實，忍不住左眼看小妹，右眼視妹夫，敦促他們說實話：「別瞞我，說，出什麼事了。」

妹夫看著小妹無語，小妹眼裡噙著淚花，已忍不住要哭出聲，將孩子一把遞給我妻子，又一把抓住我手，失聲叫一聲：「哥，奶奶還活著！」趴在我肩頭抽泣起來，反覆說：「奶奶還活著，奶奶還活著……」彷彿只有這種加強的旋律、反覆的強調才能讓我相信。

但我又如何相信得了呢？我能相信一支筷子會像一枝柳條一樣插活嗎？

小妹抬頭看著我說：「哥，你不信是不？可我已見過奶奶，絕對錯不了！」

孩子在我妻子懷裡咿咿呀呀鬧騰著，他的智力辨識不了二十二日不見的媽，一個勁地哭鬧著，撲騰著，想撲去小妹懷裡。我不覺得，此刻我的智力能勝過他，一個才一歲多一點的孩子。

拾壹

破綻是母親發現的。

具體年份記不得了，母親說，大致是奶奶走後的第三或第四年，她從禮鎮郵局（實為郵政所）收到二十元錢，收款人是她本人。那些年家裡最困難，父親被農村管制，丟了槽廠的肥差，天天掃祠堂、清茅坑，忙死忙活，卻只能掙婦女工分；奶奶又走了，家裡只有母親和大姐能頂個事，但終歸掙不了錢，這錢可替家裡救了急。這錢在當時不少的，誰這麼好給我們雪中送炭？母親想到那個日本大老闆，他本來就給過我們錢，政府沒收了不說，還害父親被打成「黑五類」。

母親是心思很縝密的人，她想他可能聽說了這些，知曉我們在受苦，就變了法，把錢寄給她。記得嗎，母親是在郵局隔壁的八角樓裡長大的，最好的小姐妹就在郵局上班——後來其閨女兒也進了郵局工作，等於在郵局母親是有內線的，錢也是寄給她小姐妹轉她的，這樣政府就不好查到。這說明對方想方設法在幫我們。再說，那時中國有幾人能拿出二十元錢幫人？母親越想越覺得，這不會有第二人，只能是那日本人。以後這錢年年寄來，有時一年兩回，一般三五十元，後來多一些，一年三四回，最多時到過一次一百元。父親去日本後，這錢依然在寄，且略為加增了數額，出現了最高一次兩百元。所以，母親更加認定，錢是日本那邊寄來的，多出來的部分可能是父親加上去的。

母親對我說：「你爹可能覺得對不起我們，把他自己掙的錢也加到匯款裡來了，所以那次（第一次）你回來說他拋棄了我們，要我原諒你我不肯，就是這原因，我從匯款單裡看到了他的良心，他心裡有我們的。」

但這次母親從我那兒回村裡後，發現這筆錢依然在寄。這就不對頭了，蹊蹺了，父親都去世一年多了，怎麼還有人寄錢？她叫小姐妹（如今已是老大姐）女兒去查，這錢到底從哪兒寄來的。這很容易查，是杭州龍井郵政所，一個叫張桂芝的人寄的。此人是誰？小姐妹女兒年輕，人微言輕，問不到。對妹夫來說則是小事一樁，他揣一條菸，開車往龍井郵政所跑一趟，順藤摸瓜就把張桂芝查到了，找到了，瞭解了。

張桂芝可不是尋常人，上世紀六十年代中期畢業的廈大哲學系碩士研究生，研究佛教律宗——就是弘一法師的那一宗，晚年出版過兩本研究弘一法師的著作。早年她在杭州南山路上的淨慈寺工作，做學問，一天去看坍塌的雷峰塔，途中遇到一個手臂吊著綁帶的老婦，手骨折了，已幾天沒進食，向她乞一頓飯費。她施一枚五分硬幣，是第一份緣分。第二天，她在淨慈寺公廁裡遇到她，用獨手在努力拖地，以為她是寺裡清潔工。一問一答才知，她不是清潔工，是在償還她施的五分錢。兩人就這樣交道上，後來奶奶就留在寺裡做清潔工，有一碗飯吃和一張榻睡覺。

緣分又來了，一天一群毛頭小夥衝入寺裡，打砸「四舊」。那時張桂芝年輕正直，去阻攔，不幸被一棍子打斷脊梁骨，在床上屍首一樣躺了小半年，吃喝拉撒都靠奶奶照顧。那年頭，家破人亡不稀奇，張桂芝的家就破了，父親坐了牢（後歿在獄中），兩兄弟一個被武鬥打死，一個做了我同類，與家庭決裂，母親萬念俱灰，跳錢塘江做了水鬼。這一切都是張桂芝癱瘓在床上時降臨的，等她能下床後，對奶奶下了跪，認了乾媽。以後兩人如母女，如身隨影，形似並蒂蓮，做事同進同退，一起別了淨慈寺，一起進了法喜寺，一起削髮為尼一心向佛。張桂芝出身科班，學問精進，假以時日便在佛門冒尖，但時不利兮，二十多年間自有起落沉浮，最落時兩人淪為草民，居無定所，目前當為「最起時」：張桂芝受方丈器重，把守一方，主編《潮音》內刊；奶奶雖患了老年癡呆症，但也得到安養，醫食無憂，起居有人照顧。

母親說：「算一下，你奶奶今年已經九十虛歲，我們想把她接回家來養老，張桂芝不同意，說無憑無據怎麼來證明我們是她親人。」當年奶奶把錢都寄給母親小姐妹的，小姐妹上個月去美國帶孫子，路遠迢迢回不來，總之太複雜，解釋不清。「說只有一個誰，老人家天天掛在嘴上，說是她孫子，打小聰明，長大一定有出息。現在還整天叨叨著呢，都不知道自己是誰了，就知道孫子是誰。」

這也是他們緊急叫我回來的原因，只有我出面並出示證件，張桂芝才會放人，讓奶奶回家頤養天年。第二天一早，妹夫開車，帶著我和母親，直奔法喜寺。因為來過，交道過，熟門熟路找到張桂芝師太。入冬了，師太套一身杏黃色棉布僧袍，戴一頂黑毛線織的、綴滿螺髻的觀音帽，一本正經地接待我們，見了我，有預感似的，直截了當問：「有證件嗎？」我說有，遞給她。她看了，綻出笑容，對我說：「沒錯，就是你。久聞大名啦，你奶奶整天都在叨嘮你。走，我帶你去見她。」

師太五十多歲，體態勻稱，腳步輕健，走路生風，領著頭，帶我們曲裡拐彎往前走，一路上向我介紹奶奶情況。師太說，身體一直好的，這麼多年沒見她生過什麼大病，就是三年前腦袋開始生鏽了，不靈了，像太陽下山一樣，一點點交給了癡呆，最後連自己是誰都不知道了，睡了覺不知道起床，肚子餓了不知道吃飯，內急了不知道上廁所，出門得有人帶，否則回不來，見了人只會笑，或者罵，笑也不知道為什麼笑，罵也不知道為什麼罵。我沒事會去看她，陪她，但也不可能時時刻刻陪她，去年我在社會上尋了個善心人，認了捐，給她找了個護理，除開晚上睡覺，時刻陪她，管她吃喝拉撒，看她瘋瘋傻傻，聽她喋喋不休。世上好人多，她一直給你們寄的錢，不就是這些好人捐的。

師太說著冷不丁從一面黃牆快速趸入一道圓形拱門，裡面是一幢赭色兩層木樓，帶一個幾十平米的狹長小院，牆角兩株老臘梅含苞欲放，木板鋪的迴廊上橫著一張墊了亞麻地毯的木躺椅，無人，卻兀自搖晃著，像躺著一個正在午休的幽靈。我無法想像奶奶病成怎樣，戰戰兢兢地向躺椅走去，老遠聽到躺椅後面的房間裡傳出一個老嫗的病弱又頑強的聲音，吞吞吐吐又滔滔不絕的，猶豫又大膽地講著江水如何洶湧，她如何被一根大樹枝掛住，像一個犯人遊街一樣顛簸著順流而下，然後又如何擱淺在一處沙洲，然後一個漁民又如何發現了她……

我以為屋裡有其他人，站在門前發現，老人在對著一面牆說，手上拄一根竹拐杖。拐杖幾乎和她身高一樣高，因為她整個人像隻受驚的蝦一樣，像張弓一樣弓著，已經只剩一半高度。即使這樣，即使她真變成蝦，彎成弓，我照樣認識她是我奶奶！我叫一聲「奶奶」，撲上去抱住她，不停地叫「奶奶」。奶奶像沒聽見，卻感覺到了我，問我：「你吃飯沒有？」

正是午間飯時，我覺得奶奶很清醒，回答道：「沒有，奶奶，待會我們一塊吃。」奶奶又說：「你吃飯沒有？」

師太告訴我，奶奶現在任何時候見任何人都是兩句話：「你吃飯沒有？」或者：「你是誰啊？」她每天都顛三倒四地講過去各種事情，有時對一張空椅子，有時對一面牆，有時對一隻雞、一隻狗，更多時候是對自己，對空氣，對陽光。只要身邊沒人，她會不停講下去，講得口沫橫飛，舌頭起泡、生瘡。而有人，一旦有人、來人，她像機器一樣，會馬上問：「你吃飯沒有？」或者：「你是誰啊？」你跟她說什麼，她都兩句話，顛來倒去，鐘擺一樣，千古不變。只有你問她一個問題：「你孫子叫什麼名字？」她馬上會說誰誰誰，我的名字，從來沒有答錯過。

師太為了證明給我看，把我從奶奶身邊撥開，問她：「老師傅，你孫子叫什麼名字？」奶奶眼睛倏地亮一下，響亮說：「蔣富春！」旋即亮光熄滅，目光散開，端一張似笑不笑的臉，等著我們再問。師太催我：「你問問看。」看我搖頭又催母親：「來，你來問。」我再也受不了，喊一聲：「別！」拂開師太，一把抱住奶奶失聲痛哭起來。我居然把奶奶碰倒了，索性坐在地上抱著奶奶哭，一邊哭一邊喊：「嗚啊——奶奶！嗚啦——奶奶！嗚啊嗚啦——奶奶！奶奶……」奶奶像在看我，又像沒看，依然是兩句話：

「你吃飯沒有？」

「你是誰啊？」

輪流說，像剛才門前的躺椅的搖晃一樣，有幽靈在起作用的。
師太說：「既然你就是蔣富春，她朝思暮想的孫子，你就帶她走吧。」
我不知怎麼的，冒犯師太，說：「你知道我們地址的，以前幹嗎不跟我們說。」
師太瞪我一眼，毫不客氣回敬我：「她也是我媽，我不會比你們待她差！你們待她好她會尋死嗎？會出來流浪嗎？會不回去嗎？還不都是被逼的，尤其你爸，一個作死作活的作孽鬼。」
說開來，我發現家裡的事師太都知道，知根知底，無所不曉。我羞愧似的，急忙抱著奶奶起了身，往外走。悲痛把我廢掉了，臨別忘了給師太鞠個躬，道個謝。我哭著，走著，衝著，越哭越響，越衝越快，後來居然跑起來。這時我才發現，我是怕師太反悔，不讓我帶走奶奶。奶奶也是她的媽啊，二十多年了，她捨得嗎？能捨得嗎？嗚啊——奶奶！嗚啦——奶奶！我怕師太捨不得，反悔，越跑越快，手上感覺不到一絲重量。奶奶已輕得像一個紙人，一個魂靈，我可以輕鬆捧著她，像捧著一對翅膀、一個靈魂，要飛起來，同時我感覺我的淚水也像長了翅膀，嗚啊嗚啦在往後飛，嗚啊嗚啦地飛呀飛。

辛　眾聲

陳述。

我不想談奶奶後事，正如阿多諾（德國思想家）所說，奧斯維辛之後寫詩是殘忍的，我深感，談論奶奶的後事，她如何安享晚年，誰對她怎麼好，誰在她葬禮上如何傷心、怎麼哭天抹淚等等，都是對奶奶的不敬；若談論奶奶的前事，她怎麼從家裡出走、怎麼淪落街頭乞討為生，更是愚蠢，無聊透頂。我要說——對自己——閉嘴吧！

摘錄。

凡是不可言說的東西，我們應當保持沉默。

哲學家，

維根斯坦《邏輯哲學論》。

商務印書館一九九六年出版，賀紹甲譯。

日誌。

你該如何看待和父親的決裂，這是背叛嗎？你錯了嗎？你該認錯嗎？你該如何認錯？後悔還是懺悔？苦修還是靈修？等等這些，你該不該與人談論？我不想談論——對任何人，包括自己。你們都知道，這是個靈魂深洞，也是傷洞，無底洞，請給我一點尊嚴別進行靈魂拷問好嗎？儘管拷問也許能一定程度接近彼岸（答案），但無論如何我是痛的，難堪的，不安的。談論它就是往傷洞撒鹽，痛是直接的，感性的。我想，人們是否遠遠高估了理性在我們生活中的重要性？理性把我們和生活（感性）分離開，帶給我們強烈的虛構感，以致於現實的感受變得無關緊要。我想起瓦爾特·本雅明曾說過，一首偉大的詩可以忍受五百年不被閱讀和理解。我和父親的問題也許是首痛苦的詩，請容我暫且將它封存（不被閱讀和理解）好嗎？

陳述。

母親於六十七歲被肝病奪走了並不高的壽命。她的肝病幾乎是在一夜間爆發的，但病歷少說有半個世紀，用大姑和大姑夫的話說，父親就是她的病灶——我不想以自己口吻說，是為了避嫌，也是為了切實表明，這是一種客觀真實：嫁給父親後，母親的肝病就上身了。我幼時對母親最深的記憶，就是她咬著牙、噙著淚在拆父親的毛線衣：一件肉色的、箍著兩條藍色腰線的毛線衣，是母親送給父親的定情物，母親一次次將它拆了又織，織了又拆。年少的我並不知母親為何要這樣，以為這是毛衣的一種拆洗方式，像洗衣服一樣，長大後才知道，這是母親對父親表達恨和絕望的方式，像奶奶給父親上家法、上吊一樣。奶奶通過懲罰父親來洩憤，來教訓父親，母親是自罰，拆了又織，織了又拆，像終生被巨石苦役的西西弗斯。毛衣拆了可重織，肝臟壞了可重織不了，從一絲絲壞，到一條裂縫，到兩條、三條……到全線崩塌，這是一個必然過程。我不知道中途出過多少次險，只知道有一天母親突然深度昏迷，三天後撒手人寰。我緊趕來送終，總算聽到她說最後一句話：「把我和你們爹葬一起……」小妹說，這是她昏迷後唯一念叨的一句話，沒有多一句，反覆來回說，已經說了一千遍、一萬遍。我又一遍遍聽著，不可阻擋地想見母親在昏暗的煤油燈下一針針織著父親的毛衣。毛衣又會拆，母親又會織，一遍遍，又一遍遍，這是一個神話嗎？

摘錄。

這就是為什麼我的自傳選用了這樣的書名：《勘誤表》，因為我的一生裡存在著一系列錯誤，至少是缺憾。
學者、記者，
喬治．斯坦納、洛爾．阿德勒《談話錄》。
廣西師大二〇二〇出版，秦三澎、王子童譯。

日誌。
寫日記的人是什麼人？

陳述。

有一天，我突然收到蔣琴聲來自加拿大多倫多的信，她在五年前出去了，然後給我寄過一張明信片，算是告知聯繫方式。我們從未有過聯繫，這是五年來第一封信。她信上說，這裡真冷，今天最低溫零下三十四度，這種天氣除了待在家裡能幹嗎？我把國內買來的所有DVD、少量圖書都看了，很意外在《花城》雜誌上看到你一篇小說，寫到我，你說我驕傲得像一隻公雞，走路總是頭朝天，頭上總是抖擻著「雞冠」——一個櫻桃紅的蝴蝶結。我的天吶，我哭了！你知道，這是我多麼熟悉又美好的記憶，但現在我再也體會不了。說實話，我在這裡不差，該有的都有，就是沒有驕傲的感覺，沒有抬頭看我的目光，沒有像你一樣以保護我為榮的朋友。我想念在雙家村的日子，每天都貧窮而驕傲，每天都忙碌而天真。我愛雙家村——世上最愛的一個地名！但雙家村以過度愛我、寵愛而讓我丟失了一種美德：不能過平常人的日子，我現在正在為此苦惱。當然，信裡還說了些其他的，有些是她私密，有些過於瑣細，不說也罷。

日誌。

……

陳述。

一九九五年，秋天的一天，深夜三點多鐘，小妹給我打來電話，要我給她搞把槍。我問怎麼了，她第一次用仇恨的口氣對我罵她一直引以為豪的丈夫：「他是個大混蛋！我要把他殺了！」當然我搞不到槍，搞得到也不會給，我只能用空洞浮誇的雞湯語言撫慰她那顆被失去丈夫的恐懼和另一個女人羞辱刺傷的心。那時我已出版兩本書，並被有關部門調去從事專業文學創作，主觀和客觀均賦予我一個頭銜：作家。寫作說到底是寫人，所以我必須要認識人，研究人，研究時代。那天晚上，我從小妹的痛哭和謾罵中聽到了這個時代的腳步聲和心跳聲，我們開始瘋狂追逐金子的熾熱和身子的柔軟，像我曾經追逐洗心革面一樣。這是一場新的革命，註定要有人付出代價，小妹，你就認了吧，恕我直言，像你這樣的婦人——也是富人——今後可能只能過一種日子：窮得只剩下錢，連一顆丈夫的忠心也剩不下。我要偏激地說，這世界，男人最壞，越成功越壞；這時代，成功的男人都欠女人一個忠心。

日誌。

如實說，這次寫作對你也許是一次冒險。你一直信奉，任何表達，包括任何形式的寫作都是一種不說的藝術——雖然準確說是如何說和如何不說的藝術，但事實上我們都會說，而不大會不說。你每天寫不了幾百字，寫完後還要修改幾遍、十幾遍，都是為了向「不說」致敬，但這一次是不是說的太多了，連把底細都端了？

摘錄。

傷口釋出自己的光

外科醫生說。

如果屋裡的燈全都熄滅
你能用傷口放出的光
把它穿戴起來。

詩人，
安妮．卡森《丈夫之美》。
譯林二〇二一出版，黃茜譯。

日誌。
今日晨讀，看到博爾赫斯一個對話，對象是巴恩斯通，時間是一九八〇年，地點是芝加哥大學。博爾赫斯說，對一個詩人而言，萬事萬物向他呈獻都是為了轉化為詩歌——記得馬拉美說過相似的話：世間的一切都是為了通往一本書——所以，不幸並非真正不幸，只是賦予詩人的一件工作，正如一把刀是一把工具一樣，一切經驗——當然包含不幸——都應被轉變為詩歌。那麼，假如我們的確是詩人的話，我們將認為生命的每時每刻都是美麗的，都是詩。從這個意義上說，我永遠不是詩人。確鑿如此，雖然我愛詩，每天都在讀它，但我沒有一個詩人的世界觀。我很悲觀，像一隻烏鴉？加拿大詩人安妮．卡森說，假如散文是一座房子，詩歌就是那火燎全身飛速穿堂而過的人。那麼小說呢？這是一本小說，悄悄地說，獻給我妻子。

二〇二三年八月十六日完稿
於余杭徑山
二〇二四年二月六日定稿
於西溪家中

文學叢書 737

人間信

作　　者　麥　家
總 編 輯　初安民
責任編輯　宋敏菁
美術編輯　陳淑美
校　　對　孫家琦　宋敏菁

發 行 人　張書銘
出　　版　INK 印刻文學生活雜誌出版股份有限公司
新北市中和區建一路249號8樓
電話：02-22281626
傳真：02-22281598
e-mail：ink.book@msa.hinet.net
網　　址　舒讀網www.inksudu.com.tw

法律顧問　巨鼎博達法律事務所
施竣中律師
總 代 理　成陽出版股份有限公司
電話：03-3589000（代表號）
傳真：03-3556521
郵政劃撥　19785090 印刻文學生活雜誌出版股份有限公司
印　　刷　海王印刷事業股份有限公司

港澳總經銷　泛華發行代理有限公司
地　　址　香港新界將軍澳工業邨駿昌街7號2樓
電　　話　852-2798-2220
傳　　真　852-2796-5471
網　　址　www.gccd.com.hk

出版日期　2024年 7月　初版
ISBN　978-986-387-745-5
定價　420元

國家圖書館出版品預行編目(CIP)資料

人間信／麥家 著.
--初版. --新北市中和區：INK印刻文學，2024. 07
面；14.8 × 21公分. --（文學叢書；737）
ISBN　978-986-387-745-5 (平裝)

857.7　　113008832

舒讀網